나를 변화시키는 **나비**
butterfly
effect **효과**

나를 변화시키는
butterfly
effect

나비효과

시간과공간사

나비와 회오리바람

1961년, 미국의 저명한 기상학자 에드워드 로렌츠(E. Lorentz)는 기상관측 실험을 하던 중에 초기 값의 미세한 차이가 엄청난 기상 차이를 가져올 수 있다는 사실을 발견했다. 그리고 수년간의 연구를 통해 이러한 사실을 하나의 이론으로 확립하는 데 성공했다.

1972년 12월 29일 워싱턴에서 개최한 미국과학발전학회에서 로렌츠는 '예측 불가성: 브라질에 서식하는 나비의 날갯짓으로 인해 텍사스 주에 회오리바람이 발생할 수 있는가?'라는 주제로 연설을 했다. 그의 연설 내용은 다음과 같다.

"아마존 유역의 열대우림 지역에 사는 나비가 날갯짓을 하면, 그로부터 2주 후 텍사스에서 회오리바람이 발생할 수도 있습니다."

그 원인은 무엇인가? 로렌츠는 그 원인을 이렇게 해석했다.

'나비의 반복적인 날개 운동은 주변 공기의 움직임에 미세한 변화를 가져오는데 이것이 작고 약한 기류를 형성한다. 이 기류는 대기에 변화를 주며, 대기는 변화에 따라 연속적으로 반응한다. 결국 이러한 반응들이 지구의 기상 현상에 큰 변화를 가져오고, 최후에는 보다 세력이 확장된 회오리바람을 만들게 된다.'

로렌츠의 이러한 발표는 학계에 큰 파장을 일으켰고, 이때부터 '나비효과 이론'은 명성을 얻게 되었다. 나비효과(butterfly effect)란 초기의 작은 원인이 결국은 커다란 결과로 발전해 갈 수 있음을 나타낸 말로 이는 모택동의 "하나의 작은 불씨가 온 광야를 불태운다."는 말과 일맥상통한다.

나비효과의 본질은 작은 사물이 큰 변화를 가져온다는 데에 있다. 나비의 작은 날갯짓은 우리의 두뇌에 사고(思考)의 회오리바람을 가져와 엄청난 변화를 초래한다. 그리고 이러한 현상은 우리에게 많은 교훈을 남긴다.

아무리 사소한 일이라도 소홀히 여기지 마라.

작은 발걸음이 축적되어 마침내 높은 정상에 오른다.

시작에는 반드시 결과가 따른다.

작은 일부터 차근차근 실행하는 자가 최후에는 성공을 얻는다.

반드시 해야 하는 일상의 임무부터 완성하라.

스산수이(石山水)

【 차 례 】

머리말 · 3

제1장 _ 말발굽 이야기 · 13

리처드 국왕이 말고삐를 놓치고 바닥으로 굴러 떨어지자 놀란 말은 순식간에 어딘가로 달아나 버렸다. 땅바닥에 주저앉은 국왕은 어쩔 도리 없이 후퇴하던 병사들이 뒤따라오던 적들에게 완전히 포위되는 모습을 지켜볼 수밖에 없었다. 말까지 잃은 그는 완전히 속수무책이었다. "다 말 때문이야! 하찮은 말 하나가 우리의 왕국을 쓰러뜨렸다고!"

제2장 _ 약물중독 이야기 · 40

상태가 이렇게 나빠지자 그를 구제할 수 있는 약물은 대량의 클로로마이세틴뿐이었다. 다른 방도가 없는지라 사내는 대량의 클로로마이세틴을 한입에 삼켜 버렸다. 그러자 몸에 힘이 좀 생기는가 싶었으나 이내 또 다른 질병이 그를 괴롭혔고, 결국 사내의 몸은 망가질 대로 망가졌다. 사내는 따스한 햇볕이 내리쬐는 거리에 주저앉아 옛일을 더듬어 보았다. '단지 모기에 물려 귀가 가려웠던 것뿐인데, 어쩌다 일이 이 지경에 이른 건지.'

제3장 _ 표범 왕과 어린 사자 이야기 · 50

여우가 고개를 저으며 말했다. "왕이시여, 이 고아한테 동정을 베푸느냐 마느냐가 중요한 것이 아닙니다. 폐하께서는 하루빨리 이 사자와 좋은 관계를 유지할지, 아니면 흔적도 없이 없애 버릴지 결정하셔야 합니다. 사자를 없애 버릴 거라면 그의 발톱과 이빨이 자라서 우리를 위협하기 전에 우리가 먼저 없애 버려야 합니다. 왕께서는 이런 사자에 맞서서 그만큼 훌륭해지시던가 아니면 그를 없애셔야 합니다."

제4장 _ 오슬러 씨의 독서 이야기 · 71

오슬러의 계산에 의하면 일반 사람들은 1분에 300자가량을 읽는다고 한다. 따라서 15분 동안의 독서량은 4,500자 정도가 된다. 매일 읽는다는 가정 아래 일주일이면 3만 1,500자, 한 달이면 12만 6,000자가 족히 넘는다. 이렇게 1년을 계산하면 어마어마한 독서량이 되는데, 대략 계산하면 1년에 20권을 읽는다는 결론이 나온다. 이처럼 오슬러는 매일 15분 동안의 독서로 1,098권의 책을 읽을 수가 있었던 것이다.

제5장 _ 도미노 이야기 · 94

그는 이 놀이에서 하나의 도미노는 자신의 1.5배가 되는 도미노를 쓰러뜨릴 수 있다는 사실을 발견했다. 그는 이렇게 작은 힘으로도 거대한 결과를 낳을 수 있다는 결론을 얻었다. 화이트 박사는 맨 첫 번째 도미노가 쓰러질 때의 힘과 열세 번째 도미노가 쓰러질 때의 힘을 계산해 보았다. 수치를 비교해 보니 첫 번째 도미노와 마지막 열세 번째 도미노의 힘은 20억 배 이상 차이난다는 것을 발견할 수 있었다.

제6장 _ 멧돼지 잡은 노인 이야기 · 120

나무판자는 멧돼지 한 마리가 지날 수 있는 틈만 있었다. 드디어 멧돼지들은 평상시처럼 먹이를 찾아 이곳으로 왔다. 그리고 한 마리씩 원 안으로 들어갔다. 마지막 한 마리까지 모두 들어가는 것을 지켜보고 있던 노인은 재빨리 다른 나무판자로 입구를 막았다. 그렇게 해서 오랜 시간 마을 사람들을 괴롭혔던 멧돼지 떼를 포획하게 되었다.

제7장 _ 죄수와 남생이 이야기 · 145

그는 탈출할 수 있는 방법을 생각한 뒤 아내에게 남생이라 불리는 동물을 가져오게 했다. 그리고 오기 전에 반드시 황색의 물감으로 남생이의 머리 부분을 칠하라고 했다. 아내가 교도소 근처에 풀어 놓은 황색 머리의 남생이는 탑 꼭대기를 향해 기어올랐다. 남생이가 올라가는 것과 탈출하는 것이 무슨 상관이 있는지 어리둥절할 것이다. 조급해 하지 말고 남생이의 뒷다리를 잘 살펴보면 그 이유를 알 수 있다.

제8장 _ 흰 금잔화 이야기 · 184

미국의 신문에 눈길을 사로잡는 광고가 실렸다. 한 원예기관에서 거액의 상금을 내걸고 흰 금잔화 모종을 구한다는 광고를 냈던 것이다. 야생 금잔화는 금색이거나 갈색이다. 백색의 신품종을 만드는 것은 정말 어려운 일이다. 많은 사람들은 상금에 눈이 멀어 너나 할 것 없이 달려들었다. 그러나 금세 '됐어! 무슨 흰 금잔화야!'라며 흰 금잔화 생각을 떨쳤다.

제9장 _ 우물을 만든 승려 이야기 · 211

그러자 태극권을 하고 있던 승려는 동작을 멈추고, 놀라서 입을 다물지 못하는 친구를 뒤뜰로 데려갔다. 그리고 깊은 우물을 가리키며 이렇게 말했다. "나는 지난 5년 동안 매일 수련을 마친 후 이 우물을 팠다네. 너무 바빠 조금밖에 파지 못해도 매일 꾸준히 했지. 그렇게 했더니 한 달 전부터 우물에 물이 차오르더군. 그래서 이제는 물을 길러 힘들게 산 아래까지 내려갈 필요가 없게 되었지."

제10장 _ 디드로의 잠옷 이야기 · 245

어느 날 나는 절친한 친구로부터 고급 잠옷을 선물 받았다. 감촉도 부드럽고 바느질도 꼼꼼한데다가 앞면에는 멋진 자수까지 놓여 있어 한눈에 봐도 값비싼 잠옷임을 알아챌 수 있었다. 나는 그 잠옷을 받고 좋아서 어쩔 줄 몰랐다. 그리고 집에 있을 때는 잠옷만 입고 있을 정도로 잠옷에 흠뻑 빠지고 말았다. 그런데 어느 날 나의 고급스러운 잠옷과 집안의 낡은 가구들이 어울리지 않는다는 생각이 들었다.

제11장 _ 따뜻하게 죽은 청개구리 이야기 · 266

그렇다면 청개구리는 언제든지 민감한 반응상태를 유지할 수 있을까? 다른 과학자는 냄비에 찬물을 붓고 청개구리를 넣었다. 그리고 온도를 서서히 높여 냄비를 가열했다. 그러자 뜻밖의 실험 결과가 나왔다. 청개구리가 온도가 조금씩 올라가는 물에 적응을 잘 하는 것이었다. 평온한 상태를 유지하며 아예 냄비 밖으로 빠져나가야겠다는 생각이 없는 듯 보였다.

제12장 _ 아낙네와 스님 이야기 · 292

"그럼 소를 끌어내십시오. 그리고 일주일 후에 다시 오세요." 단단히 화가 난 샤리는 집으로 가는 내내 '그래, 어디까지 가나 보자!' 하고 중얼거렸다. 일주일이 지나자 이번에도 어김없이 스님을 찾아갔다. 예전과 다른 점이 있다면 샤리의 얼굴에 웃음꽃이 피었다는 사실이었다. "일주일간 어떻게 지내셨습니까?" 그러자 샤리는 밝은 목소리로 대답했다. "아주 좋았어요. 소를 끌어낸 후 집이 넓어져 식구들 모두 편안하게 지낼 수 있었거든요."

제1장

말발굽 이야기

작고 사소한 일이 역사에 한 획을 긋는 중대한 결과를 초래할 수 있으므로 결코 경시해서는 안 된다. 사소한 일에도 당신한테 도움이 되는 소중한 가치가 있다. 그 가치를 중시하는 사람은 보다 훌륭한 결실을 맺을 수 있다. 당신의 주변에 있는 사소한 것부터 중시하는 습관을 길러라. 때로는 사소한 것이 일의 성패를 결정짓는다.

1485년, 영국의 국왕 리처드 3세는 보즈워스 평야에서의 중요한 전투를 앞두고 있었다. 이는 영국의 통치권이 걸려 있는 아주 중요한 전투로 리치몬드 헨리 백작의 군대가 기세등등한 모습으로 국왕의 군대에 정면으로 맞서고 있었다.

전투가 시작된 날 아침, 리처드 3세는 마부를 보내 자신이 제일 아끼는 전투마를 준비하라고 지시했다.

"어서 말발굽을 박으시오. 국왕께서 이 말을 타고 첫 번째 교전을 치르길 바라시네."

마부가 대장장이에게 말했다.

"기다리셔야 합니다. 며칠 전 국왕께서 모든 말에게 새 말발굽을 박으라고 명령하셔서 준비한 말발굽을 모두 사용했습니다. 새 말발굽을 만들려면 시간이 필요합니다."

"적군이 몰려오고 있는 판국에 기다릴 여유가 어디 있는가? 시간이 없네. 그냥 있는 것으로 어서 박아 주시게."

그러나 대장장이는 마부의 말에 아랑곳하지 않고 새 말발굽 만들기에 몰두했다. 그리고 말의 낡은 말발굽을 모두 제거하고 새로 만든 말발굽을 평평하게 잘 다듬어 말굽에 고정시킨 후 못을 박기 시작했다. 그런데 못이 하나 부족했다.

"새 못을 만들 시간도 필요합니다."

"기다릴 시간이 없다고 분명히 말하지 않았나! 이미 출정을 알리는 나팔소리가 울렸단 말이네. 좀 빨리빨리 못하겠나?"

마부가 다급하게 말했다.

"물론 다른 못이 있기는 하지만 지금 박은 세 개의 못만큼 튼튼하지 못합니다."

"다른 못이라도 말굽을 박을 수는 있지 않나?"

"예, 가능은 합니다. 하지만 그 못이 얼마나 버틸지는 장담할 수 없습니다."

"알았네, 알았어. 그냥 그걸로 박게. 더 이상 꾸물거렸다가는 국왕께서 우리 둘을 가만히 두지 않으실 거야."

마부가 제철소 밖의 정황을 살피며 말했다.

잠시 후, 두 군대에 진격 나팔이 울렸다. 리처드 국왕은 아군 진영에 직접 뛰어들어 용감히 싸웠다. 그리고 적극적으로 사병들을 격려했다.

"진격하라! 진격하라!"

국왕은 큰 소리로 외치며 부대를 이끌고 적진을 향해 돌격했다. 그런데 다른 쪽에서 진격하던 몇몇 병사들이 지레 겁을 먹고 퇴각하는 모습이 보였다. 만약 다른 병사들이 이 모습을 본다면 작전으로 오해하고 그들을 따라 후퇴할 수도 있는 상황이었다. 이에 리처드 국왕은 힘껏 채찍질하며 그들에게 달려갔다. 그리고 후퇴하는 병사들에게 말 머리를 돌려 진격하라고 명령했다.

그런데 그 순간 리처드 국왕이 타고 있던 말의 말발굽이 떨어져 나갔다. 그러자 국왕의 말은 순식간에 고꾸라졌고 그 위에 타고 있던 리처드 국왕도 땅바닥으로 굴러 떨어졌다. 게다가 리처드 국왕이 말에서 떨어지면서 말고삐를 놓치는 바람에 놀란 말은 벌떡 일어나 순식간에 어디론가 사라져 버렸다. 땅바닥에 넘어진 리처드 국왕은 후퇴하던 병사들이 추격해 오던 헨리의 부대에 완전히 포위되는 모습을 힘없이 지켜보았다.

"다 말 때문이야! 하찮은 말 하나가 우리 왕국을 쓰러뜨렸다고!"

리처드 국왕은 검을 뽑아 허공에 마구 휘두르며 분풀이를 했다. 이젠 타고 도망칠 말도 없었고 일어설 힘도 없었다. 게다가 그의 부대는 완전히 와해되었기 때문에 병사들도 자기 목숨을 부지하는 데 여념이 없었다. 결국 얼마 지나지 않아 헨리의 부대는 리처드 국왕을 생포했고 전쟁에서 승리했다.

이때부터 민간에서는 이런 노래가 불렸다.

못 하나가 없어서 튼튼한 말발굽을 잃었네.
튼튼한 말발굽이 없어서 훌륭한 전투마를 잃었네.
훌륭한 전투마를 잃어서 전투력을 잃었네.
전투력을 잃어서 전쟁에 패했네.
전쟁에서 패해 나라를 잃었네.

어느 도시의 부시장이 비행기 안에서 안경을 주워 주인을 찾아 돌려주었다. 안경을 잃어버렸던 외국 바이어는 그의 선행에 감동했다. 비록 사소한 일이었지만 외국 바이어는 부시장의 성실하고 친절한 마음씨를 느낄 수 있었다. 그리고 이 일을 계기로 외국 바이어는 그 도시에 거액의 기업 설립자금을 투자하기로 결정했다. 한 사람의 사소한 행동이 많은 사람에게 엄청난 이익으로 돌아온 것이다.

이와 반대로 무심코 행한 사소한 행동으로 인해 큰일을 그르치는 경우도 있다.

중국의 어느 국유기업은 합작 문제로 미국의 대기업과 협상을 준비하고 있었다. 중국 측은 막대한 물자를 쏟아 붓는 등 사전 준비를 철저히 마쳤다. 모든 준비가 끝난 뒤 중국 측은 감사단을 파견할 것을 미국 기업에 알렸다. 그리고 얼마 후, 중견 간부와 회장을 포함한 미국 감사단이 중국으로 건너와 직접 해당 국유기업을 돌아보았다. 작업장과 기술센터, 설비 및 기술 수준, 근로자들의 근무태도에 감사단은 상당히 만족했고 중국 국유기업 측도 그들의 반응을 보고 매우 흡족했다. 그래서 중국 측은 성대한 회식자리를 마련했다. 회식에 초대를 받은 미국 감사단은 일반적인 저녁 초대일 것이라고 대수롭지 않게 생각했다. 그러나 호텔에 도착한 감사단은 당황스러움을 감추지 못했다. 간단한 저녁식사가 아닌 대연회 수준의 성대한 파티였기 때문이다.

미국으로 돌아간 감사단은 중국 측에 거절의사를 전했다. 이에 중국 측은 어리둥절했다. 분명 미국 감사단이 만족하는 모습을 보고 성대한 회식자리까지 마련했는데 거절이라니 도무지 납득할 수 없었다. 이에 미국에 연락해 이유를 물었다. 그러자 미국 담당자는 이렇게 대답했다.

"한 끼 식사에 그렇게 많은 돈을 낭비하는 모습을 보고 우리는 생각을 바꿨습니다. 한 끼 식사도 그러한데 하물며 우리가 투자하는 막대한 자금은 어떻겠습니까? 도저히 마음을 놓고 합병을 진행할 수 없었습니다."

중국 측에게 그 합작은 정말 중요한 일이었다. 해외에서 끌어들인 막대한 투자 자본은 앞으로의 경제 발전에 긍정적인 영향을 끼칠 것이 분명했기 때문이다. 그러나 사활이 달린 합작은 불과 한 끼 식사 때문에 물거품이 되고 말았다.

한 끼 식사가 사소한 일인 것처럼 무심코 침을 뱉는 것도 너무나 사소한 일이다. 그러나 이렇게 하찮은 일이 기업의 운명을 좌우한다.

어느 제약회사도 생산규모를 늘리기 위해 외자유치를 준비하고 있었다. 그들은 독일 바이엘 기업에 감사를 요청했다. 제약회사 공장장은 바이엘 기업의 감사단과 간단한 면담을 마친 후, 함께 공장을 둘러보았다. 그런데 작업장을 둘러보면서 공장장은 무심코 바닥에 침을 뱉었다. 바이엘 기업의 감사단은 이 장면을 목격하고 경악을 금치 못했다. 그리고 그 즉시 공장 견학을 거절하고 독일로 돌아갔다. 이 제약회사의 외자유치 프로젝트는 그렇게 종결되었다.

바이엘 기업의 감사단이 견학 도중에 협상 자체를 거절하고 돌아간 이유는 제약회사의 위생 관념에 커다란 의심을 품었기 때문이었다. 제약회사의 작업장은 위생 상태가 엄격해야 한다. 그런데 공장을 총괄한다는 공장장이 아무렇지도 않게 침을 뱉었으니 다른 일반 노동자들의 위생 관념은 보나 마나였던 것이다. 이런 회사가 제품의 질인들 어떻게 보증할 수가 있겠는가?

사소한 일이 성공을 결정하듯 실패 역시 사소한 일로 결정된다.

대만 제일의 부자, 왕융칭(王永慶)은 사소한 일에서 성공의 기회를 찾은 사람이다.

왕융칭은 어렸을 때 무척 가난했다. 가난 때문에 공부를 계속 할 수 없었던 그는 학교를 그만두고 생계유지를 위해 곧바로 시장판에 뛰어들었다. 1932년, 16세였던 왕융칭은 고향을 떠나 지아이(嘉义)라는 곳에서 쌀가게를 열었다. 당시 지아이에는 무려 30여 개의 쌀가게가 있었기 때문에 그들 간의 경쟁은 매우 극심했다. 수중에 200원밖에 없었던 왕융칭은 겨우 외진 골목에 작은 좌판 하나를 얻을 수 있었다. 그의 쌀가게는 지아이에서 가장 나중에 문을 연 가게였고, 규모도 가장 작았다. 아무리 찾아봐도 이점이라고는 털끝만큼도 찾아볼 수 없었다.

아니나 다를까 왕융칭의 쌀가게는 연일 파리만 날렸다. 그의 쌀가게 근방은 이미 이름난 쌀가게들이 장악하고 있었다. 소규모, 소자본의 가게가 밀리는 것은 당연한 일이었다. 그렇다면 도매가 아닌 소매를 전문으로 하는 것은 어떨까? 하지만 그것도 아무 소용이 없었다. 왜냐하면 큰 쌀가게들은 도매와 소매를 동시에 겸하고 있었기 때문이었다. 그래서 왕융칭은 쌀을 짊어지고 나가 한집 한집을 돌면서 직접 판매에 나서 보았다. 그러나 이것 역시 별다른 효과가 없었다.

'이 시장에서 입지를 굳히려면 다른 사람이 아직 시도하지 않은 특별한 것이 있어야 해. 과연 뭐가 있을까?'

이런 생각으로 몇 날 며칠을 뜬눈으로 지새운 왕융칭은 결국 쌀의 질과 서비스에서 그만의 돌파구를 찾았다.

1930년대 대만의 농촌은 수공업이 주를 이루었다. 그래서 벼를 수확하고 가공하는 기술이 무척 낙후되어 있었다. 수확한 벼는 바닥에 늘어놓고 햇빛에 말렸기 때문에 탈곡한 후에도 모래와 돌 등의 이물질들이 많이 섞여 있었다. 그래서 사람들은 밥을 하기 전에 이물질들을 걸러 내야 하는 불편함을 겪어야 했다. 이러한 불편함은 사고파는 사람 모두 당연한 것으로 여겼기 때문에 사실 어느 누구도 이의를 제기하지 않았다.

그런데 왕융칭은 바로 여기서 돌파구를 찾았던 것이다. 물론 힘들고 번거로운 일이었지만 그는 쌀에 있는 이물질을 모두 제거한 후 쌀을 팔았다. 그러자 한번 그의 쌀을 사 간 손님들은 자연스레 그 다음에도 그의 쌀을 사 갔다. 손님들의 좋은 평가 덕에 장사는 날로 번창했다.

또한 왕융칭은 쌀의 질을 높이는 동시에 서비스도 한 단계 발전시켰다. 기존에는 쌀을 사러 온 손님이 직접 집까지 가지고 갔다. 물론 젊은 사람에게는 별 거 아닌 일이었지만 나이 많은 노인들에게는 쉬운 일이 아니었다. 당시 젊은 사람들은 생계를 위해 하루 종일 밖에서 일을 했기 때문에 일하는 시간을 쪼개면서까지 쌀을 사러 오는 사람은 거의 없었다. 그러니 쌀을 사는 일은 당연히 집에 있는 노인들의 몫이었다. 왕융칭은 이러한 사실에 아이디어를 얻어 배달 서비스를 시작했다.

그것은 고객의 불편함을 해소해 주는 서비스였기 때문에 큰 호응을 얻었다.

그 당시에는 배달 서비스가 없었다. 왕융칭은 바로 배달 서비스의 시초인 셈이었다. 하지만 왕융칭의 배달 서비스에는 오늘날의 그것보다 더 우수한 점이 있었다. 그것은 배달 후의 서비스이다. 물론 배달은 고객의 요구에 따라 물건을 대신 집에 가져다주는 일이다. 오늘날의 배달도 모두 이와 다를 바 없다. 하지만 왕융칭의 배달은 여기에서 완전히 끝나는 것이 아니었다. 왕융칭은 새로운 고객이 쌀을 주문하면 그가 사 간 쌀의 용량이 얼마인지, 그의 식구가 몇인지 그리고 더 나아가 어른은 몇이고 아이는 몇인지 세세히 기록해 두었다. 게다가 그 고객이 언제쯤 또 쌀을 시킬지 그 날짜까지 어림잡아 꼼꼼하게 기록했다. 그리고 때가 되면 기다리지 않고 그가 먼저 고객의 집에 적정량의 쌀을 배달해 주었다.

이것이 전부가 아니었다. 왕융칭은 배달한 쌀을 고객을 대신해 항아리에 담아 주었다. 이때 항아리에 쌀이 남아 있으면 오래된 쌀을 퍼내고 항아리를 깨끗하게 닦은 다음, 새 쌀을 담고 오래된 쌀을 가장 나중에 부었다. 이러한 왕융칭의 세심한 서비스는 고객들을 감동시키기에 충분했다. 그리고 그 덕에 더 많은 고객들을 확보할 수 있었다.

왕융칭은 이렇게 각 집에 쌀 배달을 다니다가 지아이의 주민 대다수가 일용직으로 생계를 꾸려 나간다는 사실을 알게 되었다. 당연히 주민들의 생활이 풍족할 리 없었다. 월급 받을 날이 아니고서는 돈을 내고 쌀을 사지 못하는 그들의 사정을 누구보다 잘 이해했다. 그래서 왕융칭은 좋은 아이디어를 생각해 냈다. 왕융칭은 쌀을 팔 때 바로 돈을 받지 않고, 고객의 월급날까지 기다렸다가 돈을 받기로 결정했던 것이다.

왕융칭의 세심한 서비스는 지아이(嘉乂) 사람들로 하여금 시장에서 가장 좋은 쌀을 팔고 배달까지 해주는 훌륭한 장사꾼이라는 칭찬을 끊이지 않게 만들었다. 어느 정도 지명도가 생기자 왕융칭의 가게는 장사가 더욱 잘 됐다. 그는 이렇게 단골손님을 확보하고 많은 돈을 벌었다. 그리하여 그는 마침내 큰 가게를 열게 되었다. 그 가게는 그가 처음 열었던 좌판보다 몇 배나 더 컸으며, 번화한 거리와 불과 몇 미터 떨어지지 않았기 때문에 뭇도 아주 좋았다. 그리고 거리와 접해 있는 부분은 가게로 쓰면서 그 안은 정미소로 사용했다.

이처럼 아주 보잘것없는 쌀장사로 시작한 왕융칭은 훗날 대만에서 제일가는 사업가가 되었다. 그는 사업을 확장한 후에도 변함없이 아주 사소한 문제까지도 세세하게 신경을 쓰며 기업을 운영했다. 그리고 부하직원들에게도 사소한 일을 쉽게 간과

하지 말라고 단단히 일렀다. 어떤 사람들은 그가 나무만 보고 숲은 볼 줄 모른다고 비평하기도 했다. 그리고 또 어떤 사람들은 그에게 미국에 가서 정식으로 경영에 대해 공부하거나, 국정에 진출해 보라는 권유까지 했다. 그러나 왕용칭은 완고했다.

"국정에 진출하는 일이 반드시 큰일은 아닙니다. 정책을 연구하는 일에도 사소한 일까지 고려할 줄 아는 세심함이 필요하지요. 만약 사소한 일을 계속 연구하고 세분화하면 두 사람이 해야 할 일을 한 사람이 하는 효율적이고 합리적인 결과를 이끌어 낼 수도 있습니다. 그러면 생산력은 두 배로 증가할 것입니다. 만약 한 사람이 두 개의 기계를 다룰 수 있는 방법을 고안해 낸다면 생산력은 네 배가 되겠군요."

월마트의 성공 역시 사소한 일에서 비롯되었다.

1960년대에 미국은 소매상점 붐이 일어났다. 월마트는 미국 중부 아칸소 주의 로저스에서 시작해 40여 년 동안 치열한 경쟁을 벌였고, 그 결과 지금은 4,000여 점에 달하는 매장과 연간 2,400억 달러에 달하는 수입을 거두며, 세계 500대 기업의 반열에 들어섰다. 현재 월마트의 성공은 유통업계의 신화로 불린다.

월마트는 몇십 년 동안 끊임없이 발전해 왔다. 세계적인 불

경기에도 불구하고 월마트는 꾸준히 성장했으며 2005년에는 중국에 월마트 100호점을 개장할 계획을 세울 만큼 승승장구 했다. 월마트의 성공비결은 사소한 것을 중시하는 경영이념에 있다고 할 수 있다. 그 경영이념은 아래와 같다.

❶ 작은 시장을 중시하라.

❷ 단 한 명의 고객을 중시하라.

❸ 단 하나의 경쟁 상대를 중시하라.

❹ 고객의 세심한 부분까지 중시하라.

❺ 무심코 쓸 수 있는 단 몇 푼도 절약하라.

❻ 상품에 대한 매입자본을 절약하라.

❼ 서비스 부문을 중시하라.

❽ 모든 지점의 공통점과 차이점을 중시하라.

이와 같이 월마트는 고객 서비스부터 직원 근무 관리, 그리고 원가 절감에 이르는 사소한 문제들을 간과하지 않고 꾸준히 개선해 나갔다. 그 결과 1988년부터 1993년까지 경쟁사인 K마트가 83억 달러의 수익을 증가시켰을 때 월마트는 총 467억에 달하는 수익을 증가시켰다.

세계 최고의 판매왕으로 유명한 조 지라드는 세심

한 일 처리 덕분에 고객의 환심을 산 적이 있었다.

한 중년부인이 길 반대편에 있는 포드 자동차 영업소에서 나와 지라드가 근무하는 시보레 자동차 전시장에 들어왔다. 지라드는 반갑게 그녀를 맞이했다.

"어서 오십시오, 손님."

"미안하지만 전 그냥 저 맞은편에 있는 포드 자동차 직원이 한 시간 후에 다시 오라고 해서 들어왔어요. 전 우리 제부가 타고 다니는 흰색 포드 자동차를 너무 갖고 싶거든요."

"아, 그러세요? 괜찮습니다. 부담 갖지 말고 둘러보세요."

지라드는 미소를 지으며 말했다. 그러자 중년부인은 흥분하며 그에게 자기 이야기를 늘어놓았다.

"사실 오늘은 제 55번째 생일이에요. 그래서 흰색 포드 자동차를 제가 저에게 주는 생일 선물로 하려고요. 호호호!"

"그렇군요, 부인. 생신을 축하드립니다!"

지라드는 진심으로 중년부인의 생일을 축하했다. 그리고 곁에 있던 부하직원을 불러 조용히 귓속말을 했다.

지라드는 중년부인과 이러저러한 이야기를 나누며 자연스럽게 새 차 앞으로 걸어갔다. 그리고 흰색 시보레 자동차 앞에서 이렇게 말했다.

"부인, 흰색 자동차를 좋아한다고 하셨지요? 여기에 있는 2

인승 승용차를 한번 타보세요. 부인께서 원하시는 포드 자동차는 아니지만 말입니다."

이때 부하직원이 다가와 커다란 장미 한 다발을 지라드에게 건네주었다. 그는 아름다운 꽃다발을 부인에게 건네며 다시 한 번 그녀의 생일을 축하했다. 장미 꽃다발을 받아 든 부인은 크게 감동하여 눈가에 눈물이 그렁그렁 맺혔다.

"정말 고마워요. 누군가에게 꽃다발을 받아 본 지도 정말 오래 됐군요. 사실 방금 포드 자동차 영업소에 갔다가 마음이 조금 상했답니다. 포드 자동차 판매원은 제 낡은 자동차를 보고는 제가 새 차를 살만한 능력이 없다고 생각하는 것 같았어요. 그래서 그런지 제가 차 좀 보고 싶다고 했을 때 퉁명스럽게 외출할 일이 있다면서 한 시간 후에 다시 오라고 했어요. 한 시간 동안 가 있을 곳이 마땅치 않아서 여기에 들어왔던 건데 이렇게 신경 써 주시니 몸 둘 바를 모르겠군요. 그리고 지금 생각해 보니 굳이 포드 자동차를 살 필요는 없을 것 같아요."

이렇게 말한 부인은 결국 흰색 시보레 자동차를 샀다.

벤츠사의 모든 영업부장은 아주 사소한 일에도 주의를 기울여 주문서를 받는다.

한 청년이 차를 사러 벤츠 영업소를 찾았다. 그는 전시장에 있는 100여 대의 차를 다 둘러보았지만 딱히 마음에 드는 차를 발견하지 못했다. 그가 판매원에게 물었다.

"밑 부분은 회색이고 검은색 테두리가 있는 차는 없나요?"

그러자 판매원이 난감해 하며 이렇게 대답했다.

"죄송합니다, 손님. 저희는 그런 차가 없습니다."

청년은 원하는 차를 사지 못하고 전시장을 떠났다. 잠시 후, 전시장을 총괄하는 영업부장은 이 사실을 듣고 손님을 그냥 보낸 판매원에게 크게 화를 냈다.

"이따위로 자동차를 팔려면 당장 회사 문을 닫아야 해! 당장 그 청년을 찾아서 이틀 후에 차를 가지러 오라고 해!"

판매원은 부랴부랴 청년을 찾으러 뛰어나갔다. 이틀 후, 다시 벤츠사에 온 청년은 그가 원하던 밑 부분은 회색이고 검은 테두리가 있는 차를 보게 되었다. 그러나 여전히 만족스럽지 못한 표정으로 투덜거렸다.

"흠, 이건 제가 원하던 디자인이 아닌데요."

경험이 풍부한 영업부장은 참을성 있게 물었다.

"그럼, 어떤 디자인을 원하십니까? 저희는 손님의 요구를 100% 만족시켜 드리기 위해 노력하고 있습니다."

그리고 3일 후, 청년은 그가 원하던 디자인, 사이즈, 컬러의 차를 보게 되었다. 마음에 쏙 드는 차를 본 청년은 기뻐하며

시승을 했다. 그런데 시승하고 돌아온 청년은 영업부장에게
이렇게 말했다.

"차에 라디오까지 있으면 더 좋았을 것 같아요."

당시는 카라디오가 막 시중에 나왔던 때였다. 하지만 대부
분의 사람들이 안전운행에 방해가 된다고 생각했다. 영업부장
은 잠시 고민을 했다.

"그럼, 오후에 다시 오실 수 있으십니까?"

늦은 오후, 까다로운 청년은 마침내 자신이 원하던 차를 샀
다. 그는 영업부장에게 매우 고마워하며 이렇게 말했다.

"세심하게 신경 써 주셔서 정말 고맙습니다. 당신과 같은 서
비스 태도라면 이 회사는 틀림없이 크게 성장할 수 있을 거라
믿습니다."

KFC도 세심함 덕에 중국으로 진출할 기회를 얻었
다.

KFC는 중국시장에 진출하기 전에 간부 한 명을 파견해서
시장조사를 하도록 했다. 그는 북경의 번화가로 가서 그곳을
오가는 사람들을 한참 동안 관찰했다. 보아하니 중국 사람들
은 옷차림에 그다지 신경을 쓰지 않는 것 같았다. 그는 미국
본사에 "중국인은 소비 능력이 부족하기 때문에 많은 이익을

기대하기는 어려울 것 같다."고 보고했다.

하지만 본사는 그 보고를 무시하고 그를 해고했다. 어떤 구체적인 근거가 없는 정보로 자신만의 직관으로 결론을 도출한 것이었기 때문이었다. 본사는 이윽고 다른 간부를 보내 다시 처음부터 조사하도록 지시했다. 그는 북경의 몇몇 번화가를 돌아다녔다. 그리고 초시계로 유동인구를 측정하고 다른 연령, 다른 직업을 가진 500명에게 프라이드치킨을 시식하도록 했다. 그리고 프라이드치킨의 맛과 가격, 가게의 인테리어 등 다방면에 관한 의견을 자세하게 물었다. 심지어는 북경 내에 있는 양계장 실태와 기름, 밀가루, 소금, 야채 등 치킨을 만드는 데 필요한 재료까지 조사했다. 그는 이 모든 정보를 분석하여 결론을 도출했다.

"북경에는 다양한 소비 계층이 있다. 기본적으로 인구가 많을 뿐만 아니라 그들 중에는 상당한 소득 수준을 가진 소비자도 많다. 그러므로 KFC가 북경 시장에 들어온다면 큰 이익을 기대해도 좋을 것이다."

과연 북경의 KFC 1호점은 문을 연 지 300일도 안 되어서 약 250만 위엔(1위엔=한화 170~190원 정도-역주)의 이익을 달성했다.

맥도널드도 사소한 일을 중시해 세계에 이름을 떨

치게 되었다.

맥도널드는 모양이 둥글지 않고 가장자리가 평평하지 않은 빵은 절대 쓰지 않는다. 치즈도 섭씨 4도 이하인 것만 사용하고, 치즈의 온도가 단 1도라도 높을 시에는 가차 없이 폐기한다. 소고기 한 조각 한 조각도 40여 항목의 검사를 거쳐야 하며, 야채 역시 냉장고에서 방금 꺼낸 것만 사용하고 신선도 기준에서 제외되는 것은 전량 폐기한다.

생산 과정 또한 여간 까다롭지 않다. 모든 생산 과정에는 디지털 시스템과 표준 시스템을 도입하여 완제품을 만든 뒤에는 반드시 유통기한을 표시한다. 감자튀김도 튀긴 후 7분을 넘기지 않으며, 햄버거도 만든 지 19분이 지나면 바로 폐기 처분한다.

맥도널드의 작업 수첩은 총 560페이지로 그중 소고기를 굽는 방법에 대한 항목만도 20페이지에 달한다.

미국 정부는 레이디온 회사의 보고서를 등한시 했다가 어마어마한 대가를 치렀다.

1950년 한국전쟁 발발 초기에 레이디온 회사(Raytheon Corporation)는 중국 정부의 태도에 의심을 품고 대량의 자금과 인력을 투자해 연구에 전념했다. 그리고 마침내 '중국은 한국

전쟁에 군대를 파견할 것이다.'라는 결론을 내렸다.

그리하여 레이디온은 자신들의 정보를 500만 달러에 미국 정책연구실에 팔고자 했다. 당시 500만 달러라면 이것은 최신식 전투기 한 대의 값과 맞먹는 거액이었다. 총 380페이지에 달하는 그들의 자료에는 중국 정세에 관한 분석과 결론이 자세하게 쓰여 있었다.

'일단 중국이 군대를 파견하면 미국은 이 전쟁에서 질 수밖에 없다.'

이에 미국 정책연구실의 연구원들은 이러한 조사결과는 터무니없는 것이며 레이디온 회사가 미국 정부를 상대로 사기를 치려고 한다고 생각했다. 레이디온 회사의 보고서는 결국 미국 정부에게 거절당했다.

그러나 훗날 한국전쟁에서 귀환한 맥아더 장군이 분개하며 이렇게 말했다.

"미국의 가장 큰 실수는 몇백억 달러의 자금과 수십만 미국 장병들의 목숨은 아까워하지 않으면서, 겨우 전투기 한 대 값이 아까워 보고서를 묵살한 것이다."

미국 정부는 그제야 200만 달러를 들여 기한 지난 보고서를 사들였다.

사실 '중국은 한국에 파병한다.'라는 10글자는 그보다 더 높은 값어치를 갖고 있었다. 380페이지에 달하는 보고서는 레이디온 회사가 아주 사소한 문제들까지 세세하게 연구하여 돌출해 낸 결과이기 때문이다.

일본 SONY는 JVC와의 경쟁에서 아주 사소한 이유 때문에 지고 말았다.

일본 SONY와 JVC는 비디오 녹화 테이프 분야에서 경쟁을 벌였다. SONY가 JVC보다 좀더 일찍 이 사업에 뛰어들었지만 두 회사의 기술은 막상막하였다. 두 회사 제품의 차이점이라면 JVC는 한 테이프에 2시간을 녹화할 수 있는 반면에, SONY는 1시간밖에 할 수 없다는 점이었다. 그래서 SONY의 제품을 산 소비자들은 녹화할 때나 녹화한 내용을 볼 때 항상 테이프를 바꿔야 하는 번거로움이 있었다. 결국 SONY의 녹화 테이프는 단지 얼마 안 되는 녹화시간 차이 때문에 시장에서 도태되고 말았다.

100년의 오랜 역사를 자랑하는 에릭슨은 노키아, 모토로라와 함께 세계 이동통신업계를 주름잡는 회사였다. 그러나 1998년부터 3년간 세계 이동통신 시장이 급속도로 성장하면서 에릭슨의 시장 점유율은 오히려 18%에서 5%까지 큰 폭으로 떨어졌다. 중국시장의 점유율마저도 1/3 정도가 떨어져 전체의 2%밖에 차지하지 못했다. 중국시장에서의 판매가 급속도로 떨어진 에릭슨은 업계 1위 자리를 내주고 말았다. 3위로 밀려난 에릭슨은 신흥 세력인 삼성과 필립스의 추격 때문에 그 자리마저 위태로울 지경이었다. 사실 당시 위기에 직면했던 대다수의 기업들은 중국시장을 겨냥한 덕에 빠르게 기사회생할 수 있었다. 그러나 에릭슨은 이런 좋은 조건 하에서도 좀처럼 지난날의 명성을 되찾지 못했다.

2001년은 중국 핸드폰 시장이 급속도록 발전하면서 중국인 대다수가 핸드폰을 구매한 시기였다. 그런데 소비자들 사이에서는 이러 저러한 이유로 에릭슨 제품은 안 좋다는 악평이 많았다. 게다가 그 당시 출시된 T28이라는 모델은 품질에도 문제가 있었다. 그것은 아주 작은 결점이었지만 소비자들을 화나게 했고, 더욱 큰 문제는 에릭슨이 소비자들의 이러한 반응을 무시하고 넘어갔다는 점이다.

"내 핸드폰은 에릭슨 제품이에요. 고장이 나서 A/S센터에 갔는데 아무리 기다려도 수리해 주는 사람이 나타나지 않았어요. 결국 한참 후에 와서는 본체가 고장 났으니 교체해야 한다며 700위안이 든다고 했어요. 그래서 나는 개인이 운영하는 수리점에 핸드폰을 맡겼어요. 그런데 어이없는 사실은 단돈 25

위안에 완벽하게 고쳤다는 거예요."

그러면서 이 소비자는 에릭슨의 경영방침에 분명 큰 문제가 있다고 덧붙였다. 그 당시 에릭슨을 제외한 모든 매체는 T28의 문제점에 주의를 기울였다. 그러나 다수 매체들의 관심에 당황한 에릭슨은 자사 제품의 문제가 아니라고 변명하기에 급급했다. 그리고 모든 것이 에릭슨에 나쁜 감정을 가진 사람들의 음모라고 일축했다. 결국 소비자들은 에릭슨의 대처에 분노하며 냉정하게 등을 돌렸다. 중국 소비자들은 에릭슨이 잘못을 인정하고 시정할 수 있는 기회를 주었지만 에릭슨은 그 기회를 잡지 못했다.

이런 일도 있었다. 「광주청년일보」는 1998년 8월 21일부터 무려 세 번에 걸쳐 에릭슨 핸드폰의 품질과 서비스가 안고 있는 문제점을 심도 있게 보도했다. 이것은 에릭슨에 대한 소비자들의 불만을 고조시키는 역할을 했다. 또 768, 788C를 비롯한 SH888 등의 에릭슨 핸드폰은 중국 전신관리부의 인증을 얻지 못했다. 그러나 에릭슨은 대대적인 광고를 통해 이 제품들을 판매했다. 이에 좀처럼 입장표명을 하지 않던 전신관리부도 이 사건을 분명히 밝히겠다고 의례적인 성명을 발표했다. 이로 인해 에릭슨 핸드폰이 안고 있었던 문제점이 수면 위로 떠올랐다. 그러나 에릭슨은 예전과 다름없이 눈 가리고 아웅

하는 식으로 문제를 덮으려고만 했다. 더구나 당시 사건을 보도했던 기자는 "에릭슨은 몇만 위안의 뇌물로 매체들의 입을 막으려고 했습니다."라고 폭로까지 했다.

이에 에릭슨 광저우 지사장은 말도 안 되는 소리라고 부인했다.

"우리 회사 핸드폰에는 아무런 문제도 없습니다. 그런데 무엇 때문에 뇌물을 쓰겠습니까?"

잘못을 인정하지 않는 에릭슨이 문제를 해결할 수 없는 것은 당연한 일이었다. 물론 서비스 측면에서 제시되었던 문제점도 전혀 개선되지 않았다. 결국 품질과 서비스의 결함 때문에 에릭슨은 중국시장을 잃었다.

베이위밍(贝聿铭)은 유명한 화교 건축가이다. 그는 자신의 최고 실패작은 북경의 향산 호텔(북경 향산 공원 내에 위치한 호텔-역주)이라고 했다. 그는 이 호텔이 완공된 후에 한 번도 가보지 않을 정도로 자신의 일생에서 가장 치욕스러운 실패라고 여겼다.

사실 베이위밍은 향산 호텔 안팎의 모든 물줄기의 방향과 크기, 그리고 굴곡의 정도까지 정확하게 설계했다. 그리고 돌의 무게, 크기뿐만 아니라 어떤 모양으로 어떻게 쌓아야 가장 아름다울지 등등 아주 세세한 부분까지 신경을 써서 배치했다. 또한 호텔 안팎에 피는 꽃들의 수, 색깔, 그리고 심는 위치를 개화의 계절, 날씨의 변화 등을 고려해 결정했다. 이처럼 철두철미한 그의 설계는 가히 독창적이라 할 만했다.

그러나 정작 호텔을 짓는 인부들은 세심한 사안들에 조금도 개의치 않았다. 그들은 건축가의 독창성은 아랑곳하지 않고 자기들 마음대로 전혀 다른 건물을 만들고 말았다. 물줄기의 방향과 크기는 베이위밍이 설계한 것과 전혀 달랐다. 그들은 돌을 운반할 때도 가벼운 것과 무거운 것을 분리하지 않았고 필요에 따라서는 돌을 부수면서까지 억지로 끼워 맞췄다. 그래서 돌의 배치는 그야말로 엉망진창이었다. 베이위밍은 자신이 심혈을 기울여 만든 설계도대로 진행되지 않는 호텔을 보고 속이 상했다.

결국 향산 호텔의 실패는 베이위밍의 탓이 아니라, 건축가의 세심한 의도를 간과한 인부들의 탓이다. 세심함에 대한 인식과 그것에 대처하는 능력은 그 사람의 소질을 판단하는 근거가 된다.

결코 사소한 문제를 간과해서는 안 된다. 무슨 일을 하든지 항상 사소한 것까지 중요하게 생각하는 자세를 잃지 말아야 한다.

중국 저우언라이(周恩來) 총리도 사소한 것을 매우 중시했다.

총리를 맡고 있던 저우언라이는 말이 많은 사람이 아니었다. 그러나 그는 이런 말을 자주 했다.

"사소한 것도 신중하게 여기면 큰 업적을 이룰 수 있습니다."

그는 부하직원들에게 사소한 것까지 고려하여 업무를 처리하도록 요구했다. 그는 특히 '대충', '아마도', '어쩌면'으로 시작하는 말을 매우 싫어했다. 한번은 북경 호텔에서 열리는 연회에 참석한 그가 웨이터에게 물었다.

"오늘 간식은 무엇으로 만들었나?"

"아마 해산물일 것입니다."

웨이터가 자신 없게 대답하자 저우언라이는 그를 크게 꾸짖었다.

"'아마'라니, 그게 무슨 대답인가? 손님 중에 해산물 알레르기가 있는 사람이라도 있어서 문제가 생기면 누가 책임을 진다는 말인가?"

영국인은 사소한 일까지 완벽하게 처리하는 것을 좋아한다. 중국 우한(武汉)의 포양로(鄱阳路)에는 1917년에 지어진 6층

짜리 서양식 건물이 있다. 징밍(景明) 빌딩이라고 불리는 이 건물은 벌써 여든 번째 겨울을 나고 있었다. 그런데 어느 날, 이 건물을 설계한 영국의 건축 사무실에서 징밍 빌딩에 편지를 발송했다. 그 편지에는 이런 글이 쓰여 있었다.

'징밍 빌딩은 본사가 1917년에 설계한 것으로 그 수명은 80년입니다. 올해가 바로 80년이 되는 해이니 안전에 각별히 주의해 주시기 바랍니다.'

세계적 명품인 폴로 가죽가방을 생산하고 있는 미국의 폴로(POLO) 역시 '1인치에 바느질 여덟 땀이 있어야 한다.'라는 세세한 규정에 충실한 덕에 여러 해 동안 확고부동한 자리매김을 하고 있다.

사소한 일을 처리하는 능력은 어떠한 상황에 놓이든지 자기 일에 충실하고 스스로를 존중할 줄 아는 마음에서 비롯된다. 자기 일에 충실한 사람은 자기 주변의 일에도 세심한 주의를 기울인다. 그리고 자기 자신을 존중하는 사람은 하찮은 일에서도 기회를 발견한다.

제2장

약물중독 이야기

잘못된 방법을 쓴다면 아주 작은 일이 커다란 문제를 일으킬 수도 있다. 그러므로 아주 작고 사소한 일이라도 위험이 발생하지 않도록 미연에 방지하고, 만약 발생했을 때는 재빨리 대처하도록 해야 한다. 똑같은 실수를 두 번 범하는 것도 반드시 지양해야 한다.

이스라엘의 작가 에프라임 키숀은 『약물중독』이라는 코미디 작품을 썼다. 이 작품의 내용은 다음과 같다.

한 사내가 느닷없는 가려움증을 호소했다. 그는 귀가 몹시 가려워 무척이나 괴로워했다. 결국 그의 아내는 그를 데리고 병원에 갔다. 아내는 좀처럼 병원에 가지 않으려는 남편을 다그치며 이렇게 말했다.

"사람 일은 아무도 모르는 거예요! 처음에 대수롭지 않게 여겼다가 나중에 큰 코 다치는 거라고요!"

사내는 아내의 충고대로 병원에 가서 진찰을 받았다. 검진 후 의사는 사내에게 약을 처방해 주었다.

"페니실린 여섯 알을 처방해 드릴게요. 이것만 먹고 나면 괜찮아질 겁니다."

약을 먹은 지 이틀 후 가려움증은 감쪽같이 사라졌다. 그런데 갑자기 배에 붉은 반점이 생기더니 이번에는 그곳이 가렵기 시작했다. 사내는 전문의가 운영한다는 다른 병원에 찾아갔다. 의사는 그의 상태를 세세하게 살펴보았다.

"더러 페니실린에 알레르기 반응이 나타나는 사람도 있습니다. 선생님이 그러한 경우죠. 그다지 심각하지 않으니 걱정하지 마세요. 오레오마이신 열두 알을 복용하시면 며칠 후엔 정상적인 생활을 하실 수 있을 겁니다."

신통하게도 오레오마이신은 약효가 아주 뛰어났다. 의사의 말대로 반점이 흔적도 없이 사라졌다. 그런데 이번에는 무릎이 부어오르기 시작하더니 밤새 고열에 시달려야 했다. 사내는 아픈 몸을 이끌고 실력 있기로 정평이 난 의사를 수소문하여 찾아갔다.

"이런 증상은 대게 오레오마이신의 복용과 관련이 있습니다."

의사는 단번에 테라마이신 32알을 처방해 주었다.

'오, 세상에! 이건 기적이야!'

무릎의 붓기도 순식간에 빠지고 며칠 동안 시달렸던 고열도 언제 그랬냐는 듯 말끔하게 나았다. 그러나 사내의 기쁨도 잠시, 새로운 문제가 그를 기다리고 있었다. 이번에는 신장에 문제가 생겼다. 그 고통은 이루 말로 표현할 수 없을 정도였다.

사내는 침대에 꼼짝없이 누워 있을 수밖에 없었다. 조금만 움직여도 고통이 엄습해 왔기 때문에 왕진을 받을 수밖에 없었다.

"신장의 통증은 테라마이신이 원인입니다. 신장도 우리의 살과 같은 조직으로 이루어져 있어요. 가볍게 여기지 마시고 몸조리 잘 하세요."

의사가 진단을 내리자 간호사는 스트렙토마이신 주사를 놓았다. 그러자 마침내 사내의 체내에 있던 모든 바이러스들은 말끔히 사라졌다.

"성의 불을 끄려고 연못의 물을 끌어다 썼더니 연못에 살던 물고기들이 다 말라 죽었다."는 말처럼 사내의 건강은 급속도로 나빠졌다. 신장의 바이러스를 죽이기 위해 투입한 약물이 멀쩡한 근육과 신경조직에까지 영향을 미쳤기 때문이다. 상태가 이렇게 나빠지자 그를 구제할 수 있는 약물은 대량의 클로로마이세틴뿐이었다. 그 밖에는 별다른 방도가 없는지라 사내는 대량의 클로로마이세틴을 한입에 삼켜 버렸다. 그러자 몸에 힘이 좀 생기는가 싶었으나 이내 또 다른 질병이 그를 괴롭혔고, 결국 사내의 몸은 망가질 대로 망가졌다.

사내는 따스한 햇볕이 내리쬐는 거리에 주저앉아 옛일을 더듬어 보았다.

'단지 모기에 물려 귀가 가려웠던 것뿐인데……. 어쩌다 일이 이 지경에 이른 건지.'

중국 옛말에 "천리에 달하는 제방도 개미구멍 하나로 무너진다."라는 말이 있다. 이 말의 유래는 이러하다.

황하(黃河) 부근의 어느 작은 마을에 사는 사람들은 매년 일어나는 수해를 막기 위해 모두 힘을 합쳐 제방을 높이 쌓았다. 그러던 어느 날, 제방을 지나가던 한 노인이 우연찮게 제방에 생긴 개미구멍을 발견했다. 분명 며칠 전에는 보이지 않았던 개미구멍이 한눈에 띌 정도로 커진 것을 발견하고 노인은 매우 놀랐다.

'이 개미구멍이 제방에 영향을 끼치지 않을까?'

마을로 돌아온 노인은 아들에게 이 사실을 털어놓았다. 그러자 노인의 아들은 대수롭지 않게 대꾸했다.

"아버지, 튼튼한 제방이 고작 개미 몇 마리 때문에 무너지기라도 하겠어요?"

그날 저녁, 갑자기 먹구름이 끼더니 비바람이 몰아치기 시작했다. 황하는 순식간에 불어났고, 불어난 강물은 개미구멍에 침투하여 결국 제방을 무너뜨렸다. 그러자 눈 깜짝할 사이에 제방 주위의 마을은 강물에 잠겨 흔적도 없이 사라지고 말았다.

작은 일을 제때 처리하지 않으면 큰 사고를 불러일으킬 수 있다.

이 말은 영국의 오랜 전통을 지닌 은행 중 하나인 바레인 은행의 부도 사례를 살펴보면 잘 알 수 있다.

1995년 2월 26일, 영국 중앙은행인 잉글랜드 은행은 전 세계가 놀랄 만한 소식을 발표했다. 그것은 바레인 은행은 더 이상 거래 활동을 할 수 없으며 빠른 시일 내에 법원에 자산 정리를 신청해야 한다는 소식이었다. 그리고 열흘 후, 233년의 역사를 지닌 바레인 은행은 네덜란드의 어느 대기업에 병합되었다.

믿을 수 없겠지만, 233년의 전통을 자랑하던 바레인 은행이 망한 이유는 한 직원의 사소한 잘못 때문이었다. 은행 측은 이 직원이 잘못 처리한 계좌 업무를 대수롭지 않게 여기고 수수 방관하다 그만 이러한 지경에 이르고 만 것이다.

세계 유명기업인 존슨 앤 존슨도 이와 유사한 일을 경험했다.

존슨 앤 존슨 제약회사가 생산하는 타이레놀은 진통제이다. 타이레놀은 1981년 한 해의 판매액만도 43억 5천 달러에 이르렀고, 이것은 존슨 앤 존슨 전체 판매액의 7%를 점유했으며, 이윤의 17%까지 차지했다. 그러던 1982년 어느 날, 아담 자누스라는 환자가 타이레놀 한 알을 먹은 뒤 즉사하고 말았다. 이 소식은 순식간에 미국 전역으로 퍼졌다. 이 일을 계기로 존슨 앤 존슨 회사의 의약품 점유율은 35.5%에서 7%로 곤두박질치고 말았다.

살아가면서 이러한 일은 비일비재하다.

중국 절강성(浙江省)의 한 사업체에서는 유럽에 수출한 대량의 냉동새우가 반환되어 돌아오는 어처구니없는 일이 벌어졌다. 게다가 유럽의 수입업체는 전액환불뿐 아니라 거액의 손해배상까지 청구한 상황이었다. 그들이 환불에 손해배상까지 요구한 이유는 유럽 현지 검열기관의 검사 결과에 따른 것으로 1,000톤에 달하는 냉동새우에서 0.2그램의 클로로마이세틴이 검출되었기 때문이었다. 이에 중국 사업체는 즉각 자체 조사를 실시했는데 그 결과, 가공 과정에 문제가 있었던 것으로 판명되었다. 원래 새우를 처리하는 과정은 모두 수공으로 이루어진다. 그런데 일부 직원들이 손이 가렵다며 무심코 클로로마이세틴 소독약을 바르고 작업을 했다가 약물이 냉동새우에 투입된 것이었다.

서양 사람들은 작은 문제도 매우 중시한다. 대만의 어느 박사는 신발을 사기 위해 이탈리아의 유명 신발가게에 들어갔다. 그는 마음에 드는 신발을 골랐지만 안타깝게도 그에게 딱 맞는 치수는 다 팔리고 없었다. 그는 어쩔 수 없이 한 치수 작은 신발을 사기로 했다.

그런데 계산대에서 돈을 지불하려는 순간, 종업원은 뜻밖의 말을 꺼냈다.

"손님, 죄송합니다. 저희는 손님께 이 신발을 팔 수 없습니다."

"아니, 그게 무슨 말이오?"

박사는 어이가 없었다.

"손님께 이 신발을 팔지 않겠다는 다른 이유는 없습니다. 단지 손님께서 이 신발을 신어 보실 때 표정이 안 좋았기 때문입니다. 저희는 구매 후 고객께서 후회하게 되는 물건은 판매하지 않습니다."

종업원의 정중한 거절 의사에 박사도 기분 좋게 승낙했다.

세심하지 못한 사람은 실수를 저지르거나 손해를 보기 마련이다.

어느 의과대학의 교수는 첫 번째 수업 시간에 그의 학생에게 이런 말을 했다.

"의사가 되기 위해서는 대담하고도 세심해야 해!"

그리고 그는 탁자 위에 놓여 있던 소변이 가득 담긴 컵에 자신의 손가락을 담갔다. 학생들이 더욱 경악을 금치 못한 것은 곧장 그 손가락을 자신의 입에 넣었다는 사실이었다. 교수는 그 컵을 학생들에게 건넸다.

"자, 내가 방금 한 것처럼 똑같이 해보게."

서로 눈치를 보던 학생들은 어쩔 수 없이 손가락을 컵에 담갔다 자신의 입에 넣었다. 모두들 굉장히 고통스러워했다. 가만히 학생들의 모습을 지켜보던 교수는 박수를 치며 학생들을 칭찬했다.

"좋아! 아주 잘했네. 다들 대담한 젊은이들이군!"

그 순간 교수는 진지한 표정으로 학생들을 응시하며 또 이렇게 말했다.

"그런데 아쉽게도 세심함은 아직 갖추지 못했군. 방금 자네들이 고통스러울 수밖에 없었던 이유는 나를 유심히 관찰하지 않았기 때문이야. 내가 컵에 넣은 손가락은 검지였지만, 입안에 넣은 손가락은 중지였거든."

일본의 복어 손질 과정은 아주 엄격하기로 정평이 나 있다. 그렇기 때문에 복어 요리사가 되려면 최소 2년 이상의 엄격한 교육 과정을 거쳐야 한다. 뿐만 아니라 교육 과정을 마친 후에도 시험을 치러야 하고, 그 시험에 합격해서 자격증을 취득해야 비로소 복어 요리 전문점을 개업할 수 있다. 실제 복어 한 마리의 독을 모두 없애려면 30번 이상의 과정을 거쳐야 한다. 이것은 숙련된 조리사도 최소 20분은 투자해야 끝나는 과정이다.

나비의 교훈 :
작고 사소한 일에 임하더라도 위험이 발생할 수 있는 모든 가능성에 대비하라.

그러나 복어 조리 방법은 의외로

간단하다. 다른 해산물 조리 방법과 다를 바 없기 때문이다. 그렇기 때문에 손질을 대충 해버린다면 그 복어 요리를 먹은 고객은 어떤 결과를 얻게 될지 안 봐도 뻔하다.

제3장

표범 왕과 어린 사자 이야기

작고 약한 상대를 업신여기지 마라. 또한 일을 처리할 때 작은
일을 소홀히 하면 결국 만회할 수 없는 어마어마한 실수를 저
지르게 된다. 일상에서 접하는 작고 사소한 일에도 최선을 다
해야 한다.

아주아주 먼 옛날, 표범 왕은 수많은 전쟁에서 훌륭한 업적
을 세워 많은 재산을 갖게 되었다. 숲에서는 사슴들이 뛰어 놀
고 있었고, 들판에서는 양들이 풀을 뜯고 있었다.

그러던 어느 날 숲에서 사자 한 마리가 태어났다. 많은 거물
급 인사들이 사자를 찾아가서 예의를 갖추는 것을 보고 표범
왕은 곧 여우를 불러 이 일을 상의했다. 여우는 노련하고 용의
주도할 뿐만 아니라 능력 있는 정치가이기도 했다.

표범 왕이 여우에게 말했다.

"자네는 분명 저 사자가 두렵다고 하겠지. 하지만 저 새끼 사자의 어미는 이미 죽고 없네. 사람들의 동정으로 먹고사는 어린 새끼 주제에 무슨 힘이 있겠나? 운명에 따라 조용히 사는 거지. 그놈이 그렇게 사는 거 말고 또 무슨 방법이 있겠어? 당장에 뛰쳐나가 사냥을 할 능력도 안 되니 말이야!"

여우가 고개를 저으며 말했다.

"왕이시여, 저 고아한테 동정을 베푸느냐 마느냐가 중요한 것이 아닙니다. 폐하께서는 하루빨리 이 사자와 좋은 관계를 유지할지 아니면 흔적도 없이 없애 버릴지 결정하셔야 합니다. 사자를 없애 버릴 거라면 그의 발톱과 이빨이 자라서 우리를 위협하기 전에 우리가 먼저 없애 버려야 합니다. 왕이시여, 이 기회를 놓쳐서는 아니 되옵니다. 얼마 전 제 점괘에 이 새끼 사자가 앞으로 동물들의 우두머리로 성장할 것이라고 나왔습니다. 그는 어느 육지동물과 비교해도 뒤지지 않을 만큼 훌륭하게 성장할 것입니다. 왕께서는 이런 사자에 맞서서 그만큼 훌륭해지시던가 아니면 그를 없애셔야 합니다."

여우가 핏대를 세우며 이야기했지만 표범 왕은 여우의 이야기를 듣다가 그만 잠들고 말았다. 그리고 주위에 있던 신하들도 잇따라 잠에 빠져드는 바람에 아무도 여우의 말을 들어주지 않았다.

어느덧 새끼 사자는 몸집 큰 어른 사자로 성장했다는 소식이 들려왔지만 여우는 이미 왕에게 조언했다가 무시당한 경험이 있어서 한숨만 쉬고 있었다. 그러다가 답답한 마음에 다시 한 번 왕을 찾아갔다.

"폐하, 우리는 더 이상 피할 곳이 없습니다. 그동안 많은 동물들이 태어나고 또 죽었습니다. 그리고 지금 왕께서 동물들을 불러 모아 도와 달라고 한들 소용이 없습니다. 이제 그놈들은 더 이상 폐하의 종이 아니기 때문이죠. 지금은 달리 뾰족한 수도 없고 오직 이 방법밖에 없습니다. 사자에게 양을 먹여 배부르게 해서 살살 구슬리십시오. 이렇게 해야만 다른 동물들의 힘을 키울 수 있는 시간도 벌고 당신의 재산도 보호할 수 있습니다. 왕이시여, 사자는 감히 상상도 못할 힘을 가지고 있습니다. 사자는 세상 누구보다 용맹하고 강인하며 민첩합니다. 어서 사자의 발 앞에 양 한 마리를 던져 주십시오. 만약 사자가 가지려고 하지 않으면 양을 더 던져 주시고 거기에 소 한 마리를 또 얹어 주십시오. 지금은 '당근요법'이 최선입니다. 가장 먹음직스러운 소와 양을 갖다 줘야만 다른 동물들도 구할 수 있습니다."

하지만 표범 왕은 이번 조언 역시 귀담아 듣지 않았다. 그리고 상황은 순식간에 변해 버렸다. 결국 표범 왕의 많은 측근들은 화를 면치 못했고 남은 동물들도 모두 사자의 희생양이 되었다. 그리고 마침내 왕을 두려워하던 예전의 적이 숲의 주인이 되었다.

2003년 2월 1일, 미국의 우주왕복선 컬럼비아호가 지구로 귀환하던 중 착륙 직전에 폭발하는 사고가 발생했다. 탑승하고 있던 대원 7명이 전원 사망했고 전 세계는 안타까움을 금치 못했다. 미국 항공 우주국(NASA) 책임자, 론 디트모어 국장은 즉시 해임되었다. 그는 26년 동안 NASA에서 일했으며 지난 4년 동안은 우주왕복선 프로그램 국장을 역임했다.

NASA는 이 끔찍한 사고를 있게 한 요인은 단열재 한 조각의 결함 때문이라고 공식발표했다. 컬럼비아호의 표면에는 섭씨 3,000도의 고열을 이겨낼 수 있는 2만여 개의 단열재가 부착되어 있는데 이 단열재는 우주왕복선이 대기권을 통과할 때 발생하는 공기마찰을 최소화시키는 중요한 장치다.

컬럼비아호 발사 장면을 녹화한 테이프를 보면서 조사원들은 뜻밖의 장면을 발견했다. 발사 80초 후 연료장치에서 떨어져 나간 파편 조각이 왕복선 왼쪽 날개에 있는 단열시스템에 부딪히는 모습이 카메라에 포착된 것이다. 결국 대원 7명의 목숨을 앗아간 것은 하찮은 파편 한 조각이었다.

월마트의 창시자는 사소한 문제점이라도 재빨리 발견해 내기 위해 어떤 일이든 몸소 실천해 보는 습관을 갖고 있었다.

월마트의 창시자, 샘 월튼은 1918년 오클라호마 주의 '킹피셔'라는 작은 마을에서 태어나 그곳에서 성장한 시골토박이였다. 지금으로부터 60여 년 전, 대학을 졸업한 지 3일째 되는 날 샘은 어느 작은 마을의 체인점에서 첫 직장 생활을 시작하게 되었다. 그리고 10년 후 그는 자기 소유의 작은 가게를 열게 되었다. 그는 초심자의 마음가짐으로 경영 노하우를 연구했다. 그리고 바닥 청소, 영수증 쓰기, 장부 정리, 주방 인테리어, 현금 보관함 관리, 수족관 관리, 기계 설치, 물건 운반, 장거리 운행 등 모든 일을 직접 실천해 보고 직원들에게 노하우를 전수해 주었다. 그리고 마침내 샘은 40여 년간 다져 온 자신만의 경영 노하우로 거대한 상업제국을 이룩했다.

샘의 자서전 『Made in America』를 보면 평범했던 그가 가졌던 사소하고도 단순한 발상이 어떻게 거대한 상업제국을 이룩하게 해주었는지 잘 알 수 있다. 그의 글에서는 장황한 설명이나 어마어마한 전략 따위는 찾아 볼 수 없다. 단지 그는 비범한 창업정신을 가지고 있을 뿐이었는데 상품을 전시하고 그것을 판매하는 등 아주 간단한 일에서부터 그러한 정신을 발휘했다.

샘 월튼은 하루 일과의 90% 이상을 분점 순찰, 직원이나 고객과의 상담, 재무 상황 열람에 쏟았다. 게다가 매주 토요일은 꼬박꼬박 회의에 참석하여 모든 분점의 구체적인 운영 상황까지 자세하게 보고받았다. 그리고 현재 월마트의 고위 관계자들 역시 매주 두세 시간을 들여 분점을 순찰하고 발견되는 문제점들을 그 즉시 해결하고 있다.

월마트는 평범하지만 평범하지 않은 노력으로 '유통업계의 기적'을 만든 것이다.

일반적으로 미국인은 일처리에 있어서 정확성을 매우 중시한다. 미국의 대표적인 패스트푸드 업체 맥도날드를 살펴보면 미국인의 그러한 특징을 잘 알 수 있다. 맥도날드의 햄버거는 만들어진 지 20분 내에 판매하고, 20분이 지난 햄버거는 전량 폐기처분하도록 규정되어 있다. 보기에는 간단한 규정이지만 그렇지가 않다. 예를 들어 고객이 많아 수요가 증가하는 상황을 생각해 보자. 햄버거의 수량이 부족할 경우, 고객들은 패스트푸드점에 와서 음식을 기다리는 불편을 겪게 될 것이다. 그리고 햄버거를 찾는 고객이 적어 이미 구워 놓은 고기를 버려야 하는 상황이 닥친다면, 그것은 경영에 막대한 손실을 가져오게 될 것이다. 고객을 기다리게 하거나 미리 구워 놓은 고기를 버리는 일을 방지하기 위해서는 반드시 고객의 수요를 정확하게 분석하고 즉각적이고도 융통성 있게 대처할 줄 아는 자세가 필요하다. 즉 고객 수와 햄버거의 적정 비율을 찾아 두 마리 토끼를 동시에 거머쥘 수 있어야 한다. 이 문제는 단순히 햄버거뿐만 아니라 기타 식품, 여느 서비스에도 그에 상응하는 규정이 철저하게 적용되어야 한다. 물론 그러한 규정 외에도 구성원들이 신경 써야 할 수많은 세부사항은 굳이 언급하지 않아도 미루어 짐작할 수 있을 것이다.

동경의 어느 무역회사에 바이어들의 티켓 예약을 담당하는 여직원이 있었다. 그녀는 독일의 한 대기업에서 파견된 바이어에게 동경과 오사카를 오갈 수 있는 왕복 티켓을 자주 끊어 주었다. 그런데 얼마 지나지 않아 독일 바이어는 재미난 사실 하나를 발견했다. 그가 동경에서 오사카로 갈 때는 언제나 좌석이 열차의 왼쪽이었고, 동경으로 돌아올 때는 오른쪽이었던 것이다. 동경에 도착한 바이어는 티켓 담당 여직원에게 물었다.

"항상 그렇게 자리를 예약하는 무슨 이유라도 있나요?"

그러자 여직원은 미소를 띠며 이렇게 대답했다.

"오사카로 갈 때는 열차의 왼쪽에 앉아야 후지 산이 잘 보이고, 동경으로 돌아올 때는 오른쪽에 앉아야 잘 보이거든요. 후지 산의 아름다운 경치는 좀처럼 보기 어려운 것이라서요. 그래서 티켓을 구매할 때 항상 후지 산이 잘 보이는 좌석으로 예매해 드린 거예요."

그렇게 작은 일까지 배려해 준 여직원에게 독일 바이어는 크게 감동했다. 그리고 이 일을 계기로 바이어는 그 무역회사와 연장계약에 들어갔다. 액수도 전보다 훨씬 많은 액수였다. 사소한 부분까지도 주도면밀하게 처리하는 직원의 업무 태도를 보고 만약 이 회사와 거래를 한다면 이익을 얻을지언정 손해를 보지는 않을 것이라고 확신했기 때문이었다.

세상에 보잘것없는 일은 단 하나도 없다. 작고 사소한 일이라도 주도면밀하게 처리하라.

1947년 파울루치의 푸룽(Furong) 회사는 식품연합회에서 제외되었다. 이는 기업의 신용도에 큰 문제가 생겼음을 암시하는 것으로 대표, 파울루치의 입장에서는 청천벽력과도 같은 소식이었다.

그러나 파울루치는 그대로 무너질 사람이 아니었다. 그는 1년에 단 한 번 열리는 큰 규모의 품평회가 바로 일주일 후에

개막한다는 소식을 들었다. 그는 이 품평회를 마지막 기회로 삼아 회사 제품을 다시 한 번 제대로 평가받아야겠다고 결심했다. 그것은 기업의 생사가 걸린 중요한 사안이었다.

'삶과 죽음은 겨우 한 끝 차이'라는 말을 들어보았는가?

품평회에 참가한 파울루치는 자신 있게 자사 제품인 야채 통조림을 땄다. 그런데 바로 그 순간, 그는 야채 위에 죽어 있는 메뚜기 한 마리를 발견하고 그만 기절할 뻔했다. 그의 곁에 서 있던 직원도 난데없는 메뚜기를 보고 마치 금방이라도 구토할 듯한 표정을 지었다. 시퍼렇게 질린 파울루치는 재빨리 품평단의 크리스틴 여사를 바라보았다. 다행히 그녀는 다른 곳을 보며 밝게 웃고 있었다.

'분명히 못 봤겠지?'

그 순간 파울루치는 뚜껑을 딴 야채 통조림을 크게 한 숟가락 떠 자신의 입에 넣었다. 그는 죽은 메뚜기가 들어 있는 야채를 씹으면서도 표정 하나 변하지 않고 이렇게 외쳤다.

"크리스틴 여사, 이 통조림을 맛보세요! 정말 끝내 줍니다!"

파울루치의 야채 통조림을 맛볼 차례가 된 크리스틴 여사는 파울루치가 떠먹었던 똑같은 야채 통조림을 맛보았다.

"음! 정말 맛있어요! 이렇게 맛있는 야채 통조림은 처음 먹어 봐요!"

크리스틴은 활짝 웃으며 극찬을 아끼지 않았다. 파울루치의 민첩한 재치로 푸롱 회사는 다시 식품연합회 명단에 이름을 올릴 수 있었다.

18세기 중엽, 유명한 외교가였던 체스터필드 경은 아들에게 편지를 쓰기로 결심했다. 그는 편지에 여러 가지 지혜로운 이야기를 써 내려가며 그 이야기들이 아들의 인생에 올바른 이정표를 제시해 주기를 바랐다. 그의 편지는 신사가 지녀야 할 인격과 재능에 대한 이야기가 대부분이었는데 그것은 실제로도 그의 아들에게 많은 도움을 주었다. 그중에는 오늘날까지 전해 내려와 소위 '명언'이라 불리는 말도 있다.

"오늘 할 일을 내일로 미루지 마라."

많은 사람들은 복잡하고 어려운 문제에 맞닥뜨리고도 그것을 어떻게 해결해야 할지 몰라 당황했던 경험을 가지고 있을 것이다. 또한 공부해야 하는 분량은 많은데 어떻게 시험 준비를 해야 할지 몰라서 마냥 손놓고 포기했던 기억도 있을 것이다. 대부분의 사람들은 이러한 상황을 자주 접하면서도 항상 속수무책으로 대처하지 못한다.

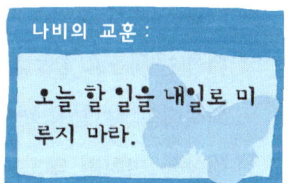

나비의 교훈 :

오늘 할 일을 내일로 미루지 마라.

눈앞에 닥친 문제를 미루지 말고

재빨리 해결해야 하는 이유는 다방면에서 찾을 수 있다. 가장 중요한 이유는 문제가 발견될 당시에 제대로 처리하지 않으면 문제가 더욱 복잡해진다는 사실이다. 그러다 보면 문제는 해결하지 못할 만큼 심각한 지경에 이를 수도 있다. 문제를 재빨리 해결할 때 특별히 신경 써야 할 일은 반드시 능동적으로 대처하고 정확하게 처리해야 한다는 것이다. 그렇게 하면 문제를 해결할 수는 없어도 적어도 문제를 더 이상 심각하게 만드는 것은 예방할 수 있다. 예를 들어 작은 상처를 입었을 때 재빨리 치료하면 금세 나을 수 있지만, 별거 아니라며 그대로 방치해 두면 상처 부위가 노출되어 또 다른 병균에 감염될 가능성이 높아진다. 그러면 결국 더 복잡하고 어려운 치료과정을 거쳐야만 한다. 무슨 일이든지 확실하게 처리하지 않으면 심각한 상황을 초래한다는 사실을 명심해야 한다. 대출금 이자도 마찬가지이다. 몇 푼 안 되는 대출금 이자라도 제때 갚지 않으면 머지않아 눈덩이처럼 불어나기 마련이다.

그날 해야 할 일을 그날 다 끝마친다면 당신은 순탄하고 편안한 생활을 할 수 있다. 그러다 보면 먼 훗날에는 오늘보다 더욱 다채롭고 풍부한 삶을 누릴 수 있다. 문제의 핵심은 먼저 해결해야 할 일에 대한 정확한 분석이다. 그리고 다른 생활에 영향을 끼치지 않고 얼마나 많은 일들을 합리적으로 해결할 수 있느냐의 여부도 중요하다.

앞으로 다가올 시험이나 업무에 부담을 느낀다면 다시 한 번 정신을 가다듬고 부딪쳐 보면 된다. 반복적으로 필기 노트를 훑어보고, 모르는 문제가 생기면 선생님이나 선배에게 물어보라. 이렇게 하면 어려운 상황을 효율적으로 대처할 수 있게 된다. 비록 학업은 투자하는 시간과 노력과 비례하여 발전하지만 구태여 수면 시간과 휴식의 시간까지 쪼개 가며 희생할 필요는 없다. 올바른 학업 습관을 익혀 주먹구구식의 수동적 학습 태도를 피하면 원하는 결과를 얻을 수 있을 것이다. 이것은 곧 성인이 된 후의 업무 성향과도 밀접한 연관이 있다.

꾸준한 노력은 벼락치기보다 훨씬 좋은 효과가 있다. 일단 꾸물거리기 시작하면 예기치 못한 순간에 많은 문제들이 봇물 터지듯이 터져 나오게 된다. 그러나 매일같이 최선을 다한다면 궁극적으로 많은 에너지를 절약할 수 있고 이렇게 절약한 에너지는 다른 일을 하는 데에 사용할 수 있다. 꾸준히 노력하는 사람은 순리에 따라 목표에 도달한다. 그리고 절약된 당신의 에너지는 예측할 수 없는 어려운 일을 맞닥뜨렸을 때 유용하게 사용할 수 있다.

1871년 봄, 몬트리올 종합의과대학 학생인 윌리엄 오슬러는

늘 자신에게 닥친 혹은 닥칠 일들을 어떻게 처리해야 할지 몰라 걱정이 태산이었다. 기말고사에 대한 두려움, 졸업 후 개인병원을 개업할 수 있을지, 만약 개업을 한다면 그 후에는 또 무엇을 해야 하는지에 대한 염려, 그리고 앞으로 인생을 어떻게 살아가야 하는지에 대한 걱정 등 수많은 생각들이 매일같이 그의 주위를 맴돌았다.

수많은 걱정 근심에 둘러싸여 하루하루를 보내던 어느 날, 오슬러는 도서관에서 우연히 『토머스 칼라일 전기』를 읽게 되었다. 그 책 본문에는 이러한 말이 써 있었다.

'마냥 먼 미래의 일을 근심하며 오늘을 걱정하는 것보다 현재 자신이 해야 할 일부터 차근차근 해결하는 것이 현명하다.'

오슬러는 이 구절을 보고 정신이 번쩍 들었다. 그리고 오슬러는 그 구절대로 먼 미래를 걱정하기보다는 우선 자기가 당장 해야 할 일부터 하나씩 정리하기 시작했다. 그는 틈틈이 의학서적을 읽고 실습에 참가할 때도 열정을 쏟았다. 그 결과 오슬러는 의학계를 주름잡던 동시대의 인물들 중에서 가장 뛰어난 의학박사가 되었다. 영국 의학계에서 주는 '명예의 상'을 수

상하였으며, 옥스퍼드 대학의 교수로도 임명받았다. 그리고 훗날에는 세계적으로 유명한 존스홉킨스 의과대학원을 설립했다.

젊은이들은 자신의 불확실한 미래를 두려워하며 무엇이든 복잡하게 생각하는 경향이 있다. 까마득히 먼 미래를 고민하는 동시에, 장래에 무슨 일을 해야 할지를 걱정하는 것이다. 이것은 곧 자신도 모르게 빠져드는 함정과 같다. 사실 섣부른 근심 걱정은 우리들 인생에 불필요한 것들이다. '미래'는 현재의 위치에서 앞으로 한걸음씩 나아가다 자연스럽게 접하는 것이지, 갑자기 어디선가 불쑥 튀어나오는 것이 아니다. 먼 미래를 걱정하기보다는 현실에 충실하자.

낚시를 하러 아빠의 친구들과 캐나다에 가기로 한 지미는 벌써 며칠 전부터 아빠에게 이렇게 졸라댔다.

"아빠, 큰 물고기를 낚으려면 새 낚싯대와 낚싯바늘이 필요해요. 지금 있는 건 너무 작단 말이에요. 아주 큰 걸로 바꿔 주세요. 네?"

지미의 아빠는 간절한 눈빛으로 말하는 아이를 차마 나무랄 수 없어 아이가 원하는 대로 새 낚시도구들을 사 주었다.

아빠의 친구들은 지미의 낚시도구를 보고 지미를 놀려댔다.

"지미, 너 고래라도 낚을 셈이니?"

"전 아주 커다란 창꼬치(숭어목 꼬치고깃과의 바닷물고기-역주)를 잡을 거예요."

지미가 자신감에 가득 찬 목소리로 대답했다.

"그래, 어련하겠어? 그런 낚시도구라면 아주 커다란 창꼬치도 잡을 수 있을 게다. 하하하!"

아빠의 친구들은 계속해서 지미를 놀려댔지만 지미는 아랑곳하지 않고 오히려 더 당당했다.

그 후 나흘 동안이나 낚시를 했지만 지미는 물론이고 다른 어른들도 별다른 수확이 없기는 마찬가지였다. 그러면 그럴수록 지미의 낚시도구는 지루한 어른들에게 좋은 놀림거리가 되었다. 이때, 누군가 큰 소리를 치며 자리를 박차고 일어났다.

"큰놈이야!"

그 순간 그의 낚싯대가 아주 팽팽해졌다. 그는 물고기와 사투를 벌이기 시작했다.

얼마나 지났을까? 결국 그의 낚싯대는 큰 물고기의 힘을 이기지 못하고 부러지고 말았다. 그는 큰 한숨을 내쉬며 아쉬움을 금치 못했다.

"에이, 미리 대형 낚싯대를 준비했으면 분명히 저놈을 낚을 수 있었을 텐데……"

다음 날 낚시를 마친 사람들이 하나 둘 도구를 챙겨 돌아갈 준비를 하고 있었다. 그 순간, 지미의 낚싯대가 팽팽해졌다. 다들 처음에는 낚시찌가 강바닥의 나무에 걸린 것뿐이라고 생각했다. 그런데 잠시 후, 지미의 낚싯대가 심하게 요동쳤다. 그 정도를 보아하니 큰 창꼬치가 분명했다. 사람들은 요동치는 창꼬치를 보고 그 크기에 놀라지 않을 수 없었다. 지미는 30여 분 동안 씨름한 끝에 큰 창꼬치를 끌어올릴 수 있었다. 그리고 창꼬치의 무게를 달아보니 무려 32파운드나 나갔다. 주변에 있던 어른들은 놀라 입을 다물지 못했고 지미는 기뻐 어쩔 줄 몰랐다. 물론 지미의 아빠는 그런 아들을 보면서 무척이나 자랑스러워했다. 지미는 목표를 확실하게 정하고 철저한 준비를 한 끝에 자신이 원하던 좋은 결과를 얻을 수 있었다.

사람들은 흔히 모든 일에는 순서가 있다고 한다. 하느님 또한 그리 여기시어 이런 말씀을 하셨다.

"땅은 스스로 열매를 맺는다. 처음에는 싹이 피고, 다음에는 이삭이 돋아나며, 훗날에는 이삭에 충실한 곡식들로 가득하리라."

성공을 거두려면 계획을 세워 차근차근 전개해야 한다. 성공을 위한

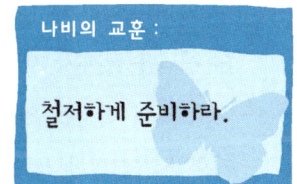

나비의 교훈 :

철저하게 준비하라.

모든 준비과정은 성공으로 가기 위한 지름길과 같다.

"기회는 준비하는 자에게 온다."라는 명언도 있다. 수많은 기회가 다가와도 그것이 사라진 후에야 비로소 깨닫게 되는 것이 사람이다. 이처럼 다가온 기회를 알아채지 못하거나, 혹은 기회를 잡을 준비가 덜 되어 있기 때문에 우리는 종종 기회를 놓치고 만다.

우리는 성공을 바라면서 아무런 준비도 하지 않는 사람들을 주변에서 흔히 본다. 그들에게는 좋은 기회가 제 발로 찾아온들 아무 소용없다. 오직 매사에 미리 준비하고 충실하게 실천하는 사람만이 기회가 왔을 때 놓치지 않고 꼭 거머쥘 수 있다.

성공을 위해 무엇을 하고 있는지 자기 자신에게 되물어 보는 습관을 들여라.

목표를 향해 얼마나 열심히 전진하고 있는가? 과연 자기 스스로 토지를 개간하고 씨앗을 심으며 어린 새싹과 이삭을 잘 돌볼 수 있는가? 맨발로 1마일을 걷는 일이라도 기회를 잡을 수 있는 일이라면 기꺼이 뛰어들 수 있는가? 마지막으로 자신의 신념을 끝까지 지켜 낼 자신이 있는가? 필요한 것을 갖추었다고 해서 전쟁을 치를 모든 준비가 끝났다고 할 수 있는가? 기회가 자신의 문을 두드릴 때 과연 환하게 웃으며 자신감 있게 맞이할 수 있는가?

기회가 언제 당신의 문을 두드릴지 아무도 예측할 수 없다. 기회는 언제나 미처 생각하지 못한 상황에서 나타나기 때문이다. 가끔 기회가 제시하는 요구 조건이 당신의 능력으로는 감당하지 못할 정도로 버거울 때도 있다. 그러나 일단 원대한 목표를 세운 당신이라면 반드시 지미처럼 사전에 만반의 준비를 하고 남들보다 좋은 자리를 확보해야 한다. 그렇지 않으면 애써 잡은 대어(大魚)도 허무하게 놓쳐 버릴 수 있다.

모스(미국인 모스가 고안한 전신 부호로 점과 선을 여러 가지로 배합하여 글자를 나타내는 것-역주) 전신기 회사에서 일하고 싶어 하는 청년이 있었다. 그는 우연히 신문에 난 광고를 보고 곧바로 광고에 쓰여 있는 주소로 찾아갔다. 그가 도착했을 때 회사는 각종 방송과 사람들의 소음으로 가득했고 많은 직원들은 바쁘게 움직이고 있었다. 벽에 있는 안내판에는 담당 직원이 사무실로 안내하기 전까지 잠시 기다리라고 쓰여 있었다. 그곳에는 이미 수십 명에 달하는 구직자들이 대기하고 있었다. 아무도 관심을 가져 주지 않는 상황에서 마냥 기다려야 한다는 것이 썩 내키지는 않았지만 젊은이는 자신의 순서를 기다렸다.

'난 여기에 일을 구하러 왔어. 이번 기회를 그냥 지나칠 수

는 없지.'

기다린 지 30분가량이 지났을 무렵, 그는 자리에서 벌떡 일어나 사무실 안으로 들어갔다. 다른 구직자들은 그의 행동을 보고 모두 의아해하며 웅성거렸다. 대략 5분 후, 젊은이는 사장과 함께 사무실 밖으로 나왔다. 사장은 기다리던 많은 구직자들을 향해 이렇게 말했다.

"이제 모두 돌아가십시오. 저희는 이 업무에 아주 적합한 인재를 찾았습니다."

이 말을 들은 몇몇 구직자들은 불만을 감추지 못했고 그중 한 사람은 사장을 향해 큰소리로 반문했다.

"납득할 수 없습니다. 저 사람은 우리 중에 가장 늦게 도착한 사람이란 말입니다. 어떻게 먼저 온 우리에게는 면접 볼 기회도 주지 않고 덥석 저 사람을 고용할 수 있는 거죠? 이런 불공평한 경우가 어디 있습니까?"

그러자 사장은 이렇게 대답했다

"여러분, 죄송합니다. 하지만 여러분이 이곳에 앉아 기다리시는 동안 저희는 안내판을 통해 끊임없이 말씀드렸습니다."

"아니, 우리를 마냥 기다리게 해 놓고 대체 뭘 말해 줬다는 거요?"

"저희는 모스 부호로 쓴 문구를 안내판에 계속 내보냈습니다. '모스 부호를 이용한 이 문구를 알아본 사람은 즉시 안으로 들어오십시오. 우리 회사는 당신을 채용할 것입니다.'라고 말이지요. 그런데 애석하게도 여러분은 아무도 그 문구를 알아보지 못하더군요. 그건 모스 부호에 대한 여러분의 지식이 부족하다는 것을 의미합니다. 하지만 여기 있는 이 젊은이는 모스 부호로 쓴 문구를 알아보고 제 사무실로 들어왔습니다. 그러니 저희가 이 젊은이를 채용하는 건 아주 당연한 일이지요."

부와 명예, 그리고 행복이 보장된 성공한 삶은 강인한 정신력과 가치관이 뒷받침되어 있다. 즉 당신의 인생관을 올바른 가치관과 강인한 정신력에 많은 비중을 둔다면 성공은 분명 당신의 것이 될 것이다.

독서와 학업을 게을리 하지 말고 새로운 경험과 사상을 깨우치는 일에 부단히 노력하라. 무슨 일이든 가장 처음 임할 때는 모든 가능성을 활짝 열고 시작해야 한다. 다른 사람의 행동에 깊은 관심을 갖고 그의 말에 귀를 기울여라. 타인을 돕는 일은 곧 자기 자신을 돕는 일이다. 그리고 당신의 재능을 발휘한 후에는 과연 내재된 재능을 충분히 발휘했는지 자신에게 반문해 보라.

부정적인 상황에서도 긍정적인 면을 찾아라. 만약 당신이 다른 사람과 스스럼없이 잘 지낼 수 있는 방법을 터득한다면 당신의 일상은 많은 변화를 겪게 될 것이다.

준비된 일부분은 반드시 성공으로 이어진다.

제4장

오슬러 씨의 독서 이야기

좋은 습관을 꾸준히 유지하면 훗날 그보다 더 큰 이익을 얻을 수 있다. 또한 작지만 좋은 습관은 당신의 생활을 변화시킨다. 바른 습관을 들이도록 노력하라.

캐나다에 오슬러라는 의사가 있었다. 그는 의학계에서 유명한 사람으로 이미 그의 이름을 딴 의학용어가 많이 있었다. 예를 들어 '오슬러 결절', '오슬러 씨 병' 등이 그러한 것이다. 또한 그는 제3혈세포, 즉 혈소판 연구를 성공적으로 마쳤다.

오슬러는 재능이 뛰어나서 수많은 사람들이 그를 따랐다. 그는 업무에 충실하고 매일 시간을 쪼개 틈이 생길 때마다 때와 장소를 가리지 않고 독서에 열중했다. 하루도 빠짐없이 50년을 그렇게 해온 결과, 노년에 이른 그가 읽은 책은 무려

1,098권에 달했다.

오슬러 씨의 이 놀랍고 대단한 독서량의 신비는 어디에 있는 것일까? 혹시 그의 뇌 구조가 다른 사람과 다른 것이 아닐까?

원래 그는 잠자리에 들기 15분 전에 독서를 하는 습관이 있었다. 하루의 15분이라 하면 아무것도 아닌 것처럼 보이지만 꾸준히 한다면 결코 무시할 수 없는 시간이다.

오슬러의 계산에 의하면 일반인의 평균 독서 속도를 1분에 300자가량을 읽는다고 보면, 15분 동안의 독서량은 4,500자가량이 된다. 일주일을 계산하면 3만 1,500자, 한 달로 따지면 12만 6,000자가 족히 넘는다. 이렇게 1년을 해 나가면 151만 2,000자가 되는데 이 숫자는 어마어마한 독서량이 된다. 즉 평균 책 한 권의 글자 수를 7만 5,000자로 계산하면, 하루에 15분씩 1년이면 20권을 읽을 수 있다는 말이다.

이처럼 오슬러는 매일 15분 동안의 독서량이 모여 1,098권의 책을 읽을 수가 있었던 것이다. 15분의 짧은 시간을 우습게 여기지 마라. 그리고 오슬러의 꾸준한 인내심을 본받아야 한다.

좋은 습관이 성공을 부른다

1961년 4월 12일 비행사 가가린은 중량 4.75톤에 이르는 보스토크 1호선에 승선했다. 89분 동안 궤도 비행에 성공한 그는 세계 첫 유인우주선 탑승자가 되었다. 그는 어떻게 해서 20명이 넘는 지원자들을 제치고 유인우주선 탑승자로 선출되었을까?

비행사 선출이 있기 일주일 전에 있었던 일이다. 항공 우주선 설계사는 가가린이 혼자 신발을 벗고 양말만 신은 채로 우주선에 탑승하는 모습을 보았다. 이에 설계사는 그가 규율을 알고 우주선을 무척 아낄 줄 아는 청년이라고 여겼고 그렇게 해서 가가린은 유인우주선 첫 탑승자로 임명되었다. 가가린은 대수롭게 넘길 수도 있는 작은 일을 결코 무심코 지나치지 않았다. 그는 자신이 얼마나 이 일을 아끼고 어떠한 소질을 가지고 있는지 보여 주었다. 그래서 결국에는 첫 번째로 유인우주선에 탑승하는 영예를 얻게 된 것이다.

이밖에 유명한 구인 이야기도 있다.

한 회사에서 고위관리 인재를 채용하기 위해 면접을 보았다. 인재 채용에 참가한 후보들은 하나같이 면접관의 물음에 자신 있게 대답했다. 그러나 회사 측은 그 어느 누구도 채용하지 않고 지원자들을 돌려보냈다. 그런데 이때 한 지원자가 땅바닥에 떨어진 휴지를 발견하고 그것을 주웠다. 바닥이 워낙 깨끗해서 떨어져 있던 휴지는 쉽게 눈에 띄었는데도 아무도 그것에 신경을 쓰지 않았는데 그가 그것을 발견한 것이었다. 지원자는 주운 휴지를 쓰레기통에 집어넣으려고 했다. 그 순간, 면접관은 이렇게 말했다.

"지금 당신이 주운 종이조각을 펼쳐 보십시오."

지원자는 어리둥절해 하며 면접관의 말대로 종잇조각을 펼쳐 보았다. 종이에는 이렇게 쓰어 있었다.

'저희 회사의 직원이 된 것을 진심으로 축하드립니다.'

면접장소에서 쓰레기를 주웠던 이 지원자는 몇 년이 흐른 후 이 기업의 회장이 되었다.

나쁜 습관은 실패를 부른다

어느 잡지에 대학 졸업자인 진모 씨가 이력서 한 장으로 인해 구직에 실패했다는 기사가 실린 적이 있었다.

채용박람회가 있던 당일 아침 진 씨는 물 컵을 엎지르는 실수를 저질렀다. 그런데 그만 탁자 위에 올려놓은 이력서를 다 적시고 만 것이었다. 시간이 촉박한 진 씨는 이력서를 대충 말린 뒤 가방 안에 넣고 집을 나섰다.

채용박람회 현장에 도착한 진 씨는 한 부동산 회사의 마케팅 부서 자리가 무척 마음에 들었다. 그는 이 회사의 채용방식부터 알아보았다. 담당자와 간단한 인터뷰를 한 뒤 이력서를 제출하고, 며칠 뒤 다시 면접을 보는 방식이었다.

진 씨의 차례가 돌아왔고 담당자는 몇 가지 질문을 한 뒤 이력서를 제출하라고 했다. 진씨는 이력서를 제출할 때가 되어서야 자신의 이력서가 깨끗하지 못하다는 생각이 났다. 뿐만 아니라 열쇠와 갖가지 물건들과 같이 아무렇게나 넣어서 말이 아니었다. 진 씨는 이력서를 무릎에 놓고 애써 손으로 펴보려고 안간힘을 썼다. 구겨진 이력서를 받은 담당자는 얼굴을 찌푸렸다. 구겨진 이력서를 반듯한 이력서 사이에 놓으니 한눈에 들어왔다.

3일 후 진 씨는 면접에 참가하게 되었다. 그는 자신의 능력을 마음껏 발휘했다. 모의 제품 광고에서 포토샵을 다루는 일이나 결점이 있는 제품을 소비자에게 설명하는 기술이나 어느 하나 부족한 것이 없었다. 그리고 학창시절 연극반이였던 진 씨는 짧은 연기도 보이며 면접관들의 관심을 한 몸에 받았다. 그가 면접을 무사히 마치고 사무실을 나올 때 어느 여직원이 그에게 이렇게 말했다.

"당신이 오늘 면접 본 사람 중에 가장 훌륭했어요."

그러나 면접을 본 지 일주일이 지나도록 회사에서는 아무 연락도 오지 않았다. 의기양양하던 진 씨는 그제야 조급한 마음이 들었다. 그래서 그때 회사에 전화를 걸어서 어찌된 영문인지를 물었다. 여직원은 한참 뜸을 들인 후에 이렇게 말했다.

"사실 면접관들은 모두 당신을 마음에 들어 했어요. 당신이 떨어진 이유는 다름 아닌 이력서 때문이에요. 사장님은 이렇게 간단한 이력서 하나도 제대로 보관하지 못하는 사람이 어떻게 한 부서를 제대로 관리하겠냐고 하셨어요."

좋은 습관 덕에 큰 이익을 얻는다

일용품과 화장품 체인점, DM은 독일의 전역에 분포되어 있다. 30년 전 거츠 워너는 맨손으로 DM 분점을 열었다. 그는 자신의 경영 이념과 특별하고도 기이한 행동을 중시했다.

워너가 DM 분점을 열 당시 그는 점장에게 의자를 가져오게 했다. 점장은 아무런 의심 없이 의자를 워너에게 건넸다.

"사장님, 이걸 무엇에 쓰시려고요?"

그러자 워너는 땅 바닥에 비친 등불을 가리키며 말했다.

"저기를 보세요. 불빛이 땅 바닥에 집중되어 있잖아요."

그는 의자에 올라가 천장의 형광등을 돌려 조명이 물건을 비추도록 했다.

이런 그를 보고 '이렇게 작은 일도 사장이 직접 나서서 하니 얼마나 힘들까?'라고 생각하는 사람도 많았다. 그러나 이렇게 한 덕에 그는 현재 1,370여 곳의 지점을 소유하고 2만 명의 직원을 거느리고 있으며, 2002년에는 총 판매액이 26억 유로에 달할 만큼 성장했다. 워너는 동종업계 최고의 부자로서 2003년을 기준으로 그의 개인자산만 9억 5천 유로에 달했다.

워너는 자신이 작은 일에 충실한 이유를 이렇게 설명했다.

"아주 사소한 일이라도 몸소 실천하는 인상을 심어 주는 것은 공문서를 통해 지시하는 것보다 효과가 큽니다. 물론 제가 모든 분점을 일일이 돌면서 살펴볼 수는 없습니다. 하지만 사소한 것 하나도 제 눈에 띄는 한 그냥 넘어갈 수 없어요. '상업의 교황'이라고 불리는 부르노 팃이 이런 말을 했습니다. '기업가는 정확한 경영이념을 가지고 작은 일에도 열정을 불태워야 한다.'라고 말이죠. 저는 이 말에 전적으로 동의합니다."

여기에 또 다른 일화가 있다. 스님 한 분이 계셨는데 그는 어려서부터 쓰던 물건을 아무렇게나 어질러 놓는 버릇이 있었다. 그런데 그 버릇은 불가에 입문하고도 고쳐지지 않았다. 어느 날, 그의 스승은 호박을 가지고 머리 깎는 법을 가르쳐 주었다. 그런데 스님은 연습을 마치고 자신이 연습했던 칼을 아무렇게나 호박에 꽂아 두었다. 연습이 한동안 계속 되었는데 그는 매번 똑같이 칼을 호박에 꽂아 두었다. 아예 습관이 되었던 것이다.

그리고 얼마 후 그는 스님이 될 다른 사람의 머리를 깎아 주게 되었다. 그런데 이게 웬일이란 말인가! 머리를 다 깎은 그는 그만 무심코 버릇대로 행동하고 말았다. 머리를 깎았던 칼을 평소 호박에 꽂아 두었던 것처럼 한 것이다. 나쁜 버릇을 고치지 않은 그는 결국 되돌릴 수 없는 큰일을 저지르고 말았다.

나쁜 습관은 반드시 버려야 한다

일상생활에서 무심코 하는 나쁜 습관은 아주 많다. 이러한 나쁜 습관들은 악 중의 악이며 성공의 걸림돌이다. 우리는 자신이 처한 환경에 불만을 토로하면서 괴로워하는 사람들을 종종 접한다.

예를 들어 희망하던 학교에 진학을 하지 못한 학생은 열등의식을 느끼며 자신은 남들보다 못하다고 생각하며 자책한다. 이 학생은 괴로움에 휩싸여 학업에 전념할 수가 없다. 하루하루를 이런 잡념으로 지내다 보면 자연스레 성적은 떨어질 수밖에 없다. 심지어 학교생활을 다 마치지 못하고 중도하차하는 일까지 발생하고 만다. 그러다 보면 원래의 스트레스는 긴장감까지 더

해져 극도의 불안감을 느끼게 할 것이다.

이와 마찬가지로 어떤 사람은 자신의 업무를 상당히 불만족스러워 한다. 스스로 느끼기에 자신은 직위도 낮고 임금도 적다고 생각하기 때문이다. 그는 자기가 다른 사람에 뒤처진다고 생각하며 자괴감을 느끼고 마침내 의기소침하기에 이른다. 무슨 일을 맡아도 열중하지 못한다. 그러면 자연스레 업무에 과실이 생기게 된다. 그러면 상사에게 미움을 사게 되고 동기들 사이에서는 별 볼일 없는 사람으로 낙인이 찍히기 마련이다. 그러다 보면 혼자서 외롭게 보내는 시간이 많아지고 결국 성공이나 행복과의 거리도 점차 멀어지게 된다.

사실 자신의 상황이 만족스럽지 못하고 못마땅할 때는 그 환경을 극복하고 이기는 것이 유일한 대처 방법이다. 만일 험하고 좁은 길을 가야 한다고 가정해 보자. 이때 최선의 방법은 중도에 포기를 하거나 자리에 주저앉아 푸념을 늘어놓으며 하늘을 원망하는 것이 아니다. 정신을 바짝 차리고 고난과 역경을 이겨내며 끝까지 가는 것이 최선의 방법이다.

비록 원치 않은 상황에 처하더라도 중도에 포기하지 말고 더 힘을 내 적극적이고 긍정적으로 대처하라. 자신이 처한 환경을 용감하게 극복하는 것은 세월을 낭비하지 않는 올바른 대처 방법이다.

자신이 원치 않았던 학교에 진학했다고 학교에 불만을 가지고 열심히 공부를 하지 않거나, 예전 친구들과의 만남을 부담스러워 하는 학생은 결코 올바르다고 할 수 없다. 진학한 학교에 호감을 가지고 열심히 노력하여 좋은 성적을 거두는 학생이야말로 더 좋은 학교로 진학을 할 수 있는 기회를 갖게 된다.

업무에 불만을 토로하는 사람도 마찬가지다. 일반적으로 지도자나 관리자들은 하나같이 매사에 근면성실하고 노력하는 사람을 좋아한다. 우리에게 주어진 일을 최선을 다해 처리한다면 언젠가는 승진의 기회가 돌아올 것이다. 단, 기회가 아예 없는 경우를 제외하고는 말이다. 다른 사람들이 당신의 능력을 과소평가한다고 해서 업무를 무성의하게 처리하지 마라. 그러면 뻔히 보이는 기회도 당신에게는 주어지지 않는다.

지금 처한 환경이 마음에 안 드는 사람이라면 가만히 서서 현실을 원망하기보다는 주어진 현실을 직시하고 자신을 투자할 수 있는 기회를 엿보는 것이 바람직하다.

성실하게 앞만 보고 노력하는 사람들의 공통점은 열등감을 갖지 않는다는 것이다.

노력하지 않고 허송세월을 보내는 일은 그 자체가 나쁜 습관이다. 사실 다른 사람들은 당신의 피치 못할 상황 따위는 전혀 개의치 않는다. 자신이 현재 갖고 있는 것에 대해서도 원망하거나 불만을 토로할 필요는 없다. 설령 그것이 너무 값싸고 낡았기 때문에 좋은 것으로 바꿀 수 없을지라도 당신은 그 안에서 가능성과 희망을 발견해야 한다. 그리고 그 희망을 당신의 것으로 만들어야 한다. 현재를 중시하지 않는 사람은 미래를 기대할 수 없다.

좋은 습관을 길러야 한다

부지런함은 타고나는 것이 아니라 후천적으로 만들어지는 것이다. 부지런한 사람은 저마다 여러 가지 계기를 가지고 있다. 마음 속 깊이 품고 있는 포부와 신념으로 인해 생기거나, 아니면 어떤 사건이나 좌절을 겪으면서 부지런해지는 경우도 있다. 다음 이야기는 근면성실함에 대한 일화이다.

청나라 말 이원(梨園)에는 '세 도깨비'라고 불리는 사람들이 있었는데 이들은 하나같이 혹독한 과정을 거쳐 성공한 배우들이었다.

맹인 수앙쿼(双闊)는 어려서부터 연극을 배웠다. 그러나 훗날 지병으로 인해 실명하게 되었는데 그래도

나비의 교훈 :

근면 성실하라.

좌절하지 않고 항상 그래 왔듯이 기본 기술을 익히는 일을 게을리 하지 않았다. 비록 계단을 오르내릴 때는 사람들의 부축을 받아야 했지만 무대 위에서 공연을 할 때만큼은 발동작 하나 틀리지 않고 어려운 공연을 완벽하게 소화해 냈다. 그 결과 그는 연기력을 인정받는 인기배우가 되었다.

또 다른 한 명은 절름발이 멍홍슈(孟鴻壽)이다. 그는 유년 시절 연골 병을 앓아 몸은 긴데 다리는 짧고, 머리는 큰데 발은 작은 기형적인 체구를 갖게 되었다. 그래서 그의 걸음걸이는 매우 불안정했다. 그러나 그는 모든 고통을 감수하고 자기가 원하는 연기를 하기로 결심했다. 그는 자신의 결점을 보완하고 장점을 최대한 살려 훗날 희극계의 대부로 이름을 떨쳤다.

마지막으로 벙어리 왕이펀(王益芬)이다. 그는 태어날 때부터 말을 못하는 장애인이었으나 어려서부터 연극하는 부모님의 영향을 받아 자연스레 연기를 몸에 익히게 되었다. 그는 부모님의 모습들을 마음속 깊이 새기고 자신의 꿈을 키웠던 것이다. 비록 정규 교육은 받지 못했지만 그 대신에 하루도 빠지지 않고 이른 아침부터 해가 지는 저녁까지 연습을 게을리 하지 않았다. 그의 연기가 절정에 달했을 때 관중들은 크게 감탄했고 훗날 그는 무술 연기의 대표 배우가 되었다.

천재는 피나는 노력에서 나온다. 이원의 '세 도깨비'들은 태어날 때부터 질병과 장애를 가지고 있었지만 훗날 큰 성공을 했다. 그들은 어찌하여 성공을 거둘 수 있었을까? 그 이유는 단 한 가지, 그들은 자신의 결점에 굴복하지 않고 자신이 가진 장애를 확고한 신념으로 바꿨기 때문이다. 얼핏 보면 그들은 실패한 인생처럼 보이지만 사실은 그 모든 결점은 성공을 위한 단계에 불과했던 것이다. 그들은 자신의 장애를 인정하고 장점을 최대한 살리면서 단점을 보완했다. 고군분투하는 과정에서 자신의 참 면모를 발견하고 자신만의 세계를 창조하게 된 것이다.

중국의 유명학자, 화뤄겅(華羅庚)은 "노력은 부족한 부분을 채우기 위한 가장 좋은 훈련이다. 자신의 재능을 펼치려면 반드시 노력해야 한다."라고 했다.

근면 성실은 잠시 동안의 실패와 좌절을 거쳐 성공에 이를 수 있도록 도와준다. 이런 말도 있다.

"보검의 날카로움은 연마를 하여 생겨나는 것이고, 매화의 진한 향은 매서운 추위를 견뎌 나오는 것이다."

세인들의 존경을 받는 위인들 중에 근면 성실과 거리가 먼 사람은 단 한 명도 없었다. 열심히 노력한다면 성공은 당연한 결과나 마찬가지이다. 그러므로 어떠한 장애를 겪더라도 근면 성실한 태도를 잃지 말고 힘든 역경은 이겨내도록 노력하라.

유명한 정신과 전문의, 빅터 프랭클은 인간 본성의 기본원리를 연구하던 중 자신의 업적을 세우는 사람들의 첫 번째 조건이자 기본적인 습관은 적극적이고 능동적인 태도라고 생각했다.

'적극적이고 능동적인 생활태도'라는 말은 경영학 이론서적에서도 흔히 볼 수 있다. 이 말은 적극적이고 능동적인 태도를 지켜야 한다는 것뿐만 아니라, 나아가 그보다 한 차원 더 높은 의미의 책임감을 의미하기도 한다. 즉 인간이라면 자신의 생활에 있어서 책임을 질 줄 알아야 한다는 것이다. 우리의 모든 행동은 자신의 결정에 의한 주동적 현상이지, 조건에 대한 피동적인 현상이 아니다. 이성이 감성을 지배하는 한 어떠한 일이든 주동적이고 책임감 있게 행동할 수 있다.

적극적이고 능동적인 사람은 '책임감'이라는 단어에 매우 익숙하다. 그들은 자신이 행한 행동을 환경이나 조건의 탓으로 돌리지 않는다. 그들의 행동은 자신의 가치관에 따라 내린 의도적인 결론의 산물이지, 조건에 의한 피동적 산물이 아니기 때문이다.

적극적이고 능동적으로 행동하지 않는 인간은 일상생활의 조건이나 주위 환경의 반응에 의존을 하게 된다. 그리고 알게 모르게 이러한 상황들의 지배 하에서 판단하고 선택을 한다.

이러한 선택을 하게 되면 우리는 자신도 모르게 소극적이고 수동적으로 변하게 된다. 소극적이고 수동적인 사람은 늘 환경의 영향에 민감하게 반응한다. 날씨가 화창하고 좋다면 자신의 기분도 덩달아 좋지만, 반대로 날씨가 나쁘기라도 하면 곧바로 우울해지고 만다. 그러나 적극적이고 능동적인 사람은 이와 정반대이다. 그는 자기 스스로 날씨를 다스린다. 그러므로 비가 오든 해가 뜨든 그의 생활은 아무런 지장을 받지 않는다.

소극적이고 수동적인 사람은 사회적 환경이나 정세에도 쉽게 영향을 받는다. 다른 사람이 자신에게 우호적으로 대하면 기분이 좋고, 조금이라도 적대적으로 대한다면 그를 경계한다. 이러한 사람들은 항상 타인의 행동에 따라 자신의 감정을 결정하고 타인의 결점에 유치한 우월감을 느낀다.

물론 적극적이고 능동적인 사람도 외부의 자극에 영향을 받는다. 바로 자연적, 사회적, 심리적 영향이 그것이다.

프랭클린 루스벨트 대통령의 부인인 엘리너 루스벨트는 "당신의 동의 없이는 아무도 당신을 해치지 못한다."라고 말했다.
또 인도의 유명한 정치가 간디 또한 "자존심을 남에게 드러내
지 않는 한 누군가 당신의 자존심을 빼앗아 가는 일은 없을
것이다."라고 했다.

소수의 사람들은 자신에게 닥친 불운을 기꺼이 받아들여야
한다고 생각한다. 그리고 그것을 참고 견디며 살아야 한다고
덧붙인다. 그러나 그들은 불운을 인정하고 받아들임으로써 여
러 가지 불이익을 당한다. 그리고 마침내 더 깊은 미궁 속으로
빠지고 만다.

불행이 우리를 해치는 것이 아니라 우리의 잘못된
대처 방법이 불행을 가져오는 것이다.

때로 우리는 신체적, 경제적 피해를 입고 매우 고통스러워
하지만 이러한 불행이 우리의 기본적인 인성에까지 피해를 입
혔다고 볼 수는 없다. 우리가 겪는 고난과 역경은 일종의 대형
용광로라 할 수 있다. 우리는 뜨거운 불길 안에서 굳은 의지를
다지고, 올바른 성품을 가지며, 잠재되어 있는 발전 가능성을
찾는다.

우리는 살아가면서 수많은 병자, 혹은 신체에 장애가 있어
거동이 불편한 장애인들을 종종 접하게 된다. 그리고 그들의
강한 정신력과 인내력에 크게 놀라고 감동을 얻는다. 그들은

자신의 삶에 충실하고 더 많이 노력한다. 스스로를 격려하면서 자신의 삶의 가치를 한 단계 높이는 것이다. 그들의 이러한 진취적인 노력은 사람들에게 오랫동안 잊혀지지 않는 강렬한 인상을 남긴다. 이에 유명한 심리학자 빅터 프랭클린은 '일생의 세 가지 중심 가치'를 제시했다.

① 경험가치: 우리에게 발생하는 일
② 창조가치: 우리가 만들어 내는 일
③ 태도가치: 질병을 앓거나 곤경에 처했을 때 나타나는 반응

위 세 가지 가치 중에서 최고의 가치는 세 번째 '태도가치'이다. 설령 다른 생활 기준을 모방했다거나 새로운 가치를 만들어 낸다 할지라도 '태도가치'는 단연 으뜸이다. 다시 말해 인생을 살아가면서 깨달아야 할 가장 중요한 핵심은 인생에서 겪는 모든 상황을 어떻게 대처하느냐이다.

당신이 겪는 모든 곤경은 당신의 습관이나 행동에 변화를 주고 새로운 습관을 만들기도 한다. 이렇게 세상을 보고 자신과 타인을 관찰하면서 삶이 당신에게 요구하는 것을 차츰 알아 가는 것이 중요하다.

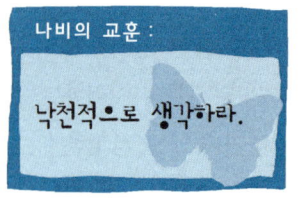

나비의 교훈 :

낙천적으로 생각하라.

심리학자 아브라함 링컨은 "마음속으로 기쁜 생각을 하면 자기가 원하는 것을 얻을 수 있게 될 것이다." 라고 했다.

이는 R.L 스티븐슨의 말과도 일맥상통한다.

"즐겁고 유쾌하게 생활하는 사람은 외부 요구의 지배를 받지 않는다."

심리학자 M.N 가벨 박사는 또한 이렇게 말했다.

"가장 순수하고 유쾌한 것은 인간의 내면에 있다. 이는 눈에 보이는 객체가 아닌 추상적인 관념이나 사상, 그리고 태도에서 비롯된다. 내면의 유쾌함을 이끌어 내는 사람은 어떤 환경이 주어지든 개인의 관념과 사상, 태도를 발전시킬 수 있다."

일반적으로 성인군자를 제외하고는 누구도 100%의 쾌락을 느끼지 못한다. 조지 버나드 쇼는 이렇게 풍자했다.

"지금 불행하다고 느끼는 사람은 영원히 불행해질 수 있다."

그러므로 우리는 최대한 머리를 굴려 어떻게 하면 더 많은 시간 동안 즐거운 생각을 할 수 있을지 곰곰이 생각해 봐야 한다. 또 일상생활에서 일어나는 사소한 사건들로 인해 얻게 되는 불쾌함을 어떻게 하면 기쁨으로 승화시킬 수 있는지에 대해서도 고민해야 한다. 사소한 일에서 오는 번뇌, 좌절, 불평, 불만, 불안 등의 반응은 이제 의식하지 못하는 사이에 습관이 되고 말았다. 우리의 이러한 반응들은 오랜 시간에 걸쳐 자연스레 형성된 '습관성 결과물'이나 다름없다.

이와 같이 불쾌한 반응들은 대체적으로 자존심과 관련된 사건으로 형성된다고 한다. 예를 들어, 당신의 운전솜씨를 비웃기라도 하듯 다른 운전자가 클랙슨을 마구 누른다거나, 누군가가 대화 도중 끼어들어 말을 자른다거나, 도움이 절실히 필요한 때에 아무도 나타나지 않아 도움을 받지 못한다거나 하는 일이 바로 여기에 속한다. 심지어 사람들은 그다지 프라이버시에 침해되는 일이 아닌데도 자신의 자존심을 상하게 하는 일이라고 간주해 버리는 경우도 종종 있다.

또 버스를 타야 하는데 간발의 차이로 놓쳤거나, 골프를 치러 갈 때마다 비가 온다거나, 비행기 탑승 시간이 촉박한데 교통체증을 겪는 경우 등도 마찬가지이다. 이때의 반응은 짜증, 실망, 좌절 등이다.

어떤 상황에서도 낙천적으로 생각하려고 노력한다면 당신은 삶의 노예가 아닌 주인이 될 것이다.

어쩌면 이러한 이야기들이 당신을 더 비관적으로 만들 수도 있다. 하지만 비참하거나 불리한 상황에서도 우리는 비교적 긍정적으로 대처할 수 있는 능력을 가지고 있다. 설령 완벽하

게 즐거운 마음으로 처리하지 못하더라도 불행에 대한 가련함
과 열등감을 더하지 않는 한 그것만으로도 충분하다.

인간은 목표를 추구하고 그 목표를 이루기 위해 노력하는
동물이다. 그래서 한 가지 목표를 정하고 꾸준히 노력하면서
자연스레 자신의 능력을 발휘하게 되는 것이다. 기쁨은 당신
이 가진 능력을 정상적으로 발휘하게 한다. 사람은 누구나 어
떤 환경에 처하든지 목표를 가지고 정진할 때 비로소 쾌락을
느낀다.

토머스 에디슨은 보험에 들지 않은 실험실에 불이 났던 적
이 있었다. 모든 것이 흔적 없이 타 버렸고, 손해는 어마어마
했다. 이에 주변 사람들은 에디슨에게 물었다.

"어떻게 하실 거예요?"

그러자 에디슨이 태연하게 대답했다.

"내일부터 다시 지을 거예요."

에디슨은 자신이 입은 피해를 결코 불행이라 생각하지 않았
다.

심리학자 H.L 홀링위스가 이런 말을 했다.

"진정한 행복은 힘든 고난 중에서 더욱 돋보인다. 그러므로
진정한 행복을 위해서는 고난을 이겨내려는 강한 마음가짐이
필요하다."

한편 또 다른 심리학자 윌리엄 제임스는 이렇게 말했다.

"재난을 큰 의미에서 해석하면 이른바 '어떠한 현상에 대해 인간이 취하는 태도의 결과물'이라고 할 수 있다. 공포에서 시작된 인간의 좌절은 이겨내겠다는 의지로 바뀌기 때문에 나쁜 일은 오히려 용기를 북돋아 주는 좋은 계기로 변하기도 한다. 당신은 재난을 모면하려다가 실패했던 경험을 가지고 있을 것이다. 이러한 실패를 긍정적으로 받아들인다면 재난은 독침을 벗고 아름다운 꽃을 피우게 될 것이다."

행복한 삶을 살고 싶다면 먼저 남을 돕는 선한 일을 많이 행하라.

제니는 봉사활동을 아주 좋아했다. 그녀는 하찮고 아무것도 아닌 것처럼 보이는 일에 선행을 베푸는 것은 자신이 얻을 수 있는 아주 중요한 기회라고 생각했다 그리고 그런 선행을 행함으로서 자신의 기분도 덩달아 좋아지는 것을 느꼈다.

제니는 샌프란시스코의 외딴 교외에 살고 있었다. 그녀의 주변은 아름다운 자연 경관이 어우러져 있었다. 그런데 한 가지 아쉬운 점은 이 지역

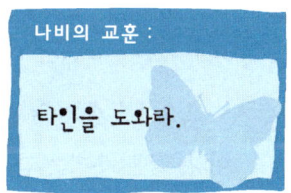

나비의 교훈 :

타인을 도와라.

을 지나가는 사람들이 아무렇지 않게 이곳에 쓰레기를 버리고 간다는 사실이었다. 사실 교외에 사는 사람들의 가장 큰 고충은 쓰레기 수거시설이 시내처럼 잘 발달되어 있지 않다는 점이다.

제니는 두 아이와 함께 정기적으로 집 주변에 버려진 쓰레기를 줍는 봉사활동을 했다. 이들 가족에게 이 일은 이미 습관이 되었다. 제니의 딸도 이 일을 아주 즐거워했다.

"아빠! 저쪽에 쓰레기가 있어요!"

제니의 딸은 가끔 이렇게 소리쳤다. 그러면 제니의 가족은 몇 시간이고 개의치 않고 차를 대로변에 세운 뒤 쓰레기를 줍곤 했다. 어쩌면 그들의 이러한 행동이 이상하게 여겨질 수도 있다. 하지만 이 일은 그들이 진심으로 즐거워하며 하는 일이었다.

한번은 어떤 낯선 사람이 제니의 집 주변에서 쓰레기를 줍고 있었다. 그는 웃으며 제니에게 말했다.

"오래 전부터 당신이 이렇게 하는 걸 봤어요. 정말 보기 좋더군요."

쓰레기를 줍는 일은 선행을 베풀 수 있는 쉬운 방법 중 하나이다. 물론 우리는 간혹 다른 사람을 위해 문을 열어 준다거나,

양로원을 찾아가 의지할 곳 없고 외로운 노인들의 수발을 든다거나, 잔뜩 쌓인 눈을 치우는 일을 하며 보람을 느끼기도 한다. 큰 힘을 들이지 않고 남을 도울 수 있는 일은 주위에 수없이 많다. 남을 도우면 기분이 좋아지고 무언가 큰 것을 얻어가는 기분이 든다. 뿐만 아니라 자신이 타인에게 좋은 본보기가 될 수도 있다. 그렇게 되면 우리는 모두 승리자가 되는 것이다.

남을 돕는 일은 결국 자기 자신을 돕는 일이다.

제5장

도미노 이야기

작고 보잘것없는 사물에 거대한 역량이 내재되어 있다. 미약한
힘으로도 그의 몇만 배에 달하는 것을 들었다 놓았다 할 수 있
는 잠재력을 가지고 있는 것이다. 물론 작고 힘없는 사람도 큰
일을 해낼 수 있다. 이때 무엇보다 중요한 것은 자신감을 배우
는 일이다.

도미노는 긴 직사각형 조각으로 하는 놀이이다. 그 모양은
마치 중국의 마작과 흡사하다.

도미노 놀이방법은 매우 간단하다. 적당한 간격을 유지하면
서 도미노를 일렬로 세운다. 그리고 맨 앞에 있는 도미노를 넘
어뜨리기만 하면 그만이다. 앞에 있는 도미노가 쓰러지면서
차례대로 세워 두었던 모든 도미노를 쓰러뜨리는데 도미노의
수가 많으면 많을수록 멋진 장면이 연출된다.

영국 콜롬비아 대학의 물리학자 화이트는 색다른 방법으로

도미노를 제작한 적이 있는데 그의 설계는 특이하고도 신기했다.

그가 설계한 도미노는 총 13가지로 구성이 되어 있었다. 도미노 조각의 크기가 달랐는데 가장 작은 도미노는 길이 9.53밀리미터, 폭 4.76밀리미터, 두께 1.19밀리미터로 손가락 크기보다도 더 작았고, 마지막 13번째 가장 큰 도미노는 길이 61밀리미터, 폭 30.5밀리미터, 두께 7.6밀리미터였다. 크기를 차츰 키워 나갔던 것이다.

사실 화이트가 설계한 이 도미노에는 그만이 아는 비밀이 숨어 있었다.

그는 13개의 도미노를 배열하고는 떨리는 가슴을 주체하지 못했다. 왜냐하면 이 실험으로 자연의 무서운 실체를 발견할 수도 있었기 때문이었다.

화이트는 첫 번째 도미노를 넘어뜨리면서 심장이 멎을 듯한 긴장감을 느꼈다. 이윽고 도미노가 차례로 바닥에 쓰러졌다. 그리고 13개의 각기 크기가 다른 도미노가 모두 바닥에 쓰러졌다.

13번째 도미노가 바닥에 쓰러졌을 때 화이트 박사는 기뻐서 어쩔 줄 몰랐다. 그리고 그는 이 놀이에서 한 개의 도미노는 자신의 1.5배가 되는 도미노를 쓰러뜨릴 수 있다는 사실을 발견했다. 그는 이렇게 작은 힘으로도 거대한 결과를 낳을 수 있다는 결론을 얻었다.

화이트 박사는 맨 첫 번째 도미노가 쓰러질 때의 힘과 13번째 도미노가 쓰러질 때의 힘을 계산해 보았다. 수치를 비교해 보니 첫 번째 도미노와 마지막 13번째 도미노의 힘은 20억 배 이상 차이난다는 것을 발견할 수 있었다. 결국 크기가 다른 수십 개의 도미노를 만들면 그 힘은 어마어마하게 커지는 것이었다. 다시 말해 도미노 놀이에는 미세한 원동력이 발생하는데, 이 힘은 무한히 증가하여 측량할 수도 없을 만큼 강한 힘으로 발전한다는 결론이었다. 한번 생각해 보라. 손가락보다도 작은 물건에서 시작된 강력한 힘을……. 이 얼마나 놀랍고 경이로운가!

하찮은 사람도 과소평가해서는 안 된다

아주 오래 전에 베들레헴에 이새라는 사람이 살고 있었다. 그는 슬하에 8명의 건장한 아들을 두고 있었는데 그중 막내가 다윗이었다.

다윗은 준수한 외모에 강인한 체력을 타고 났다. 그는 형들이 야외로 양을 몰고 나가면 항상 그들을 따라다녔다. 매일같이 산중턱을 뛰어다니며 새들의 노래하는 소리를 들었다. 그러면서 다윗은 몸도 마음도 더욱 튼튼해졌다. 그래서 그는 자신감으로 가득 차 언제나 자신은 행복하다고 말했다. 아름다운 것을 발견하는 날에는 절로 콧노래를 흥얼거렸다. 뿐만 아니라 눈썰미가 뛰어나고 의지가 강한 그는 팔 힘도 보통이 아니었다. 새총에 돌멩이를 끼우고 목표물을 겨냥해서 단 한 번도 실패한 적이 없었다.

다윗이 성장해 어느덧 양을 방목할 나이가 되었다. 다윗이 언덕에 누워서 풀 뜯는 양떼를 지키고 있을 때였다. 숲에서 사자 한 마리가 튀어나오더니 양 한 마리를 물고 도망치는 것이었다. 이를 본 다윗은 두려움도 없이 양을 구해야 한다는 생각에 다짜고짜 사자의 뒤를 쫓았다. 사자의 등에 올라탄 다윗은 사자의 갈기를 움켜쥐고 맨손으로 사자를 잡았다. 또 하루는 곰이 양떼를 괴롭히자 다윗은 곰을 잡아 버렸다.

얼마 지나지 않아 블레셋 사람들이 마을을 침공했다. 사울 왕도 군부대를 이끌고 전쟁에 참가했다. 다윗의 세 형은 왕과 함께 전쟁에 출전했기 때문에 집에 남겨진 다윗이 양을 돌봐야 했다.

"넌 아직 어리니까 양을 돌보면서 집에 있어라."

형들은 다윗에게 이렇게 말하고 전쟁터로 나갔다.

그런데 형들이 떠난 후 40일이 지나도 아무런 소식이 들려오지 않았다. 그러자 세 아들의 안부가 걱정된 이새는 다윗을 불러 이렇게 말했다.

"먹을 것을 들고 부대로 가서 형들에게 주고 오렴. 그리고 그곳의 상황을 둘러보고 오너라."

다윗은 아침 일찍부터 부대가 있는 언덕으로 발걸음을 재촉했다. 다윗이 부대에 이르렀을 때 커다란 고함소리가 하늘을 찔렀고 부대원들은 모두 대기상태였다. 다윗은 수많은 사람들 속에서 간신히 형들을 찾았다. 그가 형들에게 말하려는 순간, 사울 왕의 부대는 일순간 침묵했다. 그리고 반대편 언덕에 나타난 거인을 주시했다. 거인이 큰 보폭으로 걸을 때마다 갑옷이 햇빛에 반사되어 반짝거렸다. 그가 들고 있는 방패는 그의 거대한 체구만큼이나 어마어마했다. 사울 왕의 건장한 병사들도 거인의 검술을 당해 내지 못했다.

"저자가 바로 거인 골리앗이야. 저자가 매일같이 이곳을 왔다 갔다 하는데 어느 누구도 나서서 맞서 싸울 엄두를 내지 못하고 있어."

큰형 엘리압이 다윗에게 일러 주자 다윗은 어이없는 듯이 되물었다.

"뭐라고요? 그럼 모두들 저 한 사람 때문에 이렇게 긴장하고 있다는 거에요?"

그리고는 주위에 있는 병사들에게 물었다.

"블레셋 사람들이 하느님의 자녀인 우리를 위협하고 있는데 어느 누구도 맞설 생각이 없단 말이에요?"

다윗의 말을 들은 큰형 엘리압은 몹시 화를 내며 다윗에게 호통을 쳤다.

"정말 앞뒤 분간을 못하고 있구나! 전쟁터가 어떠한 곳인지 궁금해서 온 모양인데 대체 집에 있는 양들은 어찌하고 온 것이냐?"

이에 다윗은 손을 가로 저으며 대답했다.

"아니에요, 형님. 제 멋대로 온 것이 아니라 아버지가 보내서 온 거예요. 양은 다른 사람에게 맡겼고요. 근데 전쟁터에 직접 와 보니 생각보다 좋은걸요."

엘리압은 말문이 막히고 말았다. 다윗은 큰형의 표정은 안중에도 없었다. 그리고는 또 이렇게 말했다.

"제가 저 거인을 물리쳐 볼게요. 전 골리앗이 하나도 무섭지 않아요. 저들의 부대도 두렵지도 않고요."

그때 곁에서 다윗의 말을 듣고 있던 병사가 사울 왕에게 다윗의 말을 고하였다. 그러자 사울 왕이 명령을 내렸다.

"그자를 당장 데려오너라."

병사들은 다윗을 사울 왕에게 끌고 왔다. 그러나 사울왕은 아직 어린 아이인 다윗을 보고 웃으며 좋게 타일렀다. 그러자 다윗은 자기가 맨손으로 사자와 곰을 때려잡았던 이야기를 늘어놓으며 이렇게 말했다.

"하나님께서는 제게 저보다 큰 사자와 곰을 쓰러뜨릴 수 있는 능력을 주셨습니다. 저 블레셋 사람들 또한 제가 물리치겠습니다."

다윗이 자신 있는 말투로 설득하자 사울 왕은 그의 뜻을 받아들이기로 했다.

"너의 뜻이 정 그러하다면 어디 한번 싸워 보거라. 주님께서 너와 함께 하실 것이다."

사울 왕은 다윗에게 자신의 갑옷을 입히고 투구를 머리에 씌워 주었다. 그리고 방패와 검을 다윗에게 건넸다. 그러자 다윗은 갑옷을 벗어 던지며 이렇게 말했다.

"저는 갑옷을 입고 무기를 다루는 것에 익숙하지 않습니다. 그냥 맨몸으로 싸우겠습니다."

다윗은 자신이 매번 사용하던 무기를 가지고 있었기 때문에 생전 처음 입어 보는 갑옷이나 무거운 무기들이 마냥 번거롭게 느껴졌다. 다윗은 양을 돌볼 때 쓰던 막대기와 자루를 손에 들고 몸에 물매를 매고서는 가볍고도 재빠른 발걸음으로 적진을 향해 달려갔다. 그리고 시내를 건너는 길에 물속에서 다섯 개의 조약돌을 주워 주머니 속에 넣었다.

사울 왕의 부대와 블레셋의 부대는 언덕을 사이에 두고 서로를 주시하고만 있었다. 골리앗은 작고 어린 다윗을 보고 몹시 화가 났다.

"너는 내가 개처럼 보이느냐? 왜 보잘것없는 막대기를 가지고 온 것이냐? 이렇게 어린 아이를 내보낸 걸 보니 너희가 나를 우습게 여기는 게 분명하구나. 꼬마야, 돌아가서 엄마 젖이나 더 먹으렴. 안 그러면 네 피부를 갈기갈기 찢어 독수리들의 먹이로 만들어 버릴 테다."

잔뜩 약이 오른 골리앗은 다윗에게 엄포를 놓았다. 그리고 온갖 신의 이름을 들먹이며 다윗에게 저주를 퍼부었다. 그러나 다윗은 조금도 두려워하지 않았다. 오히려 골리앗에게 큰소리를 쳤다.

"어디 한번 너의 거대한 검과 창, 그리고 방패를 가지고 덤벼 봐라! 주님의 이름을 더럽힌 너희를 절대 용서하지 않겠다! 오늘은 하나님께서 내게 너를 보내셨으니 단숨에 너를 이겨 주마! 그리고 온 세상에 나의 승리를 알릴 것이다!"

그때 골리앗이 다윗을 향해 달려왔다. 다윗 또한 골리앗을 향해 전진하며 주머니에 있는 돌멩이 하나를 집어 들었다. 그리고 그 돌멩이로 순식간에 물매를 만들어서는 골리앗의 이마에 정통으로 조준했다. 순식간에 물매를 맞은 골리앗의 어깨가 휘청거렸다. 그러자 다윗은 또 다른 돌멩이를 집어 들고는 다시 골리앗에게 던졌다. 돌멩이가 '휙' 하는 짧은 소리와 함께 골리앗의 이마에 또 다시 적중했다. 거인 골리앗은 몸을 휘청거리며 굉음과 함께 쓰러졌다. 그가 얼굴을 바닥에 파묻자 다윗은 잽싸게 달려가 골리앗의 검을 뽑아 그의 목을 베었다.

사울 왕의 부대는 이를 보고 무척 기뻐하며 환호했다. 그리고 그 즉시 언덕을 내려가 블레셋 부대를 공격했다. 그러자 겁먹은 블레셋 병사들은 사방으로 흩어졌다. 자신들이 가장 위대하다고 여겼던 용사가 한낱 어린 아이에게 패한 것을 보고 놀라 도망간 것이다. 그리하여 그들이 남기고 간 천막과 재산은 모두 사울 왕에게 돌아갔다.

전쟁이 끝나고 사울 왕은 다윗을 불렀다.

"아버지가 있는 집으로 돌아가지 말고 내 수양아들이 돼라."

그리하여 다윗은 사울 왕의 밑에 남아 국왕의 부대를 총괄하는 지휘관이 되었다. 훗날 모든 병사들은 다윗을 존경했고, 세월이 흐른 뒤 그는 사울왕의 뒤를 이은 왕이 되었다.

이솝은 이렇게 말했다.

"아무리 하찮은 사람이라도 큰일을 해낼 수 있다."

작은 쥐 한 마리가 실수로 사자가 잠을 자고 있는 동굴에 들어왔다. 잠을 자던 사자는 때마침 자기 코 고는 소리에 화들짝 놀라 잠에서 깨고 말았다. 화가 난 사자는 자기의 단잠을 방해했다며 쥐를 한입에 삼켜 버리려고 했다. 그러자 쥐는 손이 발이 되도록 빌면서 실수였으니 한 번만 용서해 달라고 애원했다.

"추호도 왕을 화나게 할 생각은 없었습니다. 제발 목숨만 살려 주세요! 이 은혜는 꼭 갚겠습니다."

이 말을 들은 사자는 가소롭다는 듯이 크게 웃고 그냥 쥐를 놓아주었다.

그 후로 며칠 뒤 사자는 사냥을 하러 나갔다가 사냥꾼이 쳐 놓은 덫에 걸려 꼼짝 못하게 되었다. 이리저리 발버둥 쳐봤지만 아무 소용이 없었다. 절망하는 사자의 울음소리가 온 숲에 퍼졌다. 그 소리를 듣고 쥐가 달려와서 밧줄 매듭을 이빨로 끊고 온 힘을 다해서 사자를 구해 주었다. 사자가 그물에서 풀려나 정신을 차리고 보니 자기가 며칠 전에 놓아 준 그 쥐였다. 사자는 그제야 작은 동물도 은혜를 갚을 수 있다는 사실을 알게 되었다.

경솔하게 판단하지 마라

비록 현재는 하찮은 사람에 불과하더라도 마음속에 굳은 의지가 있다면 먼 훗날에는 큰 뜻을 이룰 수 있다.

아직 성공하지 못한 수많은 사람들은 끊임없이 노력을 하고 남을 위해 묵묵히 봉사하며 자신의 생활에 충실히 임한다. 그러나 일단 성공을 이루고 나면 옛일은 싹 잊어버리고 낭비하는 일에 현혹되고 만다. 이렇게 어렵사리 이룬 성공에 쉽게 자만하는 사람은 고개를 빳빳이 들고 다니는 것도 잠시, 이내 옛날의 어려운 처지로 돌아가거나 혹은 그보다 더 악한 상황에 처하게 된다. 자만하는 삶은 과연 어떤 결과를 낳을 것인가? 우리가 잘 알고 있는 '토끼와 거북이' 이야기를 떠올려 보라. 달리기 경주에서 거북이가 토끼를 이긴 원인은 포기하지 않고, 자만하지 않으며 끝까지 열심히 노력했다는 데에 있다. 반면에 토끼가 거북이에게 진 원인은 자신이 가진 능력에 자만했다는 데에 있다. 이 이야기는 우리에게 자만하지 말라는 교훈을 준다.

세상 만물은 시간의 흐름에 따라 반드시 변화한다. 중·고등학교 때 함께 생활한 친구들은 졸업 후 각자 다른 모습으로 생활한다. 그 후 몇 년의 세월이 흐른 지금, 당신의 친구들은 어떻게 지내고 있는지 한번 생각해 보라. 그들의 삶에서 무엇을 발견할 수 있는가? 어떤 친구는 운 좋게도 일류 대학에 진학했을 것이고, 다른 친구는 대학 문턱에 가 보지도 못 했을 것이다. 그러나 그 후 그들이 결혼할 때가 되면 당신은 아마도 또 다른 모습을 발견할 수 있을 것이다. 대학도 떨어지고 별 볼일 없던 친구는 사업에 성공해서 사장이 되고, 반대로 일류 대학에 진학해 동네잔치까지 열었던 친구는 얼마 안 되는 월급을 받으며 똑같은 생활을 반복하는 의미 없는 생활을 하고 있을지도 모른다.

이러한 변화가 일어나는 이유는 무엇일까?

대학에 진학하지 못했던 친구는 자신의 현실을 좀더 풍요롭게 개선시키기 위해 죽을힘을 다해 노력했을 것이다. 그래서 그는 부단히 노력한 끝에 자신의 운명을 바꿀 수 있었던 것이다. 그와 반대로 일류 대학에 진학한 친구는 자신의 현실에 만족한 나머지 그만 자만에 빠지고 말았다. 그래서 안일한 태도로 일관하며 살다가 결국 풍요로운 미래를 위한 준비를 게을리 했던 것이다.

오늘날처럼 경쟁이 치열한 현대사회에서는 변화 없이 안정적이기만 한 길을 걷는 것을 일종의 낙오라고 생각한다. 다른 사람들은 도전을 거듭하며 앞으로 나가는데 당신 혼자서만 안전한 길로 가느라 머뭇거리고 있다면, 뒤쳐지는 것은 당연한 결과이다.

그렇다면 자신의 현재 모습에 불만인 사람은 반드시 성공하고, 만족하는 사람이 반드시 실패하는 것일까? 당연히 모두가 그렇지는 않다. 인생은 한 치 앞도 내다 볼 수 없기 때문에 그 누구도 호언장담할 수 없다. 평생 근면성실하게 살아도 언제나 제 자리인 사람이 있는가 하면, 평생 별 다른 노력을 기울이지 않아도 운 좋게 하고자 하는 일을 모두 이루는 사람도 있다. 그러나 이러한 사례는 극히 드물다. 대게 근면성실한 사람이 성공을 거두는데, 여기에는 몇 가지 원리가 있다.

눈앞의 작은 성공에 만족하지 않는다면 자신에게 투자하고 가치를 높여라.

직장인은 꾸준히 무언가를 배우고, 사업가는 사업에 필요한 자료 수집을 게을리 하지 마라. 이것은 기회를 창조하는 일이자, 기회를 기다리는 일이기도 하다.

작은 성공도 성공이다.

이것은 성공의 기초가 된다. 사회는 급속도로 변화하고 발전하고 있다. 시간은 유수처럼 흘러 당신이 죽은 후에도 당신의 자손을 지켜본다. 그런데 당신이 제자리걸음을 한다면 어떻게 되겠는가? 사회의 흐름을 따라가지 못하면 당신은 뒷전으로 밀려날 것이다. 뿐만 아니라, 당신의 뒤를 따라오던 후배들이 당신을 앞질러 나가게 될 것이다. 이렇게 되면 당신이 이루었던 모든 업적은 순식간에 도태되고 만다.

현재에 안주하지 않고 더 높은 곳을 향해 나아가려는 사람은 마침내 자신의 잠재된 능력을 발휘하게 될 것이다.

예를 들어 50킬로그램밖에 들지 못했던 역도 선수가 열심히 연습해서 자신의 기록을 깨고 결국에는 60킬로그램, 75킬로그램 혹은 세계 신기록까지 깰 수 있는 것과 같다. 이와 반대로 현재에 안주하고 자만하는 사람은 앞으로 나갈 수 있는 원동력을 잃게 된다. 앞으로 전진하여 현실을 극복하고 싶다는 생각조차 하지 못한다.

우리는 눈앞의 작은 성공에 안주하거나 자만해서는 안 된다.

무슨 일은 하든 언제나 순탄할 수만은 없다. 그래서 사람들은 때로 좌절을 겪기도 한다. 그런데 원대한 꿈은 바로 역경에 부딪혔을 때 그 진가를 발휘한다. 그 꿈이 문제를 바라보는 당신의 시각에 변화를 가져올 것이다.

우리는 언제, 어디서든지 쉽게 이러한 말을 듣는다.

"난 못해!"

"성격이 내성적이라서."

"사람 사귀기가 무서워요."

"전 능력이 부족해요."

사실 이러한 말은 모두 자신감 부족에서 온다. 즉 자기 자신이 만들어 내는 것이다. 자신에 대한 자신감이 부족한 사람은 설령 말 속에 겸손이 포함되어 있다 할지라도 결국엔 진정한 성공을 거두지 못한다. 자신감은 성공의 중요한 핵심이기 때문이다.

꿈은 인간이 갖는 특권이다. 성공한 사람들의 공통점은 자신의 꿈으로 큰 날개를 뻗고 멋진 미래를 향해 용기 있게 날아간다.

그러나 사람들은 꿈을 갖는 것 자체를 하찮게 여기는 경향이 있다. 그러나 사실 모든 사람들은 평생 자신이 바라는 꿈에서 벗어나지 못한 채 살아간다. 분명 우리도 독수리처럼 하늘을 비상하겠다는 웅장한 꿈을 가진 적이 있다. 한 가지 재미있

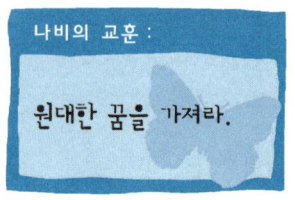

나비의 교훈 :

원대한 꿈을 가져라.

는 사실은 이런 위대한 꿈을 품었던 사람들 대다수는 친구들이나 친인척들에게 종종 이런 말을 들었다는 것이다.

"바보 같은 생각 좀 그만해라. 불가능한 일이야."

이런 말 때문에 자연스레 원대한 꿈을 버리지는 않았는지 돌아볼 필요가 있다.

당신은 마음속에 존재하는 수많은 산맥을 넘어 당신이 바라는 도착점을 향해 걸어가고 있다. 이렇게 패기 있는 당신의 모습을 한번 상상해 보라. 설령 겉으로는 이러한 설정이 비현실적이고 터무니없게 보일지도 모르지만, 사실 당신이 인내력을 조금 더 발휘한다면 충분히 실현시킬 수 있다. 그럴 수 있다면 당신은 모든 어려움을 멋지게 헤치고 당신의 이상을 현실로 이룰 수 있을 것이다.

그리고 설사 다른 사람들이 당신의 꿈에 대해 냉소적인 반응을 보인다 해도 절대 굴복하지도, 자신의 의지를 꺾지도 마라. 현재 상태에 자만하거나 안주한다면 당신은 더 나은 성공을 거머쥘 수 있는 기회를 잃게 되는 것이다. 당신의 시야를 넓히고 더 멀리 있는 목표물을 바라본다면 그것은 머지않아 당신의 것이 될 수 있다.

일라이어스 하우는 미국의 재봉틀 발명가이다.

재봉틀 발명에 열을 올리고 있던 하우는 바늘귀를 어느 위치에 만들어야 할지에 대한 어려운 문제에 부딪혔다. 이리저리 연구를 해봐도 좋은 해결책을 찾지 못한 그는 얼마 못 가서 그나마 있던 재산도 모조리 탕진할 지경에 이르고 말았다.

그러던 어느 날 그는 이상한 꿈을 꿨다. 그가 어느 낯선 나라의 국왕에게 재봉틀을 만들어 주지 못했다는 이유로 사형장으로 끌려가는 꿈이었다. 그를 에워싸고 있던 수많은 사병들 손에는 커다란 창이 쥐어져 있었다. 그런데 이상하게도 그 창의 윗부분에 구멍이 뚫려 있었다.

잠에서 깨어난 그는 어쩌면 이 꿈이 문제를 해결할 수 있는 힌트일지도 모른다는 생각이 머릿속을 스쳤다. 그는 재빨리 연구실로 갔다. 그리고 그날 오전 9시경 마침내 그의 첫 번째 재봉틀이 완성되었다.

미국 인디안 사무소의 행정관이 된 영국인 윌리엄 존슨은 영국에서 많은 옷을 들여왔다. 모호크 족의 족장, 핸드릭은 영국제 윌리엄의 옷에 관심이 많았다. 며칠 후, 핸드릭이 윌리엄을 찾아왔다.

"윌리엄, 며칠 전 꿈에서 자네가 나한테 옷 한 벌을 선물해 주는 꿈을 꿨다네."

눈치 빠른 윌리엄은 핸드릭이 무엇을 암시하는지 금세 알아

챘다. 그리고 자신의 옷 중에서 제법 멋진 것을 골라 선물해주었다. 그리고 며칠 후, 윌리엄은 핸드릭을 찾아갔다.

"촌장님, 저도 꿈을 꿨어요."

그러자 핸드릭이 물었다.

"그래? 무슨 꿈을 꿨나?"

"촌장님이 제게 모호크 강변의 토지를 주는 꿈이요. 게다가 50헥타르에 달하는 비옥한 땅도 주셨어요."

이 말은 들은 핸드릭은 어쩔 수 없이 윌리엄이 말한 토지를 내주며 이렇게 말했다.

"다시는 자네와 관련된 꿈을 꾸지 않겠네. 자네의 꿈은 감당하기가 정말 힘들거든."

꿈은 종종 생각하지 못한 무언가를 발명하는 데 큰 영향을 미친다. 그리고 이러한 발명은 수많은 사람의 바람을 실현시킨다.

독일의 화학자 프리드리히 케쿨레의 머릿속은 벤젠 분자구조에 관한 연구로 가득했다. 그는 1985년 영국에서 클라팜으로 여행가는 도중 차안에서 깜빡 잠이 들었다. 그런데 그 순간 문득무엇인가를 깨달았다. 그가 그토록 고민하던 원자들이 자신의 눈앞에서 요동치더니 갑자기 뱀과 같은 형상으로 변한 것이었다. 그리고 그 원자들은 서로 뒤엉키면서 꼬리를 물려고 움직였는데 그 형태가 마치 둥근 원과 흡사했다. 그는 그 형태를 고대의 뱀이 자신의 꼬리를 무는 모습과 연관지었다.

그리하여 벤젠의 케쿨레 공식이 생겨났다.

자기 자신에 대해 잘 알지 못하는 한 젊은이가 있었다. 그는 칭찬이든 비판이든 다른 사람들의 말을 전혀 이해하지 못했다.

그러던 어느 날 그는 스님을 찾아가 물었다.

"스님, 어떤 사람은 저더러 두뇌가 명석하고 용감하기 때문에 장래에 반드시 큰일을 이룰 거라고 합니다. 그런데 이상하게도 다른 사람은 저더러 어리석고 이성적이지 못하기 때문에 평생 실패만 할 거라고 합니다. 스님은 어떻게 생각하십니까?"

스님은 고개를 끄떡이며 천천히 입을 열었다.

"여기에 쌀 한 줌이 있네. 가정주부의 눈에는 이 쌀이 불과 몇 그릇의 밥으로밖에 보이지 않을 테지만, 농부의 눈에는 1위엔의 돈으로 보일 것이네. 그 뿐인가? 종자를 파는 사람의 눈에는 3, 4원의 가치로 보일 것이네. 그리고 제빵 기술자에게는 5원짜리 맛있는 빵으로 보일 것이고, 또 주류상에게는 오랜 시간을 숙성시켜 만든 양조주로 보일 것이네. 같은 한 줌의 쌀이지만 사람의 관점에 따라 그 가치도 달라지지."

젊은이는 스님의 이야기를 듣고 무릎을 쳤다.

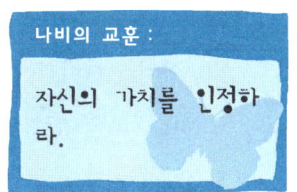

나비의 교훈 :
자신의 가치를 인정하라.

사실 우리도 주위 사람들의 말에 자신의 정체성을 의심하는 경우가 많다. 물론 당신도 예외는 아니다. 어떤 사람은 당신을 높게 평가하지만, 또 어떤 사람은 당신을 무시한다.

당신의 가치는 당신이 스스로 어떤 관점으로 자신을 평가하느냐에 달려 있다.

그러므로 타인의 관점에 연연하고 고민할 필요가 전혀 없다. 나는 나, 그는 그일 뿐이다. 당신은 이 세상에 유일무이한 존재이다. 자신감을 갖고 자신의 개성을 살려 즐겁게 살면 그만이다.

NBA 샬럿 호넷츠 팀에는 신장이 160센티미터인 '보그스'라는 선수가 있었다. 동양인의 기준에서 볼 때도 작은 키에 속하는 그는 2미터가 넘는 장신들이 있는 NBA에서는 두말할 나위도 없이 가장 작은 선수였다. 농구 팬들의 말에 의하면 보그스는 역대 NBA선수 중 최단신으로 기록되어 있다고 한다.

그러나 최단신이라고 해서 얕보면 큰 코 다친다. 보그스는 NBA에서 기량이 뛰어나고 실수가 적은 수비선수로 꼽힌다. 그는 공을 다루는 솜씨뿐만 아니라 원거리 투구도 아주 훌륭하다. 심지어는 장신인 선수들과 맞설 때도 두려워하거나 무서워하는 모습을 찾아볼 수가 없다.

보그스는 선천적으로 타고난 뛰어난 선수일까? 물론 아니다. 이 모든 것은 그의 강인한 의지와 각고의 노력에서 비롯된 것이다. 보그스는 태어날 때부터 키가 작았다. 하지만 농구를 무척 좋아해서 매일같이 친구들과 농구경기를 하곤 했다. 물론 어렸을 적 그의 꿈은 NBA 선수였다. NBA는 부와 명예를 한꺼번에 거머쥘 수 있는 예비 농구 선수들의 선망의 대상이다. 농구를 좋아하는 미국 아이들 사이에서는 NBA에 진출하는 것이 최고의 꿈이다.

보그스는 항상 친구들에게 이렇게 말했다.

"나는 커서 NBA선수가 될 거야."

하지만 보그스의 말은 들은 친구들은 하나같이 박장대소를 하거나 아예 무시해 버렸다. 160센티미터밖에 안 되는 키로 NBA에 들어간다는 것은 누가 생각해도 불가능한 일이었기 때문이었다. 하지만 사람들

나비의 교훈 :

잠재된 능력을 발휘하라.

이 아무리 비웃어도 보그스는 포기하지 않았다. 그는 일반 선수들보다 몇 배의 연습을 했다. 그리고 마침내 그는 미국에서 가장 뛰어난 수비선수가 되었다. 그는 경기에서 자신의 작은 키를 십분 이용했다. 총알처럼 잽싸고 빠르게 움직였다. 키가 작은 그는 운동중심이 낮아 실수도 드물었으며 장신의 선수들 눈에 잘 띄지 않아 득점의 기회도 많았다.

보그스의 성공담은 반산대사(盤山大師)의 이야기를 떠올리게 한다.

어느 날 반산대사가 시장을 지나는데 우연히 어느 백정과 손님의 대화를 엿듣게 되었다.

손님이 백정에게 말했다.

"좋은 고기로 한 근 주시오."

그러자 백정은 들고 있던 칼을 내려놓으며 손님에게 반문했다.

"아니, 어떤 고기가 안 좋은 고긴데요?"

그러자 손님은 어리둥절하며 어쩔 줄 몰라 했다. 그러나 백정의 반문에 이를 지켜보던 반산대사는 커다란 깨우침을 얻었다.

우리는 종종 주관적으로 사물의 가치를 판단한다. 그러나 사실 그 무엇도 절대적인 가치를 가지고 있지 않다. 우리는 2미터가 넘는 선수들만 NBA에서 농구를 할 수 있다고 생각했다. 그런데 160센티미터인 사람이 NBA에 진출했다. 보그스는 사람들의 비웃음을 두려워하지 않았기 때문에 사람들이 상상하지 못한 기적을 만들어 낼 수 있었던 것이다. 사람은 누구나 저마다의 가치를 지니고 태어난다. 누가 가치 없는 인간이라는 비난을 할 수 있겠는가?

뉴욕 리치먼드 베네트 학교의 졸업생이라면 누구나 그들이 입학했을 당시 베네트 목사님이 했던 말씀을 기억한다. 입학식 강단에 선 목사님은 학생들에게 연필의 용도에 관한 이야기를 해주었다.

목사님의 연설을 듣기 전까지 학생들은 연필의 용도라면 그저 글을 쓰거나 그림을 그리는 정도로만 생각했다. 그러나 베네트 목사님은 연필의 용도는 무한하다고 말씀하셔서 학생들을 놀라게 했다.

자가 없을 때 연필을 이용하면 직선을 그을 수 있고, 좋아하는 친구에게 선물을 하면 우정을 얻을 수도 있다. 또한 연필심을 갈아 가루를 만들면 임시 윤활제로도 쓸 수 있다. 뿐만 아니라 작은 몽당연필로는 장식품을 만들 수도 있다. 심을 제거한 연필은 돌멩이들 사이에 끼워 물을 흡수하는 수도관의 역할을 할 수도 있으며, 연필 끝을 깎아 날카롭게 만들면 드라이버로도 사용할 수 있다. 심지어는 자신을 지키는 호신용의 무기로도 쓰인다.

이 이야기를 들은 학생들은 큰 교훈을 얻었다. 연필 한 자루도 이렇게 많은 용도로 쓰일 수 있다니 이전에는 생각도 못한 일이었다. 이처럼 작은 연필도 쓰임새가 이렇게 많은데 하물며 인간은 어떻겠는가? 당연히 그보다 더 많은 쓰임새가 있을 것이다.

베네트 학교를 졸업한 학생들은 모두 자신이 원하는 일자리를 구해 사회에 첫발을 내딛었다. 비록 얼마 후 일자리를 옮긴 학생들도 많았지만 실업자는 단 한 명도 없었다. 그들은 모두들 긍정적인 마음가짐을 가지고 생활했기 때문이다.

가난한 사람이든, 돈이 많은 부자든 모두들 자신의 쓰임새, 즉 가치를 발견해야 한다. 어떤 상황에 처하든 좌절하지 마라. 왜 자신에게 잠재되어 있는 또 다른 면을 시험해 보려고 하지 않는가? 왜 다른 삶의 문을 여는 것을 두려워하는가?

인생에는 여러 개의 문이 있다. 당신이 열 수 있는

문이 하나만 있는 것은 아니다.

"세상에 없어서는 안 될 사람이 돼라. 세상이 찾는 사람이 돼라. 그러면 세상은 그대에게 양식을 주리라."

이것은 에머슨의 수많은 명언들 중 인생에 관한 철학을 담고 있는 명언이다.

에머슨의 가족은 그가 부친이나 할아버지의 직업을 이어 목사가 되기를 원했다. 그러나 에머슨은 설령 신의 부름을 받았다 할지라도 선조들이 걸어온 길을 걷고 싶지 않았다. 그는 자신이 가진 재능은 선조들과는 다르다고 생각했던 것이다. 그는 도덕, 자립, 그리고 인생에 대한 문제에 호기심이 많아 글을 쓰기 시작했다. 그의 새로운 관점은 많은 사람들에게 선풍적인 인기를 얻었고, 그의 글을 좋아하는 독자는 날로 늘어 유명 작가가 되었다. 지금도 우리는 서점이나 도서관에서 손쉽게 에머슨의 작품을 접할 수 있다.

평소 에머슨은 자신의 인생철학을 직접 실천하려고 무척 노력했다. 그 인생철학이 바로 유명한 명언, "세상에 없어서는 안 될 사람이 돼라. 세상이 그대를 찾는 사람이 돼라. 세상은 반드시 그대에게 양식을 주리라."이다.

그는 자신이 선택한 길을 향해 걸었다. 그리하여 마침내 자신의 재능을 발휘하여 세상에서 없어서는 안 될 사람, 그리고 세상이 찾는 사람이 되었다.

어떤 일이 당신에게 가장 큰 기쁨을 선사하는가? 당신은 어떤 일을 완벽하게 소화할 수 있는가? 어떤 일이 가장 익숙한가? 어떤 일을 가장 잘 해결할 수 있는가? 당신이 좋아하고 즐길 수 있으며, 실패할 가능성도 가장 희박한 일이 무엇이라 생각하는가? 또 당신의 목표는 무엇인가?

우리는 이러한 물음에 대해 깊이 생각해 볼 필요가 있다. 그리고 깊이 고심한 후에는 그 방법을 찾아야 한다. 또 그 방법을 찾았다면 그 즉시 실천하고 노력해야 한다.

세상은 우리에게 무한한 기회를 제공한다. 반드시 세상이 필요로 하는 사람이 돼라.

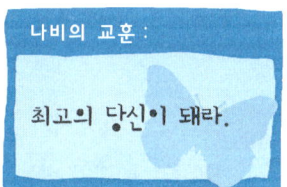

나비의 교훈 :

최고의 당신이 돼라.

제6장

멧돼지 잡은 노인 이야기

작은 일부터 차근차근 해결하면 큰일도 쉽게 해결할 수 있다.
그러기 위해서는 매사에 최선을 다해야 한다. 작은 일은 큰일
의 기초이다. 작은 일이 모여서 큰 업적을 만드는 것이다. 그러
므로 자신에게 주어진 작은 일에 최선을 다하라.

난폭한 멧돼지가 사는 울창한 숲 근처에 작은 마을 하나가
있었다. 멧돼지 떼는 시도 때도 없이 먹잇감을 찾으러 마을로
내려왔다. 가끔은 사람들을 위협하기도 했다. 멧돼지 떼가 마
을을 헤집어 놓는 통에 사람들의 걱정은 이만저만이 아니었다.
마을 사람들은 너무 불안한 마음에 잠도 편하게 자지 못했다.
결국 몇몇 사냥꾼들은 머리를 맞대고 멧돼지 포획작전을 짜기
로 했다. 그러나 멧돼지 떼는 사람들이 생각하는 것보다 훨씬
교활해서 별 효과가 없었다. 마을 사람들의 근심은 점점 깊어

갔지만 어찌할 도리가 없으니 답답하기 그지없었다.

이렇게 속수무책으로 당하고만 있는데 이웃 마을에 사는 노인이 당나귀가 끄는 이륜차를 몰고 마을에 나타났다. 이륜차 안에는 목재들과 곡식 낟알들이 가득 실려 있었다. 노인은 근심에 잠겨 있는 마을 사람들에게 자신이 청년들을 도와 멧돼지를 잡겠다고 했다.

그러나 마을 사람들은 이미 포기한 지 오래였다. 그래서 노인의 말을 듣고도 모두 반신반의했다. 심지어 어떤 사람은 노인을 비웃기까지 했다. 그러자 노인은 호언장담하며 말했다.

"젊은이, 어디 한번 마음껏 비웃어 보게."

그런데도 사람들은 굳은 표정으로 고개를 저었다.

'마을의 건장한 청년이며 경험이 풍부한 사냥꾼들도 손을 놓고 있는데, 힘없는 백발노인이 어찌 멧돼지 떼를 잡겠다는 거야?'

노인은 사람들 반응에 별다른 대꾸를 하지 않았다. 그러고는 이륜차를 몰고 숲 속으로 들어가 멧돼지가 먹잇감을 찾기 위해 자주 출몰하는 장소를 파악하기 시작했다. 그런 뒤 빈터 중앙에 곡식 낟알을 쏟아 놓고 멧돼지를 유혹하는 미끼로 삼았다.

첫째 날, 멧돼지들은 낯선 노인의 출현과 풍부한 곡식 낟알에 경각심을 늦추지 않았다. 그들은 먼 곳에서 더 이상 다가오지 않았다. 그런데 멧돼지는 어디까지나 본능에 충실한 동물이었다. 슬슬 배가 고팠는지 음식의 유혹을 뿌리치지 못했다. 몇몇 멧돼지들은 호기심에 곡식 낟알에 접근했다. 천천히 아주 천천히 멧돼지 우두머리는 방심하지 않고 두리번거리며 냄새를 맡았다. 그리고 아무런 해가 되지 않을 것으로 판단한 멧돼지 우두머리는 먹이를 먹기 시작하였다. 그 모습을 본 다른 멧돼지들도 달려들어 곡식 낟알을 배불리 먹었다.

둘째 날, 노인은 전날보다 더 많은 곡식을 바닥에 뿌려 놓았다. 그리고는 조금 떨어진 곳에 나무판자를 세워 놓았다. 나무판자를 본 멧돼지는 또 다시 경계했다. 그러나 배고픈 멧돼지들은 잠시 후 먹이를 먹기 시작했다.

이렇게 노인은 곡식 낟알이 있는 곳 주위에 매일 나무판자를 하나 씩 세웠다. 새로운 변화가 생길 때마다 멧돼지들은 경계했지만, 시간이 지날수록 먹이쟁탈에만 급급했다. 그리고 시간이 흐를수록 멧돼지들은 그 어떤 변화에도 더 이상 경각심을 갖지 않았다.

그렇게 두 달이 지났다. 나무판자는 마치 하나의 울타리처럼 둘러 싸여 있었다. 멧돼지 한 마리가 지날 수 있는 틈만 있을 뿐 먹잇감 주변을 빽빽이 에워싼 형태였다. 드디어 그날도 평상시와 다름없이 멧돼지들은 먹이를 먹기 위해 나타났다. 그리고 한 마리씩 나무판자 안으로 들어갔다. 이때 마지막 한 마리까지 모두 들어가는 것을 지켜보고 있던 노인은 재빨리 마지막 나무판자로 입구를 막았다.

그리하여 오랜 시간 마을 사람들을 괴롭혔던 멧돼지 떼를 포획하게 되었다. 노인을 의심했던 사람들도 일이 깨끗하게 해결되자 노인에게 활짝 웃어 보였다.

인생에 작고 보잘것없는 일이란 없다

사소한 일부터 잘해야 큰일도 잘할 수 있다. 매 순간을 차근차근 밟아 가는 것이 성공으로 가는 가장 정확한 길이다.

「뉴욕타임스」는 세계적으로 많은 독자를 보유하고 있다. 이 신문의 발행인 아서 설즈버거 또한 세계적으로 이름이 나 있는 유명인사이다.

제2차 세계대전의 불길이 유럽 전역에 퍼졌을 때 설즈버거는 20세 청년이었다. 그는 전쟁이 무척 두려웠다. 그래서 매일 잠을 이루지 못할 정도로 자신과 세상의 미래에 대한 걱정에 휩싸이곤 했다. 그러던 어느 날 전쟁의 여파가 미국에 도달하기도 전에 설즈버거는 그만 쓰러지고 말았다.

설즈버거는 병원에 입원을 하고서도 마음이 여전히 무거웠다. 그런데 재미있는 사실은 설즈버거의 병실에 위암 말기 응급환자가 있었는데 이 중년의 사내는 하루하루를 너무 즐겁게 보내는 것이었다. 이 사내는 이미 뼈만 앙상히 남았을 정도로 말랐지만 여느 보통 사람처럼 새벽공기를 마시며 석양을 바라보는 여유를 부렸다. 그리고 자신이 먹을 수 있는 음식과 병원 안에서의 작은 소모임 활동을 즐겼다. 설즈버거는 그의 행동을 이해할 수가 없었다. 그래서 호기심을 참지 못하고 중년 사내에게 물어봤다.

"당신은 다가올 미래가 하나도 두렵지 않나요?"

그러자 중년의 사내는 시원스럽게 대답했다.

"미래는 사실 아주 먼 이야기예요. 그래서 저는 미래를 생각하느라 괜한 시간낭비를 하고 싶지 않아요. 전 지금 제가 가야 하는 현재의 길만 보고 있어요. 하루하루를 즐길 수만 있다면 그걸로 충분해요."

그의 이 한마디가 설즈버거의 체증을 모두 풀어 주었다.

'죽을 날을 받아 둔 위암 말기 환자도 저렇게 열심히 사는데 도대체 난 뭐지? 더 이상 불투명한 앞날을 걱정하지 말자. 그리고 지금 나에게 주어진 일에 충실해야겠어. 한창 젊은 나이에 쓸데없는 걱정이나 하고 있으면 뭐해?'

그리하여 설즈버거는 매일 자신에게 주어진 일에 충실하며 성공이라는 정상을 향해 한 걸음씩 다가갔다.

우리는 미래를 단지 습관적으로 설계하거나 지나치게 오랜 시간을 들여 고민하는 사람들을 자주 본다. 그들은 그렇게 하는 것이 미래에 많은 도움이 될 것이라고 확신한다. 그러나 그들은 걱정이 너무 앞선 나머지 자신의 현재가 피폐해지는 것은 깨닫지 못한다. 그렇다면 우리는 어떤 태도를 가져야 하는가? 그 해답은 눈앞에 닥친 일부터 하나씩 풀어 나가는 현실적인 생활태도이다. 장래에 일어날 수 있는 일들을 완벽하게 예견할 수는 없다. 그러므로 불필요한 잡생각은 일찌감치 버려라.

"기왕 여기까지 왔으니 현실을 받아들여라."

이 말처럼 편안하고 근면하게 살면 된다.

작은 일에 큰 기회가 있다

로지텍(Logitech)은 마우스와 키보드 등 컴퓨터 주변장치로 유명한 기업이다. 마우스와 키보드는 컴퓨터의 가장 기본 장치이자, 없어서는 안 되는 중요한 부품이다. 그러나 가격이 비교적 싸기 때문에 이윤이 적은 품목 중 하나이기도 하다. 그래서 컴퓨터업계는 마우스와 키보드 생산에는 별 관심을 보이지 않았다. 이러한 까닭에 로지텍은 비교적 쉽게 생산 인증을 받

을 수 있었고 그 후부터 로지텍은 마우스와 키보드를 전문적
으로 생산했다. 그리고 지금은 전 세계에 마우스와 키보드를
공급하는 가장 큰 회사가 되었다.

아르바이트생에 불과하던 일본인 다나베는 몇 차례 아르바
이트 경험을 거치면서 자연스럽게 사장이 되겠다는 꿈을 갖게
되었다. 그러다 작은 상점을 낼 수 있는 형편이 되어 동경에서
가게를 차리려고 시장조사를 했다. 그러나 조사 결과, 동경에
는 그가 하려는 상점과 비슷한 상점들이 셀 수도 없이 많았고,
그들 사이의 경쟁도 무척 치열했다. 그래서 다나베는 독창적
이고 뛰어난 것이 없으면 살아남기 힘들 것이라는 생각이 들
었다.

그러던 어느 날 신문을 보던 다나베는 "미국인의 4분의 1,
일본인의 6분의 1, 영국인의 7분의 1이 왼손잡이다."라는 기사
를 보게 되었는데 그 순간 그의 머릿속에는 기발한 생각이 스
쳐 갔다. 왼손잡이 전문용품점을 여는 것이었다. 당시에 생산
된 모든 제품은 오른손잡이를 위한 것이었다. 모든 기업은 그
러한 상품을 만드는 것을 아주 당연한 것으로 여기고 있었던
것이다. 이처럼 거의 대부분의 사람들은 왼손잡이의 불편함은
전혀 고려하지 않고 있었다. 그래서 다나베는 제조업자를 설득

시켜 왼손잡이를 위한 물건을 설계하고 생산하도록 했다. 그가 새로 설계한 제품은 운전대, 테니스채, 골프용구 등이었다.

결과적으로 이 상품들은 세계 곳곳에 수출되어 왼손잡이들에게 큰 환영을 받았다. 그리고 얼마 지나지 않아 그가 연 왼손잡이 전문용품점은 동경에서 가장 잘나가는 상점으로 발전했다.

자기 임무에 성실한 사람은 사소한 일 하나에도 신경을 쓴다

유제품을 만드는 기업의 부사장은 어느 도시에서 실행할 홍보활동에 대해 이렇게 말했다.

"저희 회사는 광고의 실제 효과에 큰 비중을 두고 있습니다. 매일 시 전체에 100대의 우유배달 차량을 다니게 하세요. 차량의 색상을 통일하고 회사 마크도 눈에 띄게 부착하세요. 이것이 움직이는 광고입니다. 우유배달이 없더라도 차량을 몰고 거리를 다니십시오. 이 얼마나 좋은 홍보 전략인지 다른 회사는 감히 상상조차 못할 겁니다."

그러나 부사장의 예견은 보기 좋게 빗나갔다. 이상하게도 우유를 마시는 사람들이 점점 줄어든 것이었다. 고객 설문을 통해 알아보니 우유배달 차량이 문제였다. 차량의 위생에 소홀한 나머지 내부의 오염 정도가 심각했던 것이다. 사람들은 차량의 비위생적인 상태를 보고 우유의 위생상태까지도 의심했다.

고객의 반응에 부사장은 새로운 사실을 깨달았다.

'성공과 실패 모두 우유배달 차량에 달려 있구나.'

위생문제는 조금만 신경 쓰면 쉽게 해결할 수 있는 아주 사소한 문제였다. 그러나 회사는 이 문제를 소홀히 여긴 나머지 독창적인 홍보 전략까지도 실패하고 말았다.

미국의 한 철도기사는 매사에 무슨 일이든 열심히 하는 것을 좋아했다. 한번은 철도 위를 걸어가다 나사못이 밖으로 나와 있는 것을 발견했다.

"이보게, 왜 나사못을 여기에 박았는지 아나? 이게 없으면 안 되는 건가?"

그는 여러 사람에게 물어보았지만 어느 누구도 명쾌한 답을 알려주지 않았다. 그는 여러 번의 조사와 실험을 통해 불필요한 것임을 알게 되었다. 그래서 그길로 나사못을 제거하기 시작했다. 동료들은 그를 비웃으며 하찮은 일을 괜히 크게 벌인다며 핀잔을 늘어놓았다.

"저 사람이 한두 번 저러나? 원래 저런 사람이니 그냥 놔두게."

"아니, 누가 시키지도 않는 일을 뭐 하러 벌이느냔 말이야. 고생을 사서 하는군."

그러나 이 철도기사는 동료들의 말에 아랑곳하지 않고 묵묵히 나사못을 제거했다. 이처럼 쓸모없는 나사못을 제거하면 50그램의 철을 절약할 수 있었다. 1마일의 철도에 3,000개의 나사못이 있었으니, 대략 150킬로그램 정도의 철을 절약하는 셈이었다. 당시 그가 다니던 철도회사는 1만 8천 킬로미터의 철도를 관리하고 있었는데, 거기에 쓸데없이 사용된 나사못이 총 540만 개 이상이었다. 그렇다면 회사는 총 2,700톤의 철을 절약할 수 있는 것이었다.

지혜로운 사람은 모든 일을 명확하게 판단한다

1990년 한 농부는 수확량이 많은 콩 종자 0.5킬로그램을 50위안에 판매한다는 소식을 접하게 되었다. 그는 종자를 사서 온 정성을 다하여 가꿨다. 그 결과 500킬로그램이 넘는 콩을 생산하게 되었는데 이는 일반 종자의 2배 이상이 되는 어마어마한 수확량이었다. 이 소식을 전해들은 다른 농부는 도매상에게 킬로그램당 60위안을 주고 콩 종자를 모조리 사들였다. 엄청난 금액이었다. 당시 공무원의 평균 월급이 100위안이었던 것을 생각하면 이 콩 종자의 가격은 만만치 않은 것이었다. 농부는 1년이 안 되어 어마어마한 양의 콩을 수확하게 되자 너무 기뻤다. 그는 종자를 다른 사람에게 팔지 않고 토지를 임대하여 콩 종자를 전부 땅에 심었다. 그 땅의 면적은 무려 7헥타르가 넘었다.

역시 콩 종자의 품질이 우수해서 짧은 시간에 무척 빨리 성장했다. 콩 역시 매우 풍성하게 열려 수확할 당시 총 생산량이 6만 킬로그램이 넘었다. 어찌나 큰 수확이었는지 그 일대의 사람들이 모두 알 정도였다. 그의 집에는 하루가 멀다 하고 콩 종자를 사러 오는 사람들로 북적거렸다. 그가 벌어들인 순수익만 해도 300만 위안이 넘었다.

성공한 기업 또한 매사에 최선을 다해 일한다

무너진 탑의 건축 재료들로 세워진 노턴 백화점에 대해서 이야기해 보자. 노턴 백화점은 1963년에 8개의 의류전문점으로 출발했다. 당시 이 백화점은 낮은 가격으로 승부하지 않고 정성스러운 서비스로 고객에게 다가가는 전략을 세웠다.

노턴 백화점의 서비스 내용은 다음과 같다.

· 중요한 회의에 참석하는 고객의 와이셔츠를 다려 준다.

- 탈의실을 이용하는 고객을 위해서 음료를 준비한다.
- 추운 겨울에는 따뜻한 차를 준비한다.
- 다른 상점에 없는 독특한 상품을 30% 할인된 가격에 판매한다.
- 고객의 교통위반 벌금까지 대신 내준다.(특수한 경우)

백화점의 사장부터 일반사원까지 항상 고객을 위해 고객의 입장에서 생각하고 배려했다. 노튼 백화점의 사장인 존은 고객이 많이 몰리는 시간에는 계단을 이용할 정도였다. 이는 자신이 차지할 수 있는 엘리베이터 공간을 고객에게 양보하기 위해서였다.

하루는 모 기업의 관리자가 출장 전에 양복을 한 벌 수선하려고 백화점 매장에 맡긴 적이 있었다. 그런데 관리자가 타야 할 비행기 시간이 다 되었는데도 옷 수선이 끝나지 않아 굉장히 난처했다. 비행기 이륙시간이 촉박했던 그는 어쩔 수 없이 공항으로 향했다. 그런데 그가 출장지의 호텔에 도착했을 때 호텔 지배인은 그에게 속달 우편물을 건네주었다. 그 안에는 수선을 마친 양복 한 벌과 25달러나 되는 넥타이가 세 개나 들어 있었다. 그리고 백화점 측의 사과 메시지도 있었다.

이렇게 노턴 백화점의 서비스는 다른 백화점과는 차별이 있었고, 고객들은 그들의 서비스를 일명 '도움을 주는 노턴'이라고 부르게 됐다.

열심히 일하고 노력하는 사람만이 이 세상을 가질 수 있다. 유명한 정치가 중 어느 누구도 게으르고 노력하지 않는 사람이 없다. 루이 14세는 이렇게 생각했다.

"모든 일에 최선을 다하는 국왕이 국가도 훌륭하게 관리할 수 있다."

영국의 유명한 정치가이자 역사학자, 클라렌든은 영국 국회의 세무 전문가인 햄프턴을 이렇게 평가했다.

"그는 아주 성실한 사람입니다. 아무리 힘들고 어려운 일이라도 그를 쓰러뜨릴 수는 없어요. 그는 항상 책임감을 갖고 일하기 때문입니다. 그는 보통 사람은 상상할 수도 없는 강한 인내심을 갖고 있습니다. 그에게서 게으름은 찾으려야 찾을 수가 없을 정도예요."

과도한 업무가 그에게 주어져도 햄프턴은 단 한 번도 원망을 하거나 언성을 높이질 않았다. 어느 날 그는 모친에게 보내는 편지에 이런 글을 쓴 적이 있었다.

"제 인생 자체는 열심히 일하는 거예요. 수년간 전 줄곧 국가와 국왕을 보필하는 일에 제 모든 것을 바쳤어요. 태만하지도, 늑장을 부리지도 않았죠. 하지만 그 때문에 제가 가장 사랑하는 부모님께는 효도도 제대로 하지 못했어요. 심지어는 편지 한 통 쓸 시간조차 없었지요."

그가 실천하려고 노력한 부모에 대한 공경과 나라를 위한 희생정신은 많은 사람들에게 귀감이 되었다.

수많은 유명인은 과거의 일이든, 현재의 일이든 간에 자신의 일이라면 뼈가 으스러지도록 열심히 했다. 자신의 모든 열정을 일에 쏟아 부었으며, 사업을 일으키기 위해 기꺼이 자신을 희생했다.

영국의 정치가이자 의원인 콥든은 곡물법 폐지운동 중에 절친한 친구에게 이런 편지를 보냈다.

"나는 마치 말이 된 것 같아. 한시도 쉬지 않고 앞만 보며 달려온 것을 보면 말이네."

팔머스톤 백작도 노년까지 일에 대한 열정을 꺾지 않고 오히려 젊었을 때보다 더 열심히 일했다. 그는 시대의 흐름에 순응했다. 항상 유머 있고 재치 있는 모습을 유지했으며 일에 대한 불같은 열정도 변함없이 유지했다. 그에게 일은 부담이나 임무가 아니라 즐거운 쾌락이었다. 그는 항상 이렇게 말했다.

"사무실에 도착해서 내가 해야 할 일들을 보면 난 말할 수 없는 기쁨에

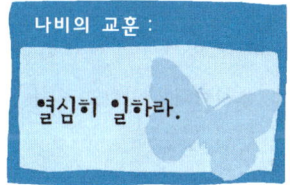

나비의 교훈 :

열심히 일하라.

잠기곤 하지. 내게 일은 건강을 유지하는 비법이자, 나 자신을 계속 달리게 만드는 채찍이기도 하지."

엘베시우스는 이렇게 말했다.

"공허하고 무료한 삶은 황폐하고 보잘것없이 변질한다. 공허함과 무료함에서 벗어나기 위해서는 항상 적극적인 자세로 업무에 임해야 한다. 뿐만 아니라 자신의 능력을 모두 발휘하도록 최선을 다해야 한다."

많은 사람과 교류하고, 자신에게 주어진 일을 슬기롭게 해결하면 활력이 넘치게 된다. 그러면 자연스럽게 자신의 재능을 발굴할 수도 있고, 나아가 자신의 삶을 더욱 아끼고 사랑할 수 있게 된다. 언제 어디서든 일을 할 때는 그 안에서 즐거움을 찾고 행복을 발견해야 한다. 이것은 행복한 삶을 위한 당연한 노력이다. 좋은 업무 습관과 최선을 다하는 태도, 그리고 우수한 인격과 교양은 사회가 당신에게 요구하는 가장 기본적인 조건이다. 이 기본 조건은 당신이 하는 일에 좋은 작용을 한다.

나비의 교훈 :

부지런히 생각하고 부지런히 행동하라.

일에 대한 열정을 가진 사람, 자신의 일을 아끼는 사람은 자신이 해야 할 일에서 즐거움을 찾는다.

행정관, 작가, 과학자, 혹은 예술가든 상관없이 모든 사람들의 일에는 그 영역에서 지켜야 하는 법칙이 존재한다. 즉 위대한 문학작품은 작가가 문학 영역의 법칙을 지켰기 때문에 태어날 수 있는 것이다.

　사상가는 항상 심각하게 생각하지만, 실천가는 몸소 부딪쳐 본다. 이들은 실생활에서도 큰 차이를 보인다. 생각하기 좋아하는 사상가는 깊이 생각하느라 좀처럼 판단을 내리지 못한다. 그는 장단점을 분석하고 발생할 수 있는 문제의 원인, 심지어는 결과까지 두루 고려하는 습관을 가지고 있기 때문이다. 반면 실천가는 사상가처럼 논리정연하게 생각하지 않고 자신의 결론대로 곧장 부딪혀 본다. 그래서 때로는 감당하기 어려운 일을 당하기도 한다. 따라서 이 두 가지를 적절히 조절하는 사람이 성공의 길을 걷게 되는 것이다.

　영국의 물리학자이며 수학자 그리고 천문학자인 뉴턴은 화폐발행국의 실력 있는 국장이었다. 영국의 저명한 천문학자 허셜도 뉴턴과 동일한 직책을 역임했고 누구보다도 일처리에 뛰어난 능력을 보였다. 훔볼트 형제는 문학, 철학, 언어학, 문헌학, 광물학, 심지어는 외교와 정치에 이르기까지 다방면에 뛰어난 재능을 가지고 있었다.

유명한 역사학자 니부어 역시 성공한 사업가 중 한 명이다. 덴마크 정부에서 그를 아프리카 소재의 대사관으로 파견시켜 비서와 회계를 담당하게 했다. 니부어는 사람들의 기대를 저버리지 않고 열심히 일을 했다. 재직 기간 중 그는 많은 업적과 공로를 세웠다. 세월이 흐르고 퇴직을 한 후에도 덴마크 정부 금융위원회의 임원직을 지냈다. 그리고 임원직을 사퇴한 니부어는 베를린의 어느 은행에 총책임자를 역임했다. 또 이렇게 바쁜 중에도 로마의 역사를 공부하고 아랍어와 러시아어, 그리고 슬라브어까지 통달했다. 그가 집필한 3권의 『로마서』는 역사학자들에게 좋은 평을 얻었다. 그래서 그의 후손들은 니부어를 역사학자라고 추대했다. 역사학은 그의 취미생활에 불과한 것이었는데 말이다.

나폴레옹은 사람의 능력을 중요하게 생각했다. 특히 엄격한 훈련을 통해서 진정한 실력을 증명한 사람을 중시했다. 이런 면에서 나폴레옹은 지식인을 중시했던 위대한 정치가로 볼 수 있다.

그러나 과학 기술자를 행정업무에 투입한 일은 잘못된 결정이었다. 프랑스의 천문학자이자 수학자이며 동시에 물리학자이기도 한 라프라스는 모르는 사람이 없을 정도로 유명했다. 나폴레옹은 이런 라프라스를 내무부 장관에 임명했는데 얼마

되지 않아 나폴레옹은 자신이 실수를 범했다는 사실을 알게 됐다. 훗날 나폴레옹은 라프라스를 이렇게 평가했다.

"라프라스는 모든 일을 학자의 시각에서 바라보았다. 그의 머릿속은 온갖 문제들로 가득했고 항상 그것을 깊이 연구하고 분석하려고 했다. 마치 미적분을 풀듯이 모든 문제를 논리적인 공식을 통해 풀어 나가려고 했다. 그런 방법은 과학에는 적합하지만 시시각각 변하는 행정업무에는 부적합했다."

항상 무슨 일인가를 생각해서 행동으로 옮기는 사람은 쉴 틈이 없다. 게으름이란 그들에게는 견디기 힘든 고통과 같다. 아무리 심리적 압박이 심하다 해도 사고하는 습관을 버리기란 쉬운 일이 아닐 것이다. 게다가 그들은 하지 않아도 될 다른 생각까지 하느라 급급하다. 부지런한 사람일수록 새로운 생각을 찾아내기에 바쁘다. 그들은 아무것도 안 하는 시간이 주는 압박을 견디지 못하기 때문이다. 그들은 단 1분, 1초까지도 헛되이 보내려고 하지 않는다. 그러나 게으른 사람은 다르다. 아무런 일을 하지 않으면서 시간을 헛되이 보낸다. 영국 사상파 시인, 조지 허버트는 이런 말을 했다.

"나는 지금까지 한시도 쉬지 않았다. 나는 활발하고 부지런한 사람은 쉬는 시간이 있을 수 없다고 주저 없이 말할 수 있다."

베이컨은 이렇게 말했다.

"그들도 잠시 멈춰서 쉬기를 원한다. 업무가 과다하게 많거나 너무 힘이 들 때, 또는 자신의 상태를 회복해야 할 필요성을 느낄 때는 그들도 휴식을 취한다."

예로부터 전해 내려오는 수많은 걸작들은 작가들이 쉬어야하는 시간에도 열심히 고민하고 생각했기 때문에 만들어질 수있었다. 그들은 자신에게 주어진 1분, 1초를 유용하게 쓰는 습관을 가지고 있었다. 사실 그들은 아무 일도 안하고 멍하니 있는 것보다는 이렇게 하는 것이 훨씬 더 낫다는 사실을 알고있었다.

실망하고 낙담하여 우울했던 적이 있는가? 엄청난 좌절을겪은 적이 있는가? 자신이 범한 실수를 지나치게 자책한 경험이 있는가? 열심히 하고도 큰 성과를 얻지 못한 적이 있는가? 큰 비극을 경험한 적이 있는가? 질병이나 부상으로 장애를 입은 적이 있는가? 희망이 꺾여 좌절한 적이 있는가? 위험을 무릅쓰고 했던 일에 패배를 맛본 경험이 있는가?

이런 나쁜 경험도 원대한 목표에 대한 당신의 신념을 가로막지는 못한다. 실패는 우리가 살아가는 데에 반드시 필요한일부분이다. 뿐만 아니라 당신이 그토록 갈망하는 성공은 항상 고통과 실패 후 얻을 수 있다. 작가이자 철학자인 조지 버나드 쇼는 다음과 같은 글을 쓴 적이 있다.

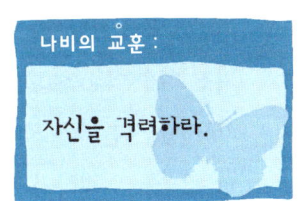

나비의 교훈 :

자신을 격려하라.

"성공은 수많은 실패 후에 얻는 것이다."

실패를 통해 얻은 교훈은 쉽게 잊혀지지 않는다. 그래서 동일한 실수를 반복하지 않게 되는 것이다. 실패는 다리가 부러지는 것과 같다. 왜냐하면 부러진 뼈는 다시 붙고 상처에는 새 살이 돋아나기 때문이다.

다른 사람의 평가, 즉 비난이나 비판을 받아들이는 일은 결코 쉬운 일이 아니다. 하지만 다른 사람의 평가를 받고 분노하거나 좌절하기 보다는 좀더 구체적이고 정확한 계획을 세워 비평을 발판삼아 다시 도전해야 한다. 또 주변에 나를 잘 아는 사람과 같이 계획을 세운다면 많은 시간을 낭비하지 않고도 좋은 방법을 도출해 낼 수 있을 것이다. 이러한 방법은 분명 문제해결에 많은 도움이 된다.

하지만 실수를 범하고도 그 안에서 아무것도 얻지 못하는 사람이 있다. 이들은 갖은 핑계를 다 동원해서 자신의 실수를 숨기려 든다. 그러나 숨겨 놓은 실수는 독이 될 수 있다. 심지어는 그 실수가 당신의 대인관계에서나 공적인 업무에 해를 끼칠지도 모른다. 특히 당신이 책임자라면 더욱 그러하다. 숨겨진 실수는 눈에 보이지 않는 암 덩어리와 같기 때문에 언젠가는 당신의 모든 조직을 와해시킨다. 책임감을 가지고 자신의 실수를 인정하기 위해서는 먼저 자기 자신에게 이렇게 말하라.

"내 능력은 여기까지가 아니야. 다음에는 더 잘할 수 있어.", "미처 이 부분을 생각하지 못했지만 두 번 다시 똑같은 실수는 하지 않을 거야."

이것이 실수에서 얻는 소중한 교훈이다.

경기가 종료하면 승자와 패자가 있기 마련이다. 일단 종료한 경기는 다시 할 수 없다. 그러나 일은 그와 다르다. 언제나 두 번째라는 기회가 존재한다.

내일은 항상 새로운 기회를 준다. 하늘은 결코 당신을 버리지 않는다. 분명 당신에게 또 다른 기회를 주며 당신 스스로 난관을 극복할 수 있도록 도와줄 것이다. 험난한 고난 때문에 피폐해진 우리는 이러한 역경 속에서 소중한 교훈을 배울 수 있다. 물론 자신이 처한 주위의 환경을 변화시킬 수는 없다. 그러나 자신의 태도는 충분히 바꿀 수 있다.

"내일이 오늘과 같다 할지라도 내일의 나는 결코 오늘의 내가 아니다."

자신의 태도를 바꾸면 주위의 환경과 상황도 변화시킬 수 있다. 실수를 저질렀을 때 당황하여 우왕좌왕하거나 쉽게 포기해서는 안 된다. 마치 작은 전자칩을 검사하듯이 세세하고 꼼꼼하게 당신의 문제를 분석하고 연구하라. 그리고 이미 발생한 문제에 대해 지나치게 연연하지 말고 어떻게 해결을 할 것인가에 총력을 기울여야 한다.

누구든 한평생 순탄할 수만은 없다. 큰 실패나 좌절이 없다 할지라도 작은 실수는 누구나 다 있는 법이다.

그러나 실패를 대하는 사람들의 태도는 가지각색이다. 어떤 사람은 실패에 연연하지 않으면서 "실패는 병가의 상사"라고 말한다. 반면 또 어떤 사람은 변명할 핑계거리를 찾기에 여념이 없다. 그는 자신이나 다른 사람들에게 자신은 실패를 한 것이 아니라 한발 후퇴했을 뿐이라고 한다. 또는 가족이 도와주지 않아서, 혹은 몸이 안 좋아서, 심지어는 경기가 안 좋아서 어쩔 수 없었다는 등의 이유를 든다. 그들은 자신의 실패를 정당화하기 위해 이곳저곳에서 이유가 될 만한 것들을 끌어 들인다.

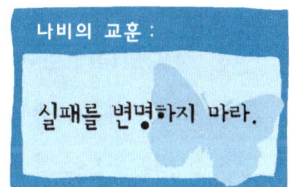

나비의 교훈 :

실패를 변명하지 마라.

사실 실패에 무딘 사람은 극히 드물다. 설령 있다 하더라도 이런 사람은 성공할 수가 없다. 왜냐하면 그들은 실패에서 아무런 것도 얻지도, 느끼지도 못하기 때문이다. 그래서 자기 발전이 없고 성공을 할 가능성도 희박하다.

핑계를 대며 실패를 정당화하는 사람들은 대체적으로 자신의 능력에 문제가 있다고 인정하지 않는다.

자신의 실패가 부하직원의 실수 때문이라면 그것 또한 사람을 잘못 고용하고 잘못 관리한 자신에게 책임이 있는 것이다. 혹은 세계적인 경기침체 때문에 실패했다고 생각하는 것도 경기 흐름을 제대로 파악하지 못한 자신에게 책임이 있는 것이다. 뿐만 아니라 투자를 너무 많이 한 탓에 실패한 것도 당신의 판단력에 문제가 있는 것이다.

요컨대 우리는 자신의 각도에서 실패의 원인을 연구해야 한다. 판단, 실행, 관리 등 모든 것은 자신이 내린 결정이고 자신이 세운 대책이다. 그러므로 실패도 당연히 자신이 만들어 낸 것이다. 그렇기 때문에 우리는 변명할 이유가 없다. 설령 변명거리가 있다 해도 실패를 되돌릴 수는 없다.

물론 실패가 피하려야 피할 수 없는 객관적인 요소에서 오는 경우도 더러 있다. 그렇다고 해서 변명거리가 실패를 정당화할 수 있다고 생각해서는 안 된다.

변명은 일종의 습관이 되기 쉽다. 그런 습관은 당

신이 실패한 이유를 찾는 데 아무런 도움이 되지 않는다.

실패한다는 것은 괴로운 일이다. 마치 칼로 자기 자신의 소중한 일부를 도려내는 고통과도 같다. 하지만 실패할 수밖에 없을 때 실패하는 것은 어쩔 도리가 없다. 사람은 누구나 성공하기를 원하지 않는가? 그러니 실패를 하면 실패를 받아들이고 정확한 원인을 찾아내기 위해 노력해야 한다. 실패는 신체의 병과 같다. 병의 원인을 알아야 처방을 내릴 수 있듯이 실패의 원인을 알아야 성공을 할 수 있다.

실패한 원인을 찾는 일은 쉽지 않다. 자신도 모르는 무의식 중에 마냥 벗어나고 싶어 하기 때문이다. 그러므로 차례차례 자신을 다시 되돌아보고 다른 사람의 의견도 들어보는 여유가 필요하다. 자신이 검토하는 것은 주관적이기 마련이다. 그렇기 때문에 맞는 것도 있지만 틀리는 것도 있다. 그에 반해 다른 사람의 의견은 객관적이다. 물론 그것도 옳은 것과 옳지 않은 것이 있다. 그러므로 자기 자신과 상대방의 의견을 모아야 한다. 그러면 실패의 진정한 이유를 쉽게 찾을 수 있다. 실패는 당신의 성격과 지혜, 그리고 능력과 관련이 있다. 그러므로 구태여 변명할 필요도 없다. 문제를 정확히 파악해 대처 방안을 모색하고 자기수양을 한다면 똑같은 실수를 다시 반복할 일은 없다. 그리고 마침내 성공과도 가까워질 것이다.

실패를 할 때마다 변명만 늘어놓는다면 당신이 실패할 확률은 성공할 확률보다 훨씬 많아진다. 병의 근원을 찾지 못했으니 같은 병이 자꾸 발병하는 것은 당연한 일이다.

늘 변명을 늘어놓는 사람은 아무런 발전도 할 수 없다. 뿐만 아니라 다른 사람이 당신의 능력을 의심하게 만드는 구실이 된다.

실패는 두려운 것이 아니다. 두려운 것은 실패를 했을 때 수수방관하는 당신의 나태함이다. 그것이야말로 인생의 비극이다.

제7장

죄수와 남생이 이야기

사람은 머리를 써야 한다. 그래야 어려운 문제도 해결하고 지혜로운 사람이라는 평가도 들을 수 있다. 머리를 쓰면 사소한 생각이 큰 지혜로 재탄생한다.

국왕을 모욕했다는 죄로 한 남자에게 중벌이 내려졌다. 그는 교도소의 꼭대기 방에 감금되었는데 그곳은 석탑같이 꽤 높았다. 이 탑으로 통하는 문은 모두 봉쇄되었고 교도소 벽에 있는 작은 철창 틈 사이로 간신히 공기가 들어왔다. 탈출할 수 있는 도구라고는 눈을 씻고 찾아봐도 없었다. 보아하니 이 남자의 인생은 그것으로 끝인 것 같았다.

그러나 이 남자는 굉장히 똑똑했다. 그는 탈출할 수 있는 방법을 생각한 뒤 아내에게 남생이(거북목 남생이과의 파충류-역주)라 불리는 동물을 가져와 교도소 주변에 풀어 놓으라고 했다. 그리고 반드시 황색의 물감으로 남생이의 머리 부분을 칠해서 표시하라고 했다.

아내가 교도소 근처에 풀어 놓은 황색 머리 남생이는 탑 꼭대기를 향해 기어올랐다. 남생이가 올라가는 것과 탈출하는 것이 무슨 상관있는지 당신은 의아스러울 것이다. 조급해 하지 말고 남생이의 뒷다리를 잘 살펴보면 그 이유를 알 수 있다.

아내는 남생이를 풀어 주기 전에 다리에 얇은 실을 묶었다. 그리고 얇은 실의 다른 끝은 두꺼운 실과 이어 붙였다. 이렇게 서너 번을 거치며 실의 굵기는 점점 굵어졌다. 그리고 마지막에는 사람이 매달릴 수 있을 만큼 큰 줄이 연결되어 있었다.

죄수의 탈출 계획은 누구도 눈치 챌 수 없을 만큼 완벽한 것이었다.

생각을 많이 하는 것은 습관이고, 머리를 많이 쓰는 것은 본능이다.

사람과 동물의 차이는 사고를 하느냐, 머리를 쓸 줄 아느냐에 있다. 아무리 용맹한 동물이라도 총명한 사람에게 견줄 수 없다. 그 이유는 바로 다음 이야기가 설명해 준다.

산 정상에 앉아 있던 호랑이는 농부가 소에게 채찍을 휘두르며 밭을 경작하는 모습을 보고는 도무지 납득이 가지 않았다.

'소는 몸집도 크고 힘도 세지. 더군다나 단단한 뿔도 가지고 있어. 그런 소가 왜 작고 보잘것없는 노인네한테 꼼짝을 못하는 거지? 채찍으로 맞으면서까지 복종하는 이유가 무엇일까? 인간의 어떤 면이 그토록 대단한 걸까?'

호랑이는 농부가 휴식을 취하는 틈을 타서 산 아래로 내려왔다. 그리고 소에게 가서 이유를 물었다. 그러자 소는 이렇게 대답했다

"사람은 비록 작고 힘이 없지만 지혜와 재능이 굉장히 뛰어나. 그래서 나는 복종하는 거란다."

소의 말을 들은 호랑이는 사람이 가졌다는 '지혜'가 무엇인지 너무 궁금했다. 그래서 농부가 오기만을 기다렸다 그에게 물었다.

"나를 무서워하지 마시오. 난 궁금한 것이 있어 당신을 기다렸다오. 난 당신보다 힘이 세지만 당신이 가지고 있다는 지혜

는 없다오. 내게 지혜라는 걸 좀 보여 주시오. 만약 순순히 보여 주지 않거나 뒤져서 없으면 나와 소를 조롱한 대가를 반드시 치르도록 할 것이오."

농부는 호랑이의 호통을 듣고도 당황하거나 긴장하지 않고 이렇게 말했다.

"호랑아, 미안하지만 오늘은 지혜를 집에 두고 가져오지 않았구나. 다음에는 꼭 가져다가 보여 주마."

"다음이라니? 냉큼 집에 가서 가지고 오시오!"

호랑이는 농부를 다그쳤다.

"내가 지혜를 가지러 간 사이에 네가 내 소를 먹어 치우면 어떡하느냐?"

농부는 안심하지 못하겠다는 투로 대답했다. 그러자 애간장이 다 탄 호랑이는 이렇게 말했다.

"그럼 나를 묶어 놓고 가면 마음을 놓겠소? 다녀와서 나를 풀어 주시오."

"옳거니! 그런 방법이 있었구나. 그럼 그렇게 하자구나."

농부는 웃으며 호랑이를 묶었다. 그리고 확실히 꼼짝할 수 없게 나무에 다시 한 번 묶었다. 호랑이를 묶고 난 농부는 흐르는 땀을 닦으며 이렇게 말을 했다.

"멍청한 녀석 같으니! 내 말 잘 들어라. 이게 바로 네가 그렇게 보고 싶어 하던 '지혜'라는 것이야."

나무에 꼼짝 못하게 된 호랑이는 여전히 농부의 말뜻을 이해하지 못하고 두리번거리며 지혜를 찾았다.

머리를 쓰지 않는 사람은 지혜로운 상대를 이길 수 없다

심리학자 톰슨이 여행에서 돌아오는 길이었다. 이미 밤이 깊어 작은 골목은 너무 조용하고 사람의 그림자 하나도 보이지 않았다. 톰슨의 겉옷 주머니에는 2,000달러가 있었기 때문에 불안감을 감추지 못했다. 그는 한시도 경계를 늦추지 않고 앞만 보고 열심히 걸어갔다. 그런데 어느 순간부터인가 사냥 모자를 쓴 사람이 계속 뒤쫓아 오고 있었다. 그는 천천히 걷다 빨리 걷는 것을 반복했지만 그 낯선 사람을 따돌릴 수가 없었다.

'어떻게 하지?'

톰슨은 열심히 머리를 굴렸다. 그리고 위급한 상황에서 지혜를 발휘했다. 그는 마음을 가다듬고 뒤돌아서 그 사람에게 다가갔다. 그리고 머뭇거리며 이렇게 말했다.

"아저씨, 도와주세요. 배가 고파서 죽을 것 같아요. 한 푼만 줍쇼."

그러자 뒤쫓아 오던 남자는 낡은 외투를 입은 그를 아래위로 훑어보더니 냉담한 말투로 이렇게 말했다.

"에이, 재수 없어. 난 또 몇백 달러나 가진 줄 알았네!"

그러더니 그는 자신의 주머니에서 잔돈 몇 푼을 꺼내 톰슨에게 쥐어 주고 황급히 사라졌다.

지혜는 상대를 이긴다

지혜를 겨루는 세 사람이 있었다. 한 명은 물리학자, 다른한 명은 건축가, 그리고 마지막 한 명은 화가였는데, 세 사람은모두 기압계를 쥐고 탑 아래에 나란히 앉아 있었다. 그들의 지혜를 측정하는 시험 문제는 기압계를 보고 이 탑의 높이를 맞추는 것이었다. 이 시합의 승리를 좌우하는 핵심은 바로 창의력이었다.

세 사람은 지식 분야와 직업이 모두 달랐기 때문에 생각하는 방식 역시 가지각색이었다.

건축가는 특히 더 자신만만했다. 그에게 이런 일은 식은 죽먹기나 다름없었다. 그는 재빨리 탑 아래에서 대기기압을 측정하고는 탑 꼭대기에 올라가 다시 한 번 기압을 측정했다. 그리고 탑 아래와 꼭대기의 기압 차를 계산했다. 기압이 12미터상승할 때마다 수은주가 1밀리미터씩 떨어진다는 점을 이용하여 탑의 높이를 계산했다. 건축가는 자신의 답이 확실하다고 생각했다.

물리학자는 탑 꼭대기에 올라가 손목시계의 초심을 봤다. 그리고 손에 쥐고 있던 기압계를 아래로 떨어뜨렸다. 기압계가 지표면에 떨어지기까지 걸리는 시간을 정확하게 측정했다. 그리고 자유낙하공식을 이용하여 탑의 높이를 계산했다. 그는 자신의 과학 지식에 자부심을 느끼며 매우 뿌듯해 했다. 그는 계산의 결론이 탑의 실제 높이와 가장 근접할 것이라고 자신했다.

마지막 경쟁자인 화가는 문제를 접하고 아주 난감했다. 그는 물리학자처럼 적용할 만한 공식을 아는 것도 아니었고, 건축가처럼 이런 일에 경험이 있던 것도 아니었기 때문에, 당연히 절망적일 수밖에 없었다. 그러나 화가는 마음을 차분히 하고 오히려 이와 관련된 아무런 과학 지식이 없다는 점을 이용해 보기로 했다. 그러자 화가의 선택의 폭은 굉장히 넓어졌다. 화가는 주먹을 불끈 쥐고 이렇게 생각했다.

'길이 없을 땐 길을 만들면 돼. 어차피 답만 맞추면 이기는 거니까 말이야.'

그는 상상력을 최대한 발휘했다. 그렇게 고심한 화가는 결과적으로 자신이 선택한 방법이 너무 간단해서 웃음을 참지 못했다.

화가는 기압계를 탑 관리인에게 선물했다. 그러면서 사무실에 있는 탑 설계도를 좀 보여 달라고 했다. 결국 화가는 아주 쉽게 설계도를 손에 넣을 수 있었다. 그는 설계도에 수북한 먼지를 털어 낸 뒤 정확한 탑의 높이를 알 수 있었다.

춘추시대 제나라 칭공(頃公)이 진나라 군대에게 패할지도 모르는 긴박한 상황에 놓였을 때였다. 그는 조카 펑처우푸(逢丑父)와 옷을 바꿔 입었다. 궁에 들어온 진나라 군대는 펑처우푸를 보고 그가 국왕이라고 판단했다. 그리고 즉시 그를 잡아갔다. 진나라 군장은 펑초우푸를 살해하라는 명을 내렸다. 그러자 펑처우푸가 큰소리로 말했다.

"예로부터 국왕을 대신해 죽은 신하는 단 한 명도 없었습니다. 그러나 지금은 저, 펑처우푸가 있사옵니다. 만약 국왕의 신하들이 보는 앞에서 저를 죽이신다면, 앞으로 진나라에는 국왕을 위해 자신을 희생할 줄 아는 신하는 절대 없을 겁니다. 진나라 신하들은 내 죽음을 거울로 삼을 것입니다!"

진나라 군장은 펑처우푸의 말을 듣고 고민에 빠졌다. 그리고 결국 펑처우푸를 살려 주었다.

좋은 사고방식은 천금의 가치가 있다

미국의 천문학자 스미스 소니언이 행성 목록을 편찬할 때의 일이다. 그는 정식명칭이 없는 25만 개의 작은 별 때문에 골머리를 썩었다. 작은 별은 숫자만 있지 이름이 없었기 때문이다. 육안으로는 볼 수 없는 별을 가지고 무슨 이름을 붙인단 말인가? 스미스는 창의력을 발휘해야 했다. 그는 사람들에게 별을 판매하는 회사를 열었다. 그리고 이러한 광고 카피를 썼다.

"당신의 이름을 영원한 우주에 새기고 싶으세요? 사랑하는 애인의 이름을 가진 별을 갖고 싶나요? 가장 절친한 친구의 이름을 하늘에 새겨 보세요. 단 250달러면 당신의 소원이 이루어집니다."

누구든지 250달러만 내면 스미스가 문을 연 행성작명회사에서 별을 살 수 있었다. 사람들은 별자리 지도를 받고 어떤 별을 살지 결정했다. 그리고 정식 등록증서도 발급받았다. 자신만의 특별한 별을 가질 수 있다는 것은 돈 있는 사람들에게 큰 매력이었다. 250달러 곱하기 25만 명을 계산해 보라. 스미스의 창의력은 그에게 어마어마한 부를 가져다주었다.

벨기에의 큰 화랑에서 사건이 발생했다.

한 미국 사람이 인도에서 가져온 세 폭의 그림을 보고 무척 마음에 들어 했다.

"이 그림을 얼마에 팔겠소?"

미국인이 물었다.

"세 폭을 다 합쳐 250달러요."

미국인은 그렇게 많은 돈을 지불하고 싶지는 않았다. 그래서 가격을 흥정하기 시작했다.

'이 사람은 분명 그림을 사겠군.'

가격을 흥정하는 미국인의 태도를 보고 그림 주인은 미소를 지었다. 그리고 미국인 앞에서 화를 내며 보란 듯이 한 폭의 그림을 불에 태웠다. 그 모습을 본 미국인은 깜짝 놀라고 말았다. 그리고 불에 타 버린 한 폭을 아까워하며 나머지 두 폭을 얼마에 팔 것이냐고 물었다.

"남은 두 폭에 250달러요."

미국인은 어리둥절했다.

'세 폭에 250달러였던 것도 비싼데, 남은 두 폭도 250달러라고? 이런 말도 안돼!'

미국인의 표정을 살핀 사람은 주저 없이 다른 한 폭도 불에 태웠다.

"아니, 이게 무슨 짓이오! 제발 그림을 태우지 마시오!"

미국인이 아까워하며 어쩔 줄 몰라 하자 주인은 이렇게 말했다.

"마지막 남은 한 폭은 600달러요."

희소성이 클수록 가치가 있는 법. 결국 미국인은 지갑에서 600달러를 꺼내 주인에게 건네주고 말았다.

1896년에 시작된 올림픽은 4년에 한 번 개최하는 세계적인 화합의 장이다. 하지만 규모는 방대하고 화려한 데에 비해 낭비가 심해 1984년 이전까지는 개최국 모두 막대한 손실을 입었다. 예를 들어 1976년 캐나다에서 개최한 몬트리올 올림픽의 손실은 10억 달러에 이르렀고, 1980년 구소련의 모스크바 올림픽은 총 90억 달러 이상을 지출하고 상당 부분 수익을 얻지 못했다.

1984년 미국 로스앤젤레스 올림픽은 실력 있는 사업가 우버로스의 후원을 받아 개최하게 되었다. 로스앤젤레스 올림픽은 올림픽 역사상 처음으로 이익을 내는 기록을 세웠다. 우버로스는 경제 이론을 체육 사업에 접목시켰다. 그는 경제적 안목으로 모든 올림픽 경기를 계획했다. 그는 수입원을 확충하면서 지출을 절감할 수 있는 방법을 도입했다. 그리하여 지출은 극소화하고 수입을 극대화하여 큰 이익을 창출했다. 그는 지출을 절감하기 위해 두 가지 방법을 이용했다. 첫 번째로 올림픽의 가치를 선전했다. 그는 올림픽 홍보를 위해 수만 명의 자원봉사자들을 모집했고, 덕분에 임금으로 지출되는 예산에서 수십만 달러를 절약할 수 있었다. 그리고 두 번째로 기존에 있는 시설을 효율적으로 활용했다. 기존에 있던 체육관을 보완했고, 대학의 기숙사를 선수촌으로 사용했다. 그리하여 어마어마한 건축 비용을 절감할 수 있었다.

무엇보다 우버로스는 수입원을 창출하는 일에 창의력을 발휘했다. 그는 모든 기업을 대상으로 '성화 광고권'을 판매했다. 성화는 그리스에서 점화한 뒤 1만 5,000킬로미터 구간을 거쳐 로스앤젤레스까지 온다. 그 중간에는 수많은 사람들이 성화를 이어받아야 하는데 그 모든 과정이 매체를 통해 방송됐다. 우버로스는 성화가 지나가는 길 1킬로미터당 3,000달러의 후원금을 받고 기업 홍보를 할 수 있게 했다. 후원 기업은 후원금을 낸 일정 구간에서 자사를 광고할 수 있는 기회를 얻었다. 이 부분에서만도 4,500만 달러의 수익을 올렸다. 게다가 성화 봉송뿐만 아니라 올림픽 모든 기간에 후원단체를 모집했다. 그리고 후원단체의 수를 제한하여 후원 금액을 높게 책정했다. 그리하여 후원단체는 최소 500만 달러 이상을 기부해야 했다. 후원단체 중 선정된 수십 곳에서 받은 후원금은 총 1억 1,700만 달러에 달했다. 세 번째로 그는 위성중계 방송권을 팔았고 미국 전역의 방송 매체에서 2억 2,500만 달러를 받았다. 네 번째로 그는 무료로 올림픽 경기를 중계하던 관례를 뒤엎었다. 그래서 7,000만 달러의 이윤을 냈다. 다섯 번째로 올림픽의 마스코트, 샘으로 상품을 만들어 팔았다. 그 결과 제23회 올림픽 총지출액은 5억 1,000만 달러였고 순수 이윤은 2억 5,000만 달러였다. 로스앤젤레스 올림픽 수익은 역대 올림픽 수익의 10배에 달했다.

1995년 일본 오사카는 강한 지진으로 인해 온 도시가 막대한 손해를 입었다. 이 소식은 신문기사를 통해 알려지면서 세계 각국의 주목을 받았다. 그러나 사람들은 몇 명이 사망하고 부상당했는지, 구조 활동은 어떻게 되는지에만 관심을 둘 뿐, 도시의 경제적 손실에 대해서는 아무런 관심도 없었다. 그때 어느 상인이 지진 피해에 관한 기사 중 한 구절에 비상한 관심을 보였다.

'오사카 철강소는 지진으로 인해 모든 설비에 막대한 피해를 입어 현재 생산이 중단되었다. 전문 기관은 완전 복구까지 반년 이상이 소요될 것으로 전망하고 있다.'

이 기사에서 그는 기회를 엿보았다. 자신이 하는 일과 연관이 있는 기사였던 것이다. 상인은 오사카 철강소가 매년 100만

톤 이상의 철강을 수출한다는 사실을 알고 있었다.

'지금부터 반년 간 철강을 생산하지 못하면 수출이 중단될 거야. 그러면 오사카 철강소 수익에 막대한 지장이 생기겠지? 철강을 생산하지 못하니 국내 시장에 유통되는 철강도 분명 지금보다 줄 거야. 그럼 가격이 치솟을 게 분명해.'

상인은 목돈을 마련하여 오사카 철강소의 철강 5,000톤을 급히 사들였다. 그 후로 보름 정도가 지나자 아니나 다를까 톤 당 200엔씩 가격이 상승하여 상인은 손쉽게 100만 엔 이상의 이윤을 냈다.

미국의 한 상인이 교황을 만났다. 그는 교황에게 자신이 요구하는 말 한마디만 해주면 10만 달러를 주겠다고 했다. 그러나 교황은 고개를 저으며 거절하였다.

"100만 달러면 되겠습니까?"

상인은 간곡히 부탁했으나 교황은 여전히 고개를 저었다.

"1,000만 달러면 되겠습니까?"

상인은 기대에 차서 교황에게 물었지만 교황은 손을 절레절레 흔들며 사양했다. 옆에서 이를 지켜보던 교주가 의아해 하면서 교황에게 물었다.

"1,000만 달러라면 엄청난 금액인데 도대체 무슨 말을 하라고 했기에 그토록 단호하게 거절하셨습니까?"

그러자 교황은 쓴웃음을 지으며 말했다.

"기도를 마칠 때 '아멘'이라고 하지 말고 '코카콜라'라고 해달라더군요."

이 이야기는 각종 매체를 통해서 사람들 사이에 널리 알려졌고, 그 덕분에 코카콜라의 명성은 높아졌다.

생각을 즐기는 사람이 좋은 기회를 얻는다

세계적으로 체육사업이 호황을 누리면서 운동화 시장의 규모도 상당히 커졌다. 이에 일본의 기업가 하치로는 본격적으로 운동화 생산에 투자할 결심을 했다.

'뒤늦게 시장에 뛰어드는 만큼 신중해야 해. 어디서부터 어떻게 시작하는 게 좋을까? 틈새를 노려야 해. 틈새를 비집고 들어가서 자리를 잡으려면 무엇보다 제품이 뛰어나야 해.'

그는 틈새시장을 노릴 돌파구로 농구화를 선택했다. 그리고 각종 농구화를 사서 문제점이 무엇인지 연구하기 시작했다. 또한 농구 선수들을 찾아가 자신이 만든 농구화의 문제점을 지적해 달라고 하기도 했다. 선수들은 미끄러지기 쉽다거나, 자세가 불안정해서 골을 넣을 때 영향을 준다고 했다. 그는 직접 농구화를 신고 농구를 해보았다. 선수들의 의견대로였다.

이에 하치로는 문득 오징어의 흡반(빨판)에서 아이디어를 얻었다. 그래서 운동화의 바닥을 흡반과 같은 모양으로 설계했다. 오늘의 농구화 바닥 모양은 이렇게 만들어진 것이다. 그 후 하치로의 운동화는 운동화 시장에서 독보적인 자리매김을 했고 많은 고객의 사랑을 받았다.

텐진(天津)에 옷감을 생산하는 방직 공장이 있었다. 원료 성분이 잘 섞이지 않는 날은 옷감에 흰점이 보이곤 했는데 이를 발견한 고객들은 상품의 질이 떨어진다고 생각했다. 그래서 그 방직 공장에서 생산하는 옷감을 구매하려 들지 않았다. 판로가 점차 사라지자 방직 공장 사장과 직원들은 골머리를 썩었다. 공장 기술자들이 여러 방면으로 원인을 찾아 봤지만 뾰족한 개선안이 나오지 않았다. 얼마 후 공장 디자이너는 흰점을 없애기보다는 더 크게 만드는 게 어떻겠냐고 제안을 했다. 흰점 크기도 크게 만들고 흰점 개수도 늘렸다. 그리고 '눈꽃'이라고 이름까지 붙였다. 이 옷감은 시장에 유통되자마자 고객들의 큰 관심을 끌어 모았다.

세계적으로 중국은 자기(瓷器)의 종주국이라 불린다. 중국의 자기는 세계적으로 유명한 만큼 전 세계 어디에서든 판매되고 있다. 하지만 자기와 달리 찻잔은 상황이 다르다. 중국의 찻잔은 유럽과 북미 지역 사람의 호감을 사지 못한다. 이유는 중국의 찻잔은 평평한 모양이기 때문이다. 코가 높은 서양 사람들은 중국 찻잔으로 차를 마시면, 다 마실 즈음엔 코가 찻잔 바닥에 부딪히기 일쑤였던 것이다. 이 모습을 본 일본인이 좋은 방법을 생각해 냈다. 주둥이가 비스듬하게 기울어진 찻잔을 생산한 것이다. 결국 중국 찻잔의 결점은 일본 사람에 의해 보완됐고 찻잔 시장마저도 일본에게 빼앗기고 말았다.

지혜로운 사람은 항상 새로운 발상을 한다

모건이 아내와 같이 미국으로 이주했을 당시 그들은 가난한 서민에 불과했다. 그들은 생계를 위해서 작은 잡화점을 열어 계란을 팔았다. 그런데 물건을 사러 오는 손님마다 계란이 작다며 불만을 표하는 것이었다. 모건은 한동안 손님들의 반응을 관찰했다. 그러고는 아내더러 계란을 팔아 보라고 했다. 그러자 신기하게도 손님들의 불만은 감쪽같이 사라졌다. 오히려 계란이 커졌다며 좋아하는 손님도 생겼다. 모건의 손은 두껍고 컸기 때문에 그가 계란을 집으면 상대적으로 계란이 작아 보였고, 그와 반면에 작고 가느다란 손을 가진 아내가 집는 계란은 커 보였던 것이다. 사실 계란은 항상 팔아 오던 것과 같은 계란이었다. 이 해프닝은 손님들의 시각차 때문에 생긴

일이었다.

　서법에 능한 장쭤린(張作霖)이 회의에 참석한 날이었다. 중간 휴식 시간에 잠시 쉬고 있는데 갑자기 몇몇 일본인이 와서는 그에게 글 한 점을 부탁했다. 달리 거절할 도리가 없던 장쭤린은 붓을 들고 "虛(허)"라는 글자를 쓴 뒤, 낙관으로 "張作霖 手黑"이라고 찍었다.

　"'手黑(수흑)'이 무슨 뜻입니까?"

　현장에 있던 사람들은 그의 낙관을 보고 모두 궁금해 했다. 장쭤린은 누군가의 물음에 자신의 낙관을 보았다. '手墨(수묵)'이 '手黑(수흑)'이라고 잘못 되어 있었다. 그는 난처하기 이를 데 없었다. 더군다나 일본 침략자들 앞에서 자신의 실수를 인정하고 싶지도 않았다. 그는 고심을 하던 끝에 얼굴을 들고 이렇게 말했다.

　"일본인이 갖고 싶어 하기에 붓을 들었습니다. 그러나 '土(토지 또는 국토를 의미함-역주)'만은 주고 싶지 않습니다."

　어느 전통 극단에서는 '악가군항금(岳家軍抗金)'이라는 공연을 하고 있었다. 빙페이(兵飛)의 역을 맡은 배우가 무대에 올라가 문을 두드리면서 자신을 소개할 차례가 되었다. 연습대로라면 자신의 이름이 '빙페이'임을 밝히면서 두 손으로 수염을 쓰다듬어야 했다. 그런데 이름을 말하려는 순간 배우는 그만 수염을 붙이지 않았다는 사실을 뒤늦게 깨닫고 말았다. 무대에 오르기 전에 수염을 붙이는 일을 깜빡했던 것이다. 객석의 관중들은 두 눈을 크게 뜨고 그를 응시하고 있었고, 그는 빙페이를 어떻게 연기해야 할지 몰라 당황스러웠다. 하지만 애써 당황한 기색을 숨기며 "금나라에 저항하는 빙페이"의 뒤에 "아들인 빙윈(兵云)이올시다."라고 덧붙였다. '빙윈'이라는 인물은 원래 수염이 없었기에 무난히 넘길 수 있었다. 다행히 상황은 자연스럽게 이어졌지만 뒤에 다시 빙페이가 등장해야 하는 부분 때문에 상대 배우는 재빨리 대사를 바꿔야 했다. 재치 있는 상대 배우가 이렇게 말했다.

"아직 엄마 젖도 안 뗀 것이 여기에는 웬일이냐? 빙윈, 너는 내 상대가 안 돼. 집에 가서 너희 아버지, 빙페이를 불러 오너라!"

그러자 배우는 잽싸게 무대 뒤로 퇴장 한 뒤 수염을 붙이고 빙페이가 되어 다시 등장했다.

지혜로운 사람은 평범함을 거부한다

미국 제너럴 모터스의 이사장인 슬로안은 참신한 인재 발굴에 힘을 쏟았다. 개발자의 창의력이 중요하다는 사실을 직시하고 있었기 때문이었다. 그는 새로운 연구원을 채용할 때마다 신입사원에게 이렇게 말했다.

"지금 당신은 우리가 무엇을 하라고 할지 모릅니다. 또 그 일에서 어떤 결과를 얻을지는 아무도 모릅니다. 하지만 이 모든 것은 지금 당신이 이 회사에서 해야 하는 임무입니다. 언제 어떤 임무를 맡든 당신이 생각하기에 옳은 대로 하면 됩니다. 우리가 당신의 행동을 보고 어떤 반응을 보일지 신경 쓰지 마세요. 또는 우리가 동의하지 않을까 봐 두려워하지도 마세요. 무엇보다 우리한테 칭찬이나 동의를 구하려고 애쓰면 안 됩니다. 우리 회사는 회의를 통해 많은 구성원의 의견을 종합해서 판단하기 때문이죠."

이는 신입사원에 국한된 당부가 아니다. 회사의 높은 간부들에 대해서도 마찬가지이다. 한번은 슬로안이 간부급 회의를 열어 중요사항에 대해 토론했던 적이 있다. 누군가 사내 문제점을 해결하기 위해 내놓은 의견에 간부들은 만장일치로 찬성했다. 그대로 확정지어도 될 법한데 슬로안은 갑자기 회의를 중단하겠다고 선언했다.

"회의를 중단하겠습니다. 이 문제에 대해서 다른 의견이 나올 때까지 연기하겠어요. 다른 의견이 나오면 그때 다시 회의를 열겠습니다. 모두들 올바른 정책을 강구해 보도록 노력합

시다."

지혜로운 사람일수록 지혜의 힘을 믿는다

중국의 어느 고대 전설에는 손가락을 돌멩이에 대어 금을 만들었다는 이야기가 있다.

하루는 신선이 여행을 떠났다. 그는 사람들이 많이 모인 곳에서 손만 대면 돌멩이를 금으로 바꾸는 주술을 보여 줬다. 한 사내가 그 광경을 보고 무척 부러워했다.

"금을 원하느냐? 이것을 가져가거라."

신선이 금을 내밀자 사내는 고개를 절레절레 흔들며 이렇게 말했다.

"아닙니다. 전 금을 원하지 않습니다. 제가 탐나는 것은 당신의 손가락입니다."

신선은 사내의 말을 듣고 고개를 내저으며 자리를 떴다. 그러자 옆에 있던 사람이 한심하다는 듯 사내를 보며 혀를 끌끌 찼다.

"쯧쯧, 마음이 가난해 결국 아무 것도 얻지 못했구려. 안타깝소이다."

그러나 사내는 행인의 말을 귀담아 듣지 않고 신선을 따라 나섰다. 그는 신선을 스승으로 모시겠다고 자청하며 속으로 신선의 주술을 배워 자기도 초능력자가 되기로 결심했다.

지혜를 잘 이용하는 사람이 되고 싶다면 '화전사유법(和田思維法)'이라 불리는 방법을 시도해 보라.

'화전법(和田法)'은 중국의 창조학(創造學) 연구가인 쉬리엔(許立言), 장푸쿼이(張福奎)와 상해의 소학교 교사들이 연구한 창의력 개발 기법이다. 이 기법은 잠재된 창의력을 개발할 때 흔히 쓰이며, 누구나 쉽게 익힐 수 있기 때문에 잠재력 개발뿐 아니라 일상생활에서도 유용하게 쓰인다. '화전법'은 총 12가지이다.

① 더하기

무엇을 더할 수 있을까? 무엇을 더해야 더 크게, 더 높게, 더 두껍게 만들 수 있을까? 이 물건과 다른 물건을 합치면 어떤 결과가 나올까? 시간과 횟수를 더 늘려야 하지 않을까?

우주 왕복선은 로켓과 비행기, 그리고 비행선의 더하기결과물이다.

이처럼 기계와 전기가 결합한 공업품이나 생활용품은 흔히 볼 수 있다. 예를 들면 자동세탁기, 전자저울, 사진기 등이 그러한 것이다.

난징(南京)에 사는 중학생 총샤오위(쓰小郁)는 화전법의 '더하기' 기법을 활용하여 물컵이 달린 선반을 발명했다. 선반에 고정되어 있는 물컵을 쓰고 싶을 때는 잡아당겨 크게 만들어 사용했다가, 다 쓴 후에는 물을 버리고 컵을 눌러 작게 만들어서 다시 선반에 고정시키면 되는 획기적인 발명품이었다. 뿐만 아니라 나사를 사용해서 컵을 선반에 고정시켰기 때문에 언제든지 탈부착이 가능하도록 고안했다.

도시에서는 건축 부지가 부족하자 건물을 높게 짓는 건축 공법이 발전했다. 일본이 설계한 고층 빌딩 '스페이스 월드'는 800헥타르에 높이가 1,000미터에 달한다. 총 13만 명의 인원을 수용할 수 있는 말 그대로 고층 빌딩인 것이다. 이 빌딩을 완공하는 데만 해도 총 14년이 걸렸다고 한다. 이와 비슷한 일본의 '에어로 폴리스'는 1,100헥타르에 높이는 2,000미터이고, 수용가능 인원은 30만 명에 달한다.

② 빼기

무엇을 뺄 수 있을까? 무엇을 더 작게, 더 낮게, 더 가볍게 할 수 있을까? 생략하거나 삭제할 수 있는 것은 무엇이 있을까? 단가를 낮출까? 횟수를 줄일까? 어떻게 해야 시간을 절약할 수 있을까?

무선 전화, 무선 포트, 무인 매표소, 그리고 무인 조종 비행기 등이 빼기의 결과물이다.

빼기의 기법을 이용해서 무테안경을 만들었고, 나아가 렌즈도 작게 만들어 발명한 것이 콘택트렌즈이다. 과학 기술의 발달로 수많은 상품들이 가볍고, 얇고, 작고, 짧게 발전했다. 일본의 샤프가 1978년에 생산한 EL-8152 전자계산기의 무게는 1964년에 생산한 CS-10A의 1/694밖에 안 된다. 뿐만 아니라 두께는 1/156이고, 길이는 1/47이며, 부피는 1/4400이었다. 이후 샤프가 내놓은 벽걸이형 초경량 텔레비전은 화면의 대각선 길이가 24센티미터이고 두께는 3센티미터, 무게는 1.5킬로그램에 지나지 않는다.

단지 몇만 분의 일 미흡한 물건이라도 고객의 입장에서는 완전히 질이 떨어지는 하등품으로 보인다. 미국 레이니어 회사에서는 이러한 고객의 성향을 파악하고 마침내 '고장률 0%의 타자기'까지 선보였다.

③ 넓히기

무엇을 확장시킬 수 있을까? 기능을 확장시킬까?

대형 화면에서 방영되는 영화, 빔 프로젝터, 투영 교구 등이 바로 확대하기의 결과물이다.

다용도로 쓰이는 공구와 생활용품은 날로 증가한다. 예를 들면 다용도 칼, 다용도 가위, 다용도 병따개 등은 기능면에서 확장된 제품이다. 베이징 하이덴취(海淀區)에 사는 장(張)모 씨의 집에는 많은 가전제품에 비해 플러그가 부족해서 언제나 불편함을 느꼈다. 그는 플러그를 많이 꽂을 수 있는 소켓을 만들어야겠다고 생각했다. 그래서 길이가 40센티미터인 나무판 중간에 너비 8센티미터, 높이 20센티미터가 되는 나뭇가지를 박았다. 그리고 플러그가 코드와 안전하게 잘 연결될 수 있도록 전선을 이었다. 그리고 이 나무판을 안전한 상자에 넣었다. 이렇게 하여 여러 개의 콘센트가 있는 소켓이 발명된 것이다.

미국이 연구 개발한 커맨드 허브(COMMAND HUB)는 다용도 시계 개발에 결정적 역할을 했다. 이것은 말로 시간을 알려주고 16가지 가전제품의 전원을 통제하는 기능이 있다. 이것 또한 기능상의 확장에 따른 결과물이다.

④ 줄이기

작게 만들면 어떨까? 과연 줄일 수 있을까?

요즘은 작고 깜찍한 물건들이 인기가 많다. 일본의 어느 회사에서는 휴대용 칼라 TV를 시장에 내놓았다. 12인치 텔레비전은 한 손에 쏙 들어왔다. 이내 일본 시장에는 미니 복사기가 등장했다. 크기가 고작 노트북만한 이 복사기는 언제든지 들고 다닐 수 있어 무척 편리하다. 그래서 가지고 다니며 필요할 때마다 잡지나 신문 등 중요한 자료를 복사하는 일이 가능해졌다.

휴대용 전자제품 덕분에 사람들은 학업이든 업무든 모든 것이 간편해졌다.

중국 상하이(上海)의 초등학교 5학년 여학생 방리는 '높낮이 조절 농구 골대'를 발명해 상을 받았다. 그리고 이 발명품은 곧 생산에 들어갈 정도로 굉장한 반응을 일으켰다. 방리가 이 농구 골대를 발명한 것은 아주 일상적인 계기 때문이었다. 방리의 학교에는 농구 골대가 하나뿐이었다. 그래서 체육 시간만 되면 반 학생들은 모두 골대를 차지하기 위해 난리도 아니었다. 농구가 하고 싶은 아이들은 자기 차례를 기다리느라 다른 운동은 하지도 못했다. 뿐만 아니라 자기 순서가 돼도 다른 아이들이 또 기다리고 있기 때문에 충분히 연습할 수 없었다. 게다가 농구 골대 높이가 고정되어 있기 때문에 연령이 다른 학생들한테는 적합하지 않았다. 그래서 방리는 농구 골대의 높이를 유심히 관찰했으나 난관에 부딪혔다. 농구 골대의 높이를 아래위로 조절할 수 있게 만드는 일이 무척 어려웠던 것이다. 그러나 얼마 후 이 문제도 말끔하게 해결되었다. 방리는 우연히 높낮이가 조절되는 선풍기를 보고 해결 방법을 찾은 것이다.

체육연맹 부주임이었던 서인성(徐寅生)은 이 발명품을 보고 감탄을 금치 못하며 이렇게 말했다.

"이 작은 발명품이 큰 문제를 해결했군. 나도 수년간 이 농구 골대 하나만을 생각해 왔건만, 결국엔 이렇게 어린 소녀가 해결하다니 전혀 예상치 못한 일이야."

⑤ 바꾸기

형태, 색깔, 소리, 맛, 냄새를 바꾸면 어떨까? 순서를 바꾸는 건 또 어떨까? 요즘 사람들은 끊임없이 신제품을 요구한다. 다른 사람한테는 없는 것을 갖거나, 다른 사람도 갖고 있는 것을 자기가 독점하거나, 심지어는 다른 사람이 자기를 따라 하면 곧바로 또 다르게 변화하려 한다. 다른 사람보다 앞서기 위해서는 다른 사람들이 미처 생각하지 못한 것을 생각해 내야 하고, 다른 사람이 시도하지 않은 일을 해야 한다. 그래야 실패하지 않고 자기 자리를 지킬 수 있는 것이다.

"먹어 보라. 만져 보라. 눈으로 확인하라."

기업이 시장의 수요를 만족시키기 위해서는 소비 시장의 변화를 제대로 파악해야 한다. 신제품을 개발할 때는 생산, 시험,

연구, 구상 등의 모든 단계를 끝까지 견지해야 한다.

단색의 볼펜이 변화해 두 가지, 세 가지 색상의 볼펜으로 발전했다.

오늘날 각종 기관과 사무실, 학교에서는 여러 가지 모양과 색상의 볼펜이 사용되고 있다. 꽈즐(瓜子, 해바라기 씨로서 중국의 대중적인 군것질-역주)도 마찬가지이다. 예전에는 한 가지 맛이었지만 지금은 연유, 쇠고기, 향료 등 특이한 맛의 다양한 제품들이 출시되고 있다.

어느 연구에 따르면 당근에 황색 빛을 발사하면 당근의 성장이 촉진되고, 오이에 붉은 빛을 발사하면 오이의 생산량이 두 배로 증가한다고 한다. 농작물에 따라 성장을 촉진하는 빛도 다른 것이다. 심지어 기존 흰색뿐이었던 비닐봉지도 이제는 만 가지의 다양한 색상이 나왔다.

⑥ 고치기

무슨 결점이 있을까? 어떤 면이 부족한가? 어떻게 개선해야 좋을까? 사용할 때 불편한 점이나 복잡한 점은 무엇인가? 그렇다면 이 문제를 해결할 수 있는 방법은 없을까?

현재 수많은 상품들이 다양화, 소형화, 간편화, 간소화, 그리고 실용화 방향으로 발전하고 있다.

영국의 레일리 회사는 다양성을 강조했다. 그래서 2,500여 종의 자전거를 설계해 고객이 가장 마음에 드는 모델을 직접 선택할 수 있게 했다. 그리고 컴퓨터 설계 방식을 채택하여 199종의 색상과 1만여 종의 샘플을 선보였다. 그리고 고객의 요구에 맞는 맞춤 자전거를 판매했다. 레일리 회사는 일단 고객에게 주문서를 받으면 설계에서 생산까지 2주의 시간을 투자했다. 이 모든 노력은 고객이 원하는 가장 독창적인 상품을 생산하기 위해서이다.

닝보(宁波) 시 제2공장의 직원인 웨이샨(魏山)이 발명한 변형 자전거는 다른 부품을 사용하지 않고도 무려 108종으로 변형이 가능하다. 특히 브레이크 변환과 방향 전환, 그리고 전동식 앞바퀴 덕분에 조깅, 오락, 체조, 운반, 심지어는 운전 연습까지도 대신할 수 있다.

중국은 미국과 일본에 이어 세라믹 엔진을 생산할 수 있는 세 번째 국가이다. 중국은 세라믹 엔진을 차량에 설치하고 차량을 운행시킬 수 있는 기술을 보유하고 있는 것이다. 처음 세라믹 엔진을 설치한 대형 버스는 냉각수가 없는 상황에서도 베이징과 상하이 사이 3,500킬로미터를 왕복 운행했다. 현재 이 버스는 정식 생산되어 전국에서 운행되고 있다. 고온 처리에도 끄떡없는 세라믹은 고열에도 잘 견디고, 강도도 높으며,

살균 작용이 우수한 장점을 가지고 있다. 그래서 세라믹 엔진은 굳이 물을 냉각할 필요가 전혀 없고 엔진 내부의 고장도 매우 적다.

⑦ 연결하기

물건이나 사물의 결과가 원인과 어떤 관계가 있는가? 그 안에서 해법을 찾아 문제를 해결할 수 있는가? 어느 물건과 사물을 연결하여 우리가 달성하고자 하는 목표에 도달할 수 있는가?

아프리카 남부지역은 기후가 건조하여 물이 부족하다. 유독 가뭄이 심했던 그 해, 사람들은 물웅덩이를 찾지 못해 초조해하고 있었다. 마을 사람들은 물을 찾아 하나 둘 마을을 떠났다. 그런데 포포만은 전혀 조급해 하지 않고 여유만만이었다. 사람들은 좀처럼 이사 갈 뜻이 없어 보이는 포포를 보고 이상하다고 생각했다. 그리고 분명 그가 물이 나는 곳을 알고 있을 거라고 생각했다. 마을 사람들은 포포에게 짬 음식을 많이 먹이고 그가 가는 곳을 뒤쫓자고 의견을 모았다. 그를 따라가면 분명히 물웅덩이를 발견할 수 있을 거라고 생각했다. 그리하여 마을 사람들은 포포만이 알고 있던 물웅덩이를 공유할 수 있게 됐다.

영국의 한 도서관이 이전을 준비하고 있었다. 도서관 개발 계획을 담당하고 있던 책임자는 어떻게 하면 경비를 최대한 줄일 수 있을까 고민에 빠졌다. 그러던 중 우연히 '제로 지출'라는 말을 듣게 되었다. 그는 어떻게 해야 도서관 이전에 필요한 지출을 제로로 만들 수 있을까 골똘히 생각했다. 한참을 고민한 끝에 좋은 방법을 생각해 냈다. 그는 도서관 이전을 앞두고 대여 수량 제한을 일시적으로 해지했다. 대신에 대여한 도서를 반환할 때는 새로 이전한 도서관에 와서 해야 한다는 요구조건을 제시했다. 평소 대여 수량 제한에 다소 불편하던 주민들은 읽고 싶었던 책을 구 도서관에서 모두 빌린 뒤, 기꺼이 새로 이전한 도서관에 반납했다. 그 결과 도서관 측은 인력과 지출을 절약할 수 있었다.

⑧ 배우기

모방을 하거나 배우고 싶은 것이 있는가? 모방은 어떤 결과를 초래할까? 기술 원리의 습득은 무엇을 창조할까?

새로운 것을 개발하려면 각각 다른 곳에서 같은 것이 아닌 다른 것을 배워야 한다.

즉 새로운 상품을 개발하고 출시를 하기 위해서는 신상품의 머리는 A, 몸은 B, 다리는 C, 심지어 오장육부는 D를 본받아 기본은 같으나 전체적으로는 전혀 다른 것을 만들어야 한다.

미국의 포드 자동차 회사는 신형 자동차를 개발하기 위해 각국의 유명한 차들을 분석하여 우수한 점만 모아 수집한다. 즉 포드의 특별 구성팀은 그들이 뽑은 타사 차량의 400여 가지의 장점을 최소 80%이상 신제품에 반영한다. 포드의 신차는 그렇게 출시되는 것이다. 포드는 T형 차량을 제작하는 데 12시간 30분이 걸리는 것을 보고 너무 느리다고 판단했다. 그리고 그 즉시 이 문제점을 개선할 수 있는 방법을 모색했다. 그러나 아무리 고민을 해봐도 해결방법을 찾을 수가 없어서 관계자들은 애간장만 태우고 있었다. 그러던 어느 날 전혀 다른 일 때문에 도살장과 통조림 공장을 들르게 된 포드의 관계자는 그 공장의 생산 과정을 보고 무릎을 쳤다. 그는 그곳의 생산 라인에서 포드가 안고 있는 문제점을 해결할 수 있는 실마리를 찾은 것이다. 공장의 생산 과정은 길고 복잡했다. 큰 돼지고기를 자르고 찐 다음, 그것을 통조림에 넣기 위해 또 다시 운반을 해야 했다. 그러나 인력을 사용하지 않았기 때문에 전 생산 과정을 거치기까지 걸리는 시간은 얼마 되지 않았다. 한 시간 가량 공장을 둘러본 그는 회사에 돌아오자마자 포드의 기술자들을 불러 모았다. 그리고 생산 시스템을 전자동으로 개조했다. 그리하여 차량 한 대를 제조하는 데 걸리는 시간을

83분으로 단축시켜 생산율을 기대 이상으로 높였다.

⑨ 교체하기

이 물건을 대신할 만한 물건이 있을까? 다른 재료와 부품, 방법을 사용해서 대체할 수 있을까?

종이가 천이 되었다.

티셔츠, 넥타이, 모자, 속옷, 심지어는 결혼 예복까지 기존에는 천으로 만들어졌던 것들이 비록 일회용이지만 종이로 다시 태어났다. 종이로 만든 일회용품은 색채가 뛰어나고 변형하기 쉬울 뿐만 아니라, 가격까지 저렴하여 시장에서 성공할 가능성이 매우 높다.

미국의 콜롬비아 자전거 회사는 에폭시 수지를 이용하여 중량 1,027그램의 자전거 틀을 만들었다. 이 자전거 틀로 만들어진 사이클은 기존의 무게보다 7.7~8.4그램 정도 가벼워졌으며 철강을 절약하는 효과까지 얻게 했다.

독일이 생산한 포말 소화기는 기존 소화기 방식을 바꾼 뒤 공항에 비치되었다. 공항에 화재가 발생하면 신호가 보내지고 공항 내에 설치되어 있는 모든 포말 포탄은 100초 안에 현장 가동된다. 그리하여 20~30초 내에 대량 분사되어 화재 진압에 매우 유리하다.

어떤 나라에서는 앵무새가 경찰을 대신해 어린이들에게 교통 법규를 가르쳐 준다고 한다. 어린이들은 앵무새가 반복적으로 하는 말을 듣고 자연스럽게 교통 법규를 익히게 되는 것이다. 동심에 대한 배려로 시행된 이 방법은 만족스러운 효과를 얻었다고 한다.

요즘 군부대에는 전문 위장부대가 있다. 그들의 임무는 진보적인 기술로 눈속임을 하는 일이다. 위장부대는 2시간 내에 가짜 진영을 만들 수 있다. 그리고 하룻밤 사이에 허허벌판에 자동차 대열을 만들고 화포와 미사일을 쏠 준비를 할 수도 있다. 이는 아군에 천군만마와 같은 기술이다. 전투 차량과 무기에는 땅과 같은 색을 입혀 주위의 색과 일치시켜 완벽하게 위장한다. 뿐만 아니라 비행기로 끊임없이 오고 가면서 레이더를 이용한 감시태세를 잠시도 늦추지 않는다.

⑩ 옮기기

이 물건을 다른 곳으로 옮기면 또 무슨 용도로 쓸 수 있을까? 생각, 경험, 시비(是非), 기술은 다른 곳으로 옮겨져도 여전히 변함이 없을까?

빛을 내는 전기를 플라스틱에 옮길 수 있을까?

그 해답은 '그렇다'이다. 현재 플라스틱에 전기를 접목시킨

제품은 이미 개발되어 생산을 시작했다고 한다.

예전의 초음파 기술은 세척, 측량, 검사, 용해, 연마, 절단 등에만 사용됐다. 그러나 최근에 와서 초음파 기술은 혁명적인 변화가 일어났다. 일본의 어느 기업은 초음파 세탁기 제작에 성공했다. 초음파와 물방울이 물에 압력을 가하여 옷에 묻은 기름기와 찌든 때를 말끔히 지워 주기 때문에 보다 깨끗하게 세탁을 할 수 있다는 것이다.

미국에서는 고주파 봉제기와 초음파 봉제기가 모두 개발됐다. 혼방 섬유와 화학 섬유 옷감을 봉제기에 놓고 작업하면, 초음파 진동과 마찰에 의해 발생하는 열로 인해 두 옷감이 이어진다. 재봉틀로 작업한 것보다 보기에도 아름답고 기술도 우수했다.

일본 동경 대학에서는 초음파 욕조를 개발했다. 전원만 누르면 초음파 물이 뿜어져 나와 몸에 있는 더러운 물질들을 제거해 주고 기분도 상쾌하게 만들어 준다. 뿐만 아니라 해외 시장에는 이미 초음파 칫솔도 나왔다. 칫솔 모 사이에 난 구멍에서 초음파 물이 분사되어 거품을 만들어 낸다. 치아를 더욱 청결하게 닦을 수 있고 잇몸 구석구석까지 안마해 주는 작용이 있다.

⑪ 반대로 하기

상하, 좌우, 앞뒤, 가로세로, 안팎이 반대로 바뀌면 결과가 어떨까?

많은 사람들이 미래형 식품과 우주 식품에 총력을 쏟을 때, 몇몇 공장들은 그와 반대로 옛날 고유의 음식을 재현하는 데에 열을 올렸다.

예를 들면 떡이나 궁중 음식, 전통주 같은 것이 바로 그것이다. 옛것은 소비자들에게 많은 관심을 끈다.

목공 이임삼(李林森)은 '반대로 하기' 기법을 이용하여 대패질을 할 때 쉽게 상처를 입는 문제를 해결했다. 기존에 쓰이던 전환식의 대패는 고정되어 있기 때문에 사람이 목재 자체를 손으로 밀고 당기면서 해야 했다. 그러다가 자칫 힘 조절을 잘 못하면 대팻날에 부상을 입기 일쑤였다. 이것은 당시 세계적으로 통용되는 대패질 요령이었다. 그 후 사람들은 각종 보호 장비를 만들었지만, 그것은 어디까지 예방하는 것에 불과했다. 이임삼은 기존의 구조를 정반대로 바꿔 누구도 시도해 보지 않은 방법을 써 보았다. 목재를 고정시키고 대패를 반복해서 사용했던 것이다. 결국 이임삼은 손에 쉽게 부상을 입는 문제를 간단히 해결했다.

자동차 부품을 수입 납품하는 회사는 불현듯 예전과 다른 홍보 전략을 세웠다. 신제품의 우수함만 명시하던 관례를 깨고, '새로운 부품은 기존 부품보다 효율성이 30%가량 떨어집니다.'라고 정직한 문구를 써 둔 채 고객 스스로 구매를 결정하게 했다. 솔직하게 제품의 하자를 밝힌 후, 오히려 수익이 큰 폭으로 상승했다.

프랑스에서는 오랫동안 감자를 경작하지 않았다. 모든 농가가 감자는 토지를 황폐화시킨다고 확신하고 있었기 때문이다. 그리고 의사들은 감자가 건강에 해롭다고 했고, 종교계 인사들은 일명 '음흉한 사과'라고 일컬었다.

그런데 프랑스의 농작물 박사 파르망티에는 독일에 포로로 잡혀 갔다가 우연히 감자를 먹게 됐다. 그는 감자의 맛을 보고 '프랑스에 돌아가면 감자를 심어야겠다.'라고 결심했다. 그러나 프랑스 농민들은 그의 설득에 결코 넘어오지 않았다. 그래서 그는 한 가지 술수를 썼다. 그는 국왕의 허락을 받은 뒤 자신의 작은 밭에 감자를 심었다. 사실 그가 국왕에게 요구한 것은 단순히 감자를 심어도 된다는 허락이 아니었다. 파르망티에가 감자를 심은 날부터 국왕의 수호 병사들이 그의 토지를 감시했다. 병사들은 낮에만 이렇게 하고 밤에는 모두 왕궁으로 철수했다. 주위에 사는 농민들은 그가 심은 곡물에 대한 호기심 때문에 잠까지 설쳤다. 심지어 어떤 사람들은 참다못해 밤이 되면 몰래 감자를 캐 가기도 했다. 우리가 자주 먹는 감자는 이렇게 프랑스 전역으로 보급됐다.

⑫ 정하기

문제를 해결하거나 개선하기 위해 어떻게 해야 하는가? 학습과 업무의 효율성을 높이기 위해 무엇을 해야 하는가? 그리고 실수를 방지하기 위해서는 어떻게 해야 하는가? 어떤 표준과 규정, 그리고 제도가 필요한가?

상하이에 소재한 초등학교의 과학 소모임 학생들은 '정하기' 기법을 이용해서 '독서 자세를 바로 잡아 주는 신호등'을 생각해 냈다.

책을 가슴과 20~25센티미터 떨어진 곳에 두고 보면 녹색 신호등, 책상에 엎드린 채 보면 빨간 신호등이 보이도록 했다. 가장 좋은 자세는 녹색 신호등과 빨간 신호등의 중간 지점에서 책을 보는 것이다. 이러한 규정을 지키면 자연스럽게 정독을 할 수 있는 바른 자세를 갖게 된다. 바른 자세는 신체 건강, 체형 유지, 그리고 시력 보호에 탁월한 효과가 있다.

어느 모임에서는 봄을 맞아 나무를 심기로 했다. 그들은 오후 5시 즈음에 나무 심기를 마칠 계획을 세우고 작업을 시작했다. 오전 내내 계획의 2분의 1을 완성한 후, 오후에는 3인 1조로 나누어 각각 땅파기, 흙덮기, 물주기의 임무를 분담했다.

그 결과 당초 계획보다 1시간이나 일찍 나무 심기를 마칠 수 있었다. 예전에 쓰던 똑같은 도구를 사용했지만, 목표를 정하고 일을 하자 효율성이 높아진 것이다.

화전사유법(和田思維法)이 우리에게 주는 교훈은 '항상 머리로 생각하라'는 것이다.

뒤죽박죽인 것을 재정리하면 새로운 것을 포착할 수 있는 시야를 가질 수 있다.

제8장

흰 금잔화 이야기

정확한 방향을 알고 전진한다면 분명 성공에 근접할 것이다.
반드시 매일 조금씩 다가가야 한다. 매일같이 내딛는 한 발자
국이 마침내 큰 기적을 만들 것이다.

한 원예 기관에서 흰 금잔화 모종을 구한다는 광고를 냈다.
포상금도 상당했기 때문에 사람들은 욕심을 냈다. 그리하여
이 기사는 그 지역에 큰 반향을 불러일으켰다.

야생 금잔화는 금색이거나 갈색이다. 백색의 신품종을 만드
는 것은 정말 어려운 일이다. 수많은 사람들이 일시적인 충동
에 몇 번 시도를 했다. 그러나 금세 '됐어! 무슨 얼어 죽을 흰
금잔화야!'라며 흰 금잔화 생각을 싹 떨쳐 버렸다.

그 후 20년이 지난 어느 날, 원예 기관에는 생각지 못한 우

편물이 도착했다. 우편물 안에는 100개의 흰 금잔화 종자와 20년 전에 신문에 냈던 응모 엽서가 들어 있었다.

이 종자들은 누가 보낸 것일까? 그 우편물을 보낸 사람은 꽃 애호가인 칠순의 노모였다. 당시 할머니는 광고를 보고 떨리는 가슴을 주체하지 못했다. 그리고 곧바로 실험을 시작했다.

1년 후 금잔화가 피자 할머니는 만개한 꽃 중에서 색이 가장 엷은 금잔화를 골라 두었다. 그리고 다음 해 그 종자를 심었다. 다시 금잔화가 피자 할머니는 그중에서 가장 엷은 금잔화를 또 골라냈다. 할머니는 매해 이 일을 반복했다. 그리고 20년이 지난 어느 날 마침내 결실을 맺었다. 정원에 흰 금잔화 한 송이가 핀 것이다. 흰 금잔화는 마치 눈송이 같았다.

전문가도 포기했던 일을 유전학에 관한 아무런 지식도 없는 할머니가 해결한 것이었다. 이 얼마나 대단한 신념인가!

찰스는 원래 미국의 담배 공장에서 일하는 공장직원이었다. 당시만 해도 그는 타자기와 아무런 연관이 없었지만, 불굴의 정신과 용기로 훗날에는 타자기 발명가이자 유일한 타자기 소유자가 되었다.

찰스의 아내는 그가 일하던 담배 회사의 비서였다. 그녀는 항상 정리해야 할 서류들이 많아 매일 일거리를 집에 가지고 왔다. 그리고 집으로 가져온 서류를 밤을 새워 가며 마무리했다. 찰스는 종종 아내를 도와 서류를 옮겨 적곤 했다. 늦은 시간까지 글씨 쓰는 일을 하다 보면 팔뚝이 저리고 아팠다. 그때 찰스는 글씨를 써 주는 기계(타자기)가 있으면 좋겠다고 생각했다.

찰스는 사랑하는 아내를 위해 손보다 빠른 타자기를 만들기로 결심했다. 그는 유명 전문가들을 찾아다녔다. 그리고는 전문가들이 실패한 타자기 모형을 집으로 가지고 와서 유심히 관찰하고 연구했다.

그의 첫 난관은 어떻게 글자를 설계해야 하는지에 대한 문제였다. 이 문제를 골똘히 생각하던 찰스는 도장찍는 방법을 활용해 보기로 했다. 그러나 문제는 그렇게 간단하게 해결되지 않았다. 사실 그는 자판을 만들고 글씨를 인쇄하는 일은 별로 어렵지 않을 것이라고 생각했다. 글자판을 종이 위에 놓고 누르면 그만이라고 생각했던 것이다. 그것은 마치 도장을 찍는 것처럼 간단할 것 같았다. 그러나 연구와 실험을 되풀이하다 보니 실제로는 불가능한 일이라는 사실을 깨달았다.

또 글자판으로 인쇄를 하면 한꺼번에 많은 글자를 찍을 수 없었다. 아니면 글자심을 모아 놓은 글자판이 아래로 밀려나기 일쑤어서 잘 찍히지 않았다. 그렇다고 글자수를 줄이면 실용성이 떨어지므로 찰스는 고심에 빠졌다.

어느 날 저녁 찰스는 그동안 쌓인 피로를 풀기 위해 정원에 나가 바람을 쐈다. 정원에 서 있던 찰스는 아내가 허리를 굽혀 글씨 쓰는 모습이 너무 아름답다고 생각했다. 바로 그 순간 무언가가 찰스의 뇌리를 스치고 지나갔다.

'그래, 이게 바로 내가 원하던 해답이야!'

그는 아내의 머리를 보고는 종이를, 굽힌 팔뚝을 보고는 글자심을 떠올렸던 것이다. 찰스는 기뻐서 어쩔 줄 몰랐다. 그는 이 아이디어를 기록해 두었다가 타자기의 구조를 개선하는 데 사용했다. 그 후 4년의 노력 끝에 1869년 추운 겨울, 마침내 찰스는 세계에서 첫 번째로 타자기를 발명했다. 이것은 그가 아내에게 선물하는 가장 뜻 깊은 선물이었다. 4년 동안의 노력은 결국 타자기 발명이라는 큰 성과를 가져왔다.

쉽게 포기하지 않고 반드시 개혁하겠다는 정신은 반드시 보상을 준다.

덴마크의 코펜하겐 대학에 다니는 조지는 여름방학을 맞이해 아르바이트를 했다. 여행 가이드는 하는 일에 비해 보수는 턱없이 부족한 일이었다. 한번은 시카고에서 온 어느 여행객이 그에게 미국여행을 할 수 있게 해주었다. 그 여행에는 워싱턴 1일 관광도 포함되어 있었다.

워싱턴에 도착한 조지는 빌라드 호텔로 가 체크인을 하려고 했다. 그러자 지배인은 그의 행동을 저지하면서 이렇게 말했다.

"이미 숙박료를 지불하신 상태입니다."

조지는 너무 신이 났다. 하지만 잠자리 준비를 하던 중 갑자기 지갑이 없어진 사실을 깨달았다.

지갑 안에는 여권과 현금이 들어 있었다. 그는 곧바로 카운터로 가서 지배인에게 상황을 설명했다.

그러자 지배인은 차분하게 조지를 안심시켰다.

"손님, 지갑을 찾을 수 있도록 최선을 다하겠습니다."

다음날 아침이 되었지만 지갑은 조지에게 돌아오지 않았다. 조지의 외투 속에는 300달러도 안 되는 돈만 남아 있었다.

'혼자 어떻게 해야 하지? 시카고의 친구들한테 연락을 해서 상황을 알릴까? 경찰서에서 기다릴까?'

수많은 생각들이 그의 머리를 스치고 지나갔다. 그러고는 이렇게 결심했다.

"아니야! 워싱턴 관광을 해야겠어. 어쩌면 다시는 못 올지도 모르는데 금쪽같은 하루를 그냥 보낼 수는 없지. 어차피 시카고로 돌아갈 비행기표도 있고, 이륙 시간까지는 여유도 조금 있으니까 지갑 문제는 어떻게든 해결될 거야. 하지만 지금 워싱턴 관광을 하지 않으면 영영 후회할 것 같아. 그래, 지금은 즐거운 시간을 보내야 할 때야. 어제나 오늘이나 나는 나야. 즐거운 어제를 보냈던 것처럼 오늘도 즐겁게 보내는 게 옳아. 난 아름다운 도시, 워싱턴을 즐길 수 있는 권리가 있어. 어쨌거나 시간을 낭비하고 싶지 않아."

조지는 다시 기운을 내고 길을 나섰다. 백악관과 국회의사당을 둘러보고 거대한 박물관도 관람했다. 워싱턴 기념비의 꼭대기에 올라가기도 했다. 비록 워싱턴 근교의 알링턴과 그 밖에 가고 싶어 했던 몇 곳은 가보지 못했지만, 가는 곳만큼은 확실하게 보고 느꼈다. 그러나 땅콩과 사탕으로 굶주림을 채워야 했다.

덴마크로 돌아온 조지의 기억 속에 가장 유익했던 여행지는 워싱턴이었다. 만약 그때 조지가 관광을 하겠다는 결정을 내리지 않았으면 그날은 그냥 무의미하게 지나갔을 것이다. 그러나 다행히 현실을 정확히 파악한 덕에 조지는 즐거운 추억을 남길 수 있었다. 또 한 가지 기쁜 소식은 조지가 잃어버린 지갑을 분실 5일 만에 워싱턴 경찰서에서 찾았다는 것이다. 이로써 모든 일이 마무리됐다.

무엇을 해야 할지 모른다고 고민만 하기보다는 재빨리 행동을 하는 편이 낫다. 조지가 워싱턴에서 겪은 일은 자포자기한 채 고민하지 말고 결단한 후 행동하라는 것을 암시한다.

꿈은 성공의 출발선이고, 결심은 성공을 향한 출발 신호이다.

행동은 마치 육상 선수가 단숨에 100미터를 완주하는 것 같아야 한다. 남은 1초까지 최선을 다해야 좋은 성적을 얻을 수 있는 것이다.

콜롬보의 이야기를 다시 한 번 되새겨 보자.

신대륙을 발견하기 위해 넓은 바다를 항해하던 당시 콜롬보의 선원들은 두려움과 걱정이 가득했다. 그래서 결국에는 콜롬보에게 회항하자는 건의까지 했다. 그러나 콜롬보는 동의하지 않았다. 오히려 용감하게 앞으로 나가 보자고 선원들을 설득했다. 하지만 선원들도 매우 완강했다. 당장 회항하지 않을 경우 콜롬보를 죽일 수도 있다며 협박을 했다. 그러나 콜롬보는 이에 굴하지 않고 계속 전진만을 외쳤다.

콜롬보가 아메리카 대륙을 발견한 것은 역사상 위대한 업적으로 손꼽힌다. 그래서 매년 10월 12일에는 온갖 기념행사가 줄을 이을 정도이다.

젊은 시절의 콜롬보는 해적 생활을 했다. 당시 해적은 망나니나 하는 그런 나쁜 짓이 아니었다. 그 시절에는 중산층 가정에서도 아이를 해적선에 보내 일을 시키곤 했다. 아이는 해적 생활에서 견문을 넓히고 인생을 경험할 수 있었다. 뿐만 아니라 고수입을 얻을 수 있는 좋은 기회이기도 했다.

그들은 이 일이 위법도 아니었기 때문에 조금도 부끄러워하거나 수치심을 느끼지 않았다. 만약 잡히기라도 한다면 그냥 운이 없어서 걸렸다고 대수롭지 않게 생각했다.

콜롬보는 학업을 중단하기 전 우연히 피타고라스의 책을 접하게 됐다. 그는 그 책을 읽고 지구는 둥글다는 사실을 알게 되었다. 그 후 책의 내용은 좀처럼 그의 머릿속을 떠나지 않았다. 그래서 그는 만약 지구가 정말 둥글다면 바다를 통해서 인도까지 갈 수 있을 것이라고 생각했다.

대학 교수들과 철학자들은 콜롬보의 생각을 비웃고 조롱했다. 서방에서 동방의 인도까지 간다는 주장은 정신 나간 소리나 마찬가지였기 때문이다. 전문가들은 콜롬보에게 지구는 둥글지도 평평하지도 않다고 말했다. 그리고 이렇게 경고했다.

"자네가 만약 서쪽 끝까지 항해한다면 지구의 모서리에서 아주 깊은 곳으로 떨어지고 말거야. 그건 스스로 목숨을 끊는 자살행위와 같은 것이지."

그러나 콜롬보는 자신이 있었다. 하지만 집안 형편이 좋지 않았기 때문에 그의 위험한 발상을 실현시켜 볼 만한 자본이 없었다. 그래서 사람들에게 돈을 빌려서 계획을 실현하기로 마음을 먹었다. 하지만 이런 위험한 발상에 선뜻 돈을 빌려주는 사람은 없었다. 17년이라는 세월이 흘러도 그를 돕겠다는 사람이 나타나지 않아 콜롬보는 크게 실망했다. 그리고 다시는 이 일에 대해 생각하지 않겠다고 단단히 결심했다.

이렇게 고민과 실망을 거듭하다 보니 50세도 안 된 콜롬보의 머리에는 어느새 백발이 성성했다. 그리고 자포자기한 콜롬보는 스페인의 수도원에 들어가 여생을 보내기로 결정했다. 이에 로마 교황은 스페인 황후 이사벨라에게 콜롬보를 좀 도와주라고 했다. 그리고 이사벨라는 콜롬보에게 배를 만들어주며 그토록 원하던 모험을 할 수 있도록 도와주었다.

하지만 콜롬보는 겁이 많은 선원들 때문에 또 난관에 부딪혔다. 모든 선원들은 콜롬보를 따라 나서기를 꺼려했다. 콜롬보는 직접 바닷가로 나가 선원들을 붙잡고 설득했다. 우선은 애원을 하고, 안 되면 부탁을 하고, 그래도 안 되면 협박을 하는 등 온갖 방법을 다 동원하여 그들을 데리고 왔다.

그리고 다른 한편으로는 이사벨라에게 감옥에 있는 죄수들을 동원할 수 있게 해달라고 요청을 하기도 했다. 만약 모험에 성공을 하게 되면 죄를 면제해 주는 조건으로 몇몇 죄수들은 콜롬보의 선원이 되겠다고 나섰다. 마침내 모든 준비를 마치고 1492년 8월, 콜롬보는 세 척의 배를 이끌고 항해에 나섰다.

며칠 지나지 않아 두 척의 선박이 파손되었고 수백 평방미터에 달하는 해초를 만나는 등 항해는 결코 순탄하지 않았다. 그러나 모두들 팔을 걷어 붙여 거대한 해초 덩어리를 제거하고 계속해서 항해를 했다.

대서양의 망망대해를 항해한 지 660일이 지나도록 대륙은 그림자도 보이지 않았다. 그래서 선원들은 회항을 하자고 건의했다. 그들은 두려운 나머지 회항을 하지 않으면 콜롬보를 죽여 버리겠다고 협박까지 했다. 그러나 콜롬보는 선원들을 설득시켰다.

끝이 보이지 않는 바다를 항해하던 중 콜롬보는 새들이 서남쪽으로 날아간 것을 발견했다. 콜롬보는 재빨리 새가 가는 방향으로 뱃머리를 돌리라고 명령했다. 새들을 보는 순간 바닷가의 새들은 먹이를 구하기 쉬운 곳에 보금자리를 만든다는 사실이 떠올랐기 때문이다. 그는 분명 그 근처에 육지가 있을 것이라고 예감했다. 역시 콜롬보의 예감은 적중했다. 그의 눈 앞에는 아메리카 대륙이 펼쳐져 있었다.

신대륙을 발견하긴 했지만 유럽으로 돌아가는 길은 만만치 않았다. 4일 낮밤을 폭풍과 싸우며 위험한 고비를 수없이 넘겨야 했다. 위급한 상황이 계속되자 콜롬보는 자신이 발견한 사실들을 어떻게 하면 안전하게 알릴 수 있을까 고민했다. 그래서 그는 양가죽을 종이 삼아 자신이 발견한 사실에 대한 글을 써 내려갔다. 그리고 다 쓴 글은 밀랍왁스로 봉해 통 안에 넣어 두었다. 혹시 배가 뒤집혀 전원이 사망하더라도 사람들이 이 통을 발견해 자기가 발견한 사실을 알 수 있도록 말이다. 그러나 다행히 콜롬보는 무사히 돌아왔다.

만약 콜롬보가 고난과 희생을 무서워하고, 도전정신이 없는 사람이었다면 신대륙은 그렇게 빨리 발견되지 않았을 것이다.

콜롬보의 모험은 가히 성공적이었다.

한 가지 아쉬운 점이 있다면 콜롬보는 임종할 때까지도 자기가 발견한 아메리카 대륙을 인도의 땅으로 알았다는 사실이다. 그래서 유럽 사람들은 미국에 사는 황색피부를 가진 사람들을 인디언이라고 부르게 된 것이다.

콜롬보의 용기와 신념은 우리가 반드시 본받아야 할 점이다.

등반가는 자신이 이루고자 하는
것에 대한 목적의식과 열정이 강하
다. 목적과 열정이 그들을 산 정상으
로 이끄는 것이다. 그들은 도전의 진

정한 쾌락에 대해서 잘 알고 있다. 그래서 등반은 그에게 선물
이자 축복이다. 등반가들은 오르기 쉬운 봉우리보다는 험하고
높은 산을 더 좋아한다. 야릇한 호기심과 참을 수 없는 열정을
솟구치게 만들기 때문이다. 등반가는 자신들을 이끄는 그 힘
을 거역하지 못한다. 그 힘은 그들을 목적지에 이를 수 있게
할 뿐만 아니라 그 목적지를 뛰어넘을 수 있게 할 만큼 매우
강력하다.

등반가들은 저마다 다른 수많은 종류의 보상에 대해서 잘
알고 있다. 그들이 관심을 갖는 보상은 장기간의 것이지 단기
간의 것이 아니다. 그들은 한 걸음씩 발을 내딛다 보면 아무리
먼 거리, 높은 산이라도 언젠가는 정복할 수 있다는 진리를 알
고 있다. 끝까지 오르는 사람과 중도에 포기하는 사람과는 큰
차이가 있다. 산 정상에 오르기를 좋아하는 등반가는 자신의
목표를 미래에 두고 용감하게 나아가지만, 산 중턱에서 포기해
버리는 사람은 현재에 안주하려 할 뿐 미래를 직면하려고 하
지 않는다.

등반가에게는 강한 신념 하나가 있다. 그것은 바로 자신보다 더 강한 힘을 가진 무언가가 나타나면 그것을 새로운 정복 대상, 즉 자신의 목표로 삼는 강한 의지이다. 그들을 압도하는 거대한 산봉우리는 그들의 신념을 추동하며 도전할 수 있는 충만한 힘을 불어넣어 준다.

그들의 강한 신념은 다른 사람들은 엄두도 내지 못하는 일을 할 수 있게 만든다. 누군가 갈 수 없는 길이라고 말해도 등반가들은 곧바로 그 말을 믿지 않는다. 그들 스스로 해볼 만하다는 판단이 들면 남들은 가지 않는 그 길을 통해 산봉우리까지 올라간다. 이처럼 등반가는 가능성 있는 일 뿐만 아니라 가능성이 희박한 일에도 도전한다. 불가능을 이겨내고 승리를 맛보는 일이 등반가에게는 가장 큰 매력이기 때문이다.

에베레스트 산을 정복한 힐러리를 비롯한 모든 등반가들은 특유의 고집과 인내력, 그리고 강인한 체력과 우수한 회복력을 갖추고 있다. 그들은 수많은 장애를 헤치고 스스로 등반길을 찾아낸다. 막다른 길이나 낭떠러지에 도달하고 말았을 때 그들이 택하는 방법은 의외로 간단하다. 그들은 다시 처음으로 돌아가면 그만이라고 생각한다. 지치고 힘들어 한 발자국도 내디딜 수 없을 때에도 자기 자신에게 무언의 격려를 멈추지 않는다. 포기란 단어는 산 정상을 향해 오르는 등반가와는 아무 상관이 없다. '포기'는 그들과 가장 거리가 먼 단어라 할 수 있다. 간혹 후퇴를 할 때도 있다. 그러나 이것은 더 나은 발전을 위한 것일 뿐 도피나 도망이 아니다. 그들은 실패도 역시 진보의 일부라는 사실을 분명히 알고 있다. 등반가는 쉽게 손을 놓지 않는다. 그들은 용감한 정신을 바탕으로 자신 있고 진취적인 생활을 한다. 그들은 인생의 모험가이자, 승리자이다.

그러나 등반가 역시 사람이다. 그들도 때로는 지겹다는 생각을 한다. 인생에 대한 회의와 고독을 느끼고 자신이 하고 있는 일에 의문을 갖기도 한다. 그리고 가끔은 중도에 포기한 사람들과 어울리기도 한다. 하지만 이런 방황에도 근본적인 차이가 있다. 마치 포기한 것처럼 보여도 사실 등반가는 다시 산에 오를 힘을 축척하기 위해 때를 기다리는 것이다. 반면에 중도에 포기하는 사람은 다시 산에 오를 생각을 아예 하지 않는다. 단지 마냥 앉아서 쉬고 싶어 할 뿐이다. 등반가에게 중간 캠프는 말 그대로 잠시 쉬었다 가는 중간 캠프에 불과하지만, 중도에 포기하는 사람에게는 그저 인생의 실패 지점인 것이다.

그럼 포기한 사람과 등반가의 차이는 무엇인가? 그것은 한마디로 도전정신을 가지고 있느냐 아니냐에 달려 있다. 등반가는 스스로를 격려하며 강한 정신력으로 언제나 고군분투한다. 그들에게 등반은 행동의 촉진제라고 할 수 있다. 그들은 항상 일을 저지를 준비가 되어 있다고 해도 과언이 아니다.

등반가는 항상 멀리 내다보는 안목과 다른 사람을 격려하는 마음을 가지고 있다. 이러한 마음가짐은 좋은 지도자가 되기 위한 기본 소양이기도 하다. 인도의 정신적 지도자 간디는 삶을 두려워하지 않으며 오로지 자유와 아름다움에 자신을 바쳤다. 결국 그는 전 인도의 지도자, 존경받는 지도자가 될 수 있었다. 그의 업적은 현재까지도 온 세상 사람들에게 귀감이 되고 있다.

노트르담 축구팀의 명감독 루 홀츠는 변명이나 게으름을 용납하지 않았다. 그의 유년시절은 가난했고, 엎친 데 덮친 격으로 말을 더듬는 병까지 있어서 그는 사람들 앞에 서는 것을 무척 두려워했다. 그는 항상 말하기 수업을 따라가기 벅찼다.

그러던 어느 날 홀츠는 인생의 목표를 세웠다. 총 107개의 목표를 세웠는데 그중에는 이러한 목표도 포함되어 있었다.

'대통령 만찬 참석하기, 스네이크 리버(미국 와이오밍 주의 그랜드 태튼 국립공원에 있는 강-역주) 건너기, 포퍼(오스트리아 태생의 영국의 철학자-역주) 만나기, 최대한 늦게 낙하산 펴고 내려오기, 노트르담 축구팀 감독되기, 최장 우승팀 되기, 선수권 시합 우승하기'

오늘날 홀츠는 107개의 목표 중에서 98개 항목을 이루었다. 그는 스스로 능력을 창조하여 명성을 얻었다. 이제 그는 말하고 싶은 것을 자신 있게 말로 표현한다. 항상 승리를 위해 멈추지 않고 전진하는 홀츠는 자신의 결점을 이겨낸 것에만 만족하지 않았다. 모두들 불가능하다고 하는 일에 도전하여 성공을 거두었던 것이다.

'즉시 시작해, 최고가 되어야 해, 능력을 발휘해, 문제는 바로 네 자신에게 있어, 안 하는 것은 할 수 없다는 뜻이야, 우리가 같이 하자, 지금 바로 행동해'와 같은 말은 등반가들이 즐겨 쓰는 말이다.

그들은 진정한 행동가이다. 항상 행동하려고 노력하고 그 행동에서 결실을 얻는다. 그들이 즐겨 쓰는 말이 곧 그들이 가고자 하는 방향을 알려주는 셈이다. 산 정상을 향해 올라가는 등반가만이 최후의 승리자가 될 수 있다.

위인들은 일반인들보다 자신감이 뛰어나다.

영국의 시인 워즈워스는 자기가 역사의 위대한 한 부분을 차지할 것이라고 자신했다. 그는 항상 자신은 미래에 명성을 얻을 것이라고 예견했다.

케사르가 배를 타고 바다에 나가자 난데없이 비바람이 몰아쳤다. 그는 두려워하는 뱃사공에게 이렇게 말했다.

"뭘 그리 두려워하시오? 이 케사르와 함께 있지 않소."

운명은 우리에게 가장 적절한 사회적 위치를 안배한다. 그리고 이 위치에 도달하기까지 좌절하지 않도록 미래에 대한 희망을 선물해 주었다. 그래서 희망이 가득한 사람들은 스스로 옳다고 여기는 것을 밀고 나갈 수 있는 것이다. 심지어 그들은 용납하기 힘든 상황이 닥쳐도 앞으로 나갈 수 있는 동력을 잃지 않는다.

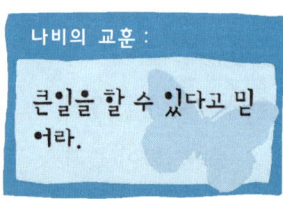

나비의 교훈 :

큰일을 할 수 있다고 믿어라.

자신감이 충만한 사람을 믿고 따르면 자연스레 그를 닮아가기 마련이다. 자신을 의심하는 사람은 다른 사람의 믿음도 얻지 못한다.

오늘날의 사람들은 잠시도 손에서 일을 떼어 놓지 못한다. 그들은 항상 바쁘기 때문에 자신을 돌아볼 시간적 여유가 없다. 그래서 누군가 "당신은 형편없어. 이제 이 바닥에서 끝이야!"라고 정확하게 말해 주기 전까지는 자신의 능력을 제대로 이해하지 못한다. 현대 사회는 용기 있고 대담한 사람이 존경을 받는다. 그래서 습관적으로 화를 내고 일상생활에서 큰 실수를 연발하는 사람은 사회에 발을 내놓자마자 갖은 비난과 무시를 면하지 못한다.

독일의 철학자 셸링은 이렇게 말했다.

"자기 자신이 어떤 사람인지 정확하게 인식하는 사람은 미래의 자신도 정확하게 예견할 수 있다. 하지만 당신이 먼저 알아야 할 것은 당신의 고귀한 가치이다. 자기 자신의 가치를 믿는 사람은 현실에서의 자신의 중요한 역할도 깨달을 수 있다."

자신의 능력을 믿는 것은 매우 중요하다. 자신의 능력을 믿으면 거대한 힘을 얻을 수 있기 때문이다.

자기 존중도 일종의 지혜이다.

헝가리 민족해방운동 지도자 코수스는 이렇게 말했다.

"우리는 자립의 가치를 가볍게 여겨서는 안 된다. 그것은 그 어떠한 요소보다 거대한 기개를 내포하고 있다."

영국 역사학자 프라우드도 이런 말을 했다.

"나무 한 그루가 풍성한 과실을 얻기 위해서는 먼저 비옥한 토지에 뿌리를 잘 내려야 한다. 이처럼 사람도 자신을 믿고 의지하며, 스스로를 존경할 줄 알아야 한다. 그러면 다른 사람의 도움을 받거나 운명의 선물을 기다릴 필요가 없다. 이러한 기초를 다져 두어야 성공을 할 수 있다."

젊은 사람은 반드시 자존감을 확립해야 한다. 자존감은 비천하고 볼품없는 행동을 뛰어넘는 것과 동시에 각종 모욕과 비난에서 당신을 벗어나게 해준다.

법정에 선 변호사 쿠란이 이렇게 말했다.

"제가 소장하고 있는 법학 관련 서적을 모두 뒤져보았지만, '변호사가 반대 의사를 밝힌 상황에서도 검사와 판사의 합의 하에 모종의 안건을 결정할 수 있다.'라는 규정은 없었습니다. 저는 판사님의 독단적인 결정을 따를 수 없습니다."

"잠깐, 쿠란 변호사!"

재판장 로빈슨은 그의 말을 잘랐다. 사실 로빈슨은 법학 도서를 몇 권 쓰고 운 좋게 지금의 위치까지 올라온 사람이었다. 그러나 법조계의 사람들은 그의 책을 보고 하나같이 혀를 내둘렀다. 정의도, 논리도 존재하지 않는 형편없는 책이었기 때문이다. 이윽고 재판장은 변호사에게 이렇게 말했다.

"자네 서재에는 법학도서가 많지 않은 모양이군."

그러자 쿠란 변호사는 재판장의 눈을 직시하면서 또박또박 말했다.

"네, 재판장님 말씀대로 전 그다지 많은 책을 가지고 있지 않습니다. 하지만 제가 소장하고 있는 책은 모두 제가 자세히 훑어보고 세심하게 선택한 책입니다. 저는 그렇게 고른 책을 꼼꼼하게 하나도 빠트리지 않고 읽은 덕에 이 자리에서 설 수 있었습니다. 형편없는 책을 쓴 것이 대단한 업적이라도 되는 것처럼 여기며 이 숭고한 자리에 서지 않았습니다. 저는 결코 가난을 치욕이라고 생각하지 않습니다. 만약 제가 재복을 갖고 태어나 남에게 굽실거린 덕에 부당한 이익을 챙겼다면 그것이야말로 부끄럽고 수치스러운 일이지요. 어쩌면 저는 재판장님처럼 높은 지위에는 오르지 못할 수도 있습니다. 그러나 최소한 인격적으로 정직과 성실을 지키겠지요. 인격을 경시하고 지위에 연연하는 사람의 결과를 저는 잘 알고 있습니다. 이런 사람들은 어쩌다 원하던 것을 갖게 되더라도 사람들의 인정을 받지 못합니다. 사람들의 눈에는 그저 보잘것없고 부끄러운 것으로 보일 테니까요."

재판장 로빈슨은 그날 이후 쿠란 변호사를 얕보지 못했다.

미셸 레이놀즈는 또 이렇게 말했다.

"자신을 의지하고 믿는 것은 자존감의 중요한 일부분이다. 자존감은 올림픽에 참가한 운동선수들에게 우승을 안겨 주는 힘이다. 역사에

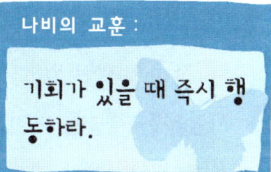

나비의 교훈 :

기회가 있을 때 즉시 행동하라.

한 획을 그은 위인들 모두 이와 같은 공통점을 가지고 있다."

자신감과 자존감이 있는 사람은 자신의 능력이 무엇인지 자연스럽게 깨닫는다. 그 능력은 다른 어떠한 것으로도 대체할 수 없다. 소크라테스는 이런 말을 남겼다.

"무기력한 사람, 우유부단해 결정을 내리지 못하는 사람, 다른 사람을 부러워하는 사람은 자신감과 자존감을 가진 사람들의 기쁨을 이해하지 못한다. 아니, 영원히 이해할 수 없다."

기회가 스스로 찾아오는 경우도 종종 있다. 그러나 대부분은 스스로 기회를 잡아야 하는 경우가 많다.

미국의 유명 건설회사 부사장 루이스 M. 휴트는 이런 말을 했다.

"기회를 잡는 일은 잠재된 재능에 조명을 비추는 것과 같다."

그는 재능은 여러 사람이 볼 수 있는 곳에서 발휘해야 한다고 생각했다. 필자 역시 이러한 그의 생각에 전적으로 동감한다. 그는 또 이렇게 말했다.

"지금은 재능 있는 사람을 배출해야 할 때이다. 그런데 많은 사람들은 재능을 가지고 있음에도 불구하고, 제대로 한번 발휘하지 못한 채 한 평생 재능을 썩히고 만다. 이 얼마나 안타까운 현실인가."

그는 보통 사람과 확실히 달랐다. 일을 처음 시작하는 사람에게는 기회를 쉽게 잡을 수 있는 일을 배정해 주었다.

그리고 그는 학업을 중시했다. 자신의 인생 목표에 도달하기 위해서는 반드시 법률을 공부해야 한다고 생각했다. 그는 법학 관련된 직업이 안정적이고 믿을 수 있다고 생각했기 때문이다. 또한 유명한 법조인은 많은 사람들 앞에서 재능을 펼칠 수 있는 기회가 많을 것이라고 생각했다. 그래서 그는 이러한 신념을 가지고 우수한 성적으로 플로리다 주립 대학을 졸업했다.

그는 실무에 있어서도 적극적이었을 뿐만 아니라 사회 활동에도 능동적으로 참여했다. 이것은 그의 행동방침이었다. 그는 짧은 시간 안에 사람들의 인정을 받게 되었다.

열심히 사회 활동에 참여했던 그는 첫 번째 기회를 거머쥐게 됐다. 실무 경력이 1년도 채 되지 않은 상황에서 타라하시의 주민들에게 가장 인정받는 실력 있는 젊은 법조인으로 이름을 날리게 된 것이다. 그래서 그는 24세에 타라하 시의 법률 고문으로 임명되었다.

법조인이라는 직업은 그의 명성을 더욱 높여 주고 주 정부에서도 그를 눈여겨보았다. 그리하여 3년 후 그는 플로리다 주의 식음료 관리직에 선임되었다. 그 일은 그에게 두 번째 기회를 안겨 주었다. 그는 이미 전 미국에서 각광을 받는 인사 중한 명이었다. 그러나 그는 그것에 만족하지 않았다. 아직도 자신에게 주어질 기회가 많다는 사실을 알고 있었기 때문이다. 그는 자신의 주위 사람 중 누군가가 그를 최고봉의 사업가로만들어 줄 것이라고 굳게 믿었다. 그래서 그는 한시도 자만하지 않고 기회를 기다렸다.

과연 그의 예감은 빗나가지 않았다. 미국의 성공한 청년 실업가인 루이스 M. 우퍼슨이 그에게 기회를 안겨 준 것이다. 야심을 품은 두 사람은 뜻이 아주 잘 맞았다. 그들은 서로 소개를 받자마자 금세 절친한 친구가 되었다. 휴트는 우퍼슨에게 자신 있게 말했다.

"지금은 자네가 웃을지도 모르겠지만, 난 언젠가 자네처럼 성공한 실업가가 될 걸세."

3년 후 휴트가 30세가 되던 해였다. 우퍼슨이 그를 사장의 직속 부하로 임명했다. 이것은 하늘이 준 소중한 기회였다. 지난 6년 동안 사람들에게 자신의 재능을 각인시킨 결과 얻어낸 기회였던 것이다.

우퍼슨의 도움으로 휴트의 일은 고속 성장을 했다. 1년 후 그는 회사의 부사장 자리에 올랐다. 그리고 얼마 후에는 경영

위원회의 일원으로 발탁되었다. 현재 그는 우퍼슨의 두 팔 역할을 하면서 세계 1, 2위를 다투는 대기업을 경영하고 있다.

루이스 휴트의 성공은 사람들에게 자신의 재능을 선보이는 일이 얼마나 중요한지를 알려준다.

능력도 널리 선전해야 좋은 기회를 얻을 수 있다.

가장 직접적인 방법은 눈에 띄기 쉬운 곳에서 열심히 일하는 것이다. 그런 과정에서 자신이 가지고 있는 능력을 빠짐없이 보여 주면 된다.

기적이 일어나기만 목 놓아 기다리지 말고 꿈을 실현하기 위해 움직여라. 당장 오늘부터 당신이 생각하는 것을 행동에 옮겨라! 게으른 사람들의 눈에도 매일 산책하는 일은 그다지 대수롭지 않게 보인다. 그러나 몸소 실천하는 것이 어렵고, 일단 실천하고 나면 이것 자체가 큰 성공이다.

> 나비의 교훈 :
> 재빨리 계획하고 행동으로 옮겨라.

꿈을 이루고 싶다면 미루지 말고 지금 당장에 실행하라.

행동은 정해진 순서가 따로 없다. 단지 일일이 열거한 다음 행동할 것이 아니라, 생각하는 즉시 행동으로 옮기는 것이 중요하다. 자만하거나 나태해서는 안 된다. 매일 끊임없이 행동하고 앞으로 나아가야 한다.

영업 실적을 올리겠다는 목표를 세우면 즉시 고객에게 전화를 거는 횟수를 늘려야 한다. 오늘 전화를 몇 번 걸었다고 하면, 다음 날에는 그보다 더 많은 전화를 걸도록 하자. 이렇게 하루의 목표를 정하고 매일 이 목표를 달성하기 위해 노력하면 된다.

직장을 옮기고 싶은 생각이 있다면 보다 더 인정받을 수 있는 능력을 함양시켜야 한다. 그러기 위해서는 열심히 공부하는 행동이 필요하다. 그러므로 교육비를 지불하고 책을 준비하며 수업에 들어갈 만반의 준비를 해야 한다.

유화를 배우고 싶다면 우선 선생님을 찾아야 한다. 그리고 필요한 화구들을 준비해야 한다. 여행을 떠나고 싶다면 여행사에 가서 여행 상품을 알아보고 언제 어디로 떠날지 계획을 세워야 한다.

당신의 목표가 무엇이든지 오늘, 바로 지금 시작하라.

행동을 하지 않으면 아무런 결과도 없다. 당신의 행동에는 일에 대한 노력, 헌신적 희생, 그리고 창조적인 정신이 담겨 있다. 물론 행동이 반드시 좋은 결과를 만들어 내는 것은 아니다. 열심히 하는데도 실패하는 경우도 많다. 하지만 유념해야 할 사항은 좋은 결과의 의미는 가치 있는 일을 완성했다는 것이다. 얼마나 많은 일을 했는가는 중요하지 않다.

영업을 하는 사람이 독서를 많이 한다고 해서 능력을 인정받을 수는 없다. 오직 그의 실제적인 영업 실적만이 능력을 증명해 줄 수 있다. 연기도 마찬가지다. 손톱 손질을 하고 백화점 명품 매장을 돌아다니는 것으로 배우로서의 성공을 평가할 수 없다. 이러한 행동은 오히려 배우로서의 가치를 떨어뜨린다. 배우로서 인정을 받으려면 무대나 카메라 앞에 서서 자신의 연기력을 발휘하는 것이 옳다.

당신이 완성한 일과 그로 인해 얻은 결과가 일치하는지를 항상 평가하라.

좋은 결과가 언제나 돈, 지위 등의 외적인 요소로 평가되는 것은 아니다. 만약 당신이 학문에 뜻이 있어 열심히 노력한 끝에 결실을 얻었다고 하자. 그러나 그것은 내적 지식으로 인한 결실이기 때문에 눈에 보이지 않는다. 이번에는 도서관에 가서 책을 보지 않는 당신을 생각해 보자. 열심히 책을 보기는커녕 뒤적거리기만 하고 집중하지 않으면 그것은 생산적인 활동이라고 할 수 없다. 그저 시간 낭비일 뿐이다. 아무리 바쁘게 움직인다고 해도 의미 없는 일을 하고 있다면 절대 원하는 결과를 얻을 수 없다.

당신이 추구하는 일을 최대한 많이 열거해 보고, 그 일에서 얻을 수 있는 효과가 무엇인지 하나하나 분석하라. 그러면 현재 당신의 목표와는 아무런 연관이 없는 일을 발견할 수 있을 것이다. 그리고 그동안 쓸데없는 일에 낭비했던 시간들이 떠오를 것이다.

생산적인 활동을 하는 것과 단순히 몸을 움직이는 것은 큰 차이가 있다. 그리고 그 차이를 아는 것은 매우 중요하다.

효과가 없는 일, 실현 가능성이 없는 꿈, 재능과 무관한 일은 과감하게 제외하라.

그리고 당신의 사회적 활동과 대인 관계를 다시 정리한 뒤, 반드시 해야 할 일은 주저 없이 실행하라.

제9장

우물을 만든 승려 이야기

매일 한 가지씩 의미 있는 일을 하면 그 일은 훗날 큰 결실이
되어 돌아올 것이다. 게으름을 피우지 않고 꾸준히 노력하라.
작은 노력이 모여 큰 성공이 된다.

두 승려가 산을 이웃하고 각자 절을 짓고 살고 있었다. 이
산 사이에는 작은 시냇물이 흐르고 있었는데 두 승려는 매일
같은 시간에 물을 길러 이 시냇물로 내려갔다. 이렇게 매일 만
나고 인사를 나누다 보니 두 승려는 어느새 좋은 친구가 되었
다.

하루하루 물을 긷다 보니 5년이라는 시간이 훌쩍 지나고 말
았다. 그러던 어느 날, 왼쪽 산에 살던 승려가 물을 길러 내려
오지 않았다. 오른쪽 산에 살던 승려는 이렇게 생각했다.

"이 친구, 오늘은 늦잠을 자는 모양이로군."

둘째 날도 왼쪽 산에 사는 승려가 여전히 보이지 않았고 셋째 날도 마찬가지였다. 오른쪽 산에 사는 승려는 결국 궁금증을 참지 못하고 왼쪽 산으로 올라갔다.

'분명히 병이 난 게 틀림없어. 직접 가 봐야겠군.'

친구를 도와줘야겠다고 결심한 승려는 친구가 사는 산에 올라갔다. 그의 친구는 사원의 마당에서 태극권을 하고 있었고 보아하니 한 달 동안 물을 마시지 못한 몰골도 아니었다.

"자네 벌써 한 달이 되도록 물을 마시지 못했을 텐데 어찌 이렇게 멀쩡할 수 있단 말인가? 아직도 움직일 힘이 남아 있나?"

그러자 태극권을 하고 있던 승려는 동작을 멈추고, 놀라서 입을 다물지 못하는 친구를 절의 뒤뜰로 데려갔다. 그리고 깊은 우물을 가리키며 이렇게 말했다.

"나는 지난 5년 동안 매일 수련을 마친 후 이 우물을 팠다네. 너무 바빠 조금밖에 파지 못해도 매일 꾸준히 했지. 그러다 보니 한 달 전부터는 우물에 물이 생기더군. 그래서 이제는 물을 길러 힘들게 산 아래까지 내려갈 필요가 없게 되었지. 그 덕에 시간도 많이 절약할 수 있어서 내가 좋아하는 태극권도 마음껏 하고 있다네."

결코 포기하지 마라

1940년 젊은 발명가 체스터 칼슨은 자신의 발명품을 가지고 20곳이 넘는 회사를 다니며 홍보를 했다. 그중에는 세계적인 대기업도 포함되어 있었다. 그러나 모두 그의 발명품을 인정하지 않았다. 그 후 7년이라는 긴 세월이 흘러서야 로체스터 주의 핼로이드 회사에서 그가 발명한 사진판을 구매하겠다는 의사를 밝혀 왔다. 그 사진판은 정전기의 원리를 이용하여 만든 것이었다. 핼로이드 회사(지금의 제록스)는 이 사진판을 구매함으로서 훗날 큰 이익을 얻었다.

1952년 에드먼드 힐러리는 8,848미터에 달하는 에베레스트를 정복하겠다고 결심했다. 그러나 세계에서 가장 높은 산을 정복하겠다는 그의 도전은 안타깝게도 실패로 끝났다. 그 후 몇 주가 지났을 즈음 영국의 한 단체에서 그에게 강연을 제안했다. 힐러리는 강단에 서서 에베레스트의 사진을 가리키며 이렇게 소리쳤다.

"에베레스트! 이번에는 너한테 굴복 당했지만 다음에는 널 정복하고 말겠다. 너는 더 이상 높아지지 않지만 나는 아직도 성장하고 있다는 사실을 명심하라!"

1년이 지난 5월 29일 에드먼드 힐러리는 인류 최초의 에베레스트 등반가가 되었다.

미국인 밥이 자신의 절친했던 친구를 회고하면서 쓴 감동적인 글이다.

나는 대학을 졸업한 후 모교인 세인트버나드 고교에 체육 코치로 부임하게 되었다. 세인트버나드 고교는 전교생이 2, 3천 명밖에 안 되는 작은 학교에 불과했다. 나는 부임한 첫 해 축구팀과 농구팀을 맡게 되었다. 그러다 여름방학부터는 육상부까지 맡아 훈련을 시켰다.

그 해 세인트버나드 고교의 명성은 개교 이래 최고에 달했다. 축구팀은 열 경기에서 모두 우승을 거두었다. 우리가 치렀던 대부분의 경기에서 이겼던 셈이다. 그리고 농구팀은 21승 5패를 기록하여 두 대회에서 모두 우승컵을 거머쥐었다.

당시 나는 가장 젊은 교사였기 때문에 경험이 풍부하지 못했다. 게다가 그렇게 뛰어난 선수들을 맡아본 적도 없었다. 이듬해 가을 내가 훈련시킨 선수 중에 14명이 럭비 선수로 대학에 진학했다. 그중에 4명은 전액 장학금을 받았고, 또 다른 2명은 대학에서 육상 선수로 발탁되는 행운을 얻었다. 그 후 25년간 코치 생활을 했다. 그러나 애석하게도 그때의 선수들보다 기량이 뛰어난 선수를 만나지 못했다.

그러나 내가 제일 잊지 못하는 선수는 그들 안에 없다. 그 학생의 이름은 바비 코슨이었다. 그의 신체 조건은 다른 선수들과 비교했을 때 형편없었다. 마치 당나귀를 순종 말과 비교하는 것이나 다름없었다. 하지만 그때 받았던 충격은 지금까지도 잊혀지지 않는다.

바비는 우리 학교의 1킬로미터 장거리 육상 선수인 마크 코슨의 동생이었다. 당시 바비는 막 입학한 1학년이었다. 운동회가 개최될 무렵 여느 때처럼 복도를 지나가고 있을 때였다. 갑자기 바비가 나를 잡아끌었다. 그때 바비의 키는 180센티미터였고 체중은 80킬로그램에 달했다. 바비를 보다 보면 꼭 작은 코끼리를 보고 있다는 착각이 들 정도였다.

"선생님, 오랫동안 생각해 봤는데 저도 육상부에 들어가고 싶어요. 정말 열심히 할게요. 제가 어떤 종목을 잘 할 수 있을지는 모르겠지만, 하여튼 최선을 다할게요."

그때 바비의 자신감 넘치는 표정은 내게 큰 인상을 심어 주었다.

바비는 선수로서는 과체중에 속했다. 그런 선수는 대게 투포환이나 원반던지기 같은 종목을 많이 한다. 그러나 바비의 몸에는 근육의 비중이 너무 적었기 때문에 투포환을 들어올리지도 못했다.

하지만 바비는 꼭 육상부에 남고 싶어 했다. 그래서 나는 원반던지기를 해보라고 했다. 원반은 투포환보다 가벼우니까 괜찮을 거라고 생각했다. 바비에게 원반 잡는 법과 던지는 요령을 알려 주었다. 연습은 순조롭게 진행될 것처럼 보였다. 내가 구호를 넣자 바비는 다리를 적당히 벌리고 무릎은 살짝 구부렸다. 그리고 손을 쫙 펴서 팔을 세 바퀴 휘두른 다음 원반을 힘껏 던졌다.

바비는 대부분 원을 밟거나, 원반 던지는 타이밍을 놓치거나, 아니면 힘을 너무 많이 준 탓에 원 밖으로 나가기 일쑤였다. 게다가 팔이 짧고 굵었던 바비는 원반을 가슴에 안고 던져야 했다. 가끔은 바비가 던진 원반이 보이지 않아서 우리는 거리를 측정하지 못하는 건 아닌지 걱정하기도 했다. 설마 바비가 선배들의 기록인 43미터를 갱신한 건 아닌지 확인하러 달려가곤 했다. 하지만 사실 바비의 원반은 우리가 전혀 예상하지 못한 곳에 있었다. 바로 원 안이었다. 기껏 멀리 던져야 7미터밖에 던지지 못했지만, 신기하게도 바비는 조금도 위축되지 않았다.

나는 바비가 회전 능력을 키운다면 좋은 성적을 얻을 수 있을 것 같은 생각이 들었다. 그래서 매일 전체 훈련을 마친 후

둘이 남아서 회전 연습을 했다. 원 안에 발자국을 그려 넣고 그대로 따라 하게 했다. 그래서 발을 어느 지점에 디뎌야 가장 효과적인지 알려줬다. 바비는 인내심이 강한 아이여서 군말 없이 내 지도를 잘 따랐다.

'다른 선수들도 바비와 같은 태도로 훈련에 임하면 얼마나 좋을까?'

그리고 얼마 후 나와 바비는 특별 훈련이 얼마나 효과가 있을지를 알아보기 위해 운동장으로 갔다. 그런데 기이한 광경이 벌어졌다. 바비가 원을 그리며 도는 모습은 마치 금방이라도 폭발할 것 같은 원심분리기 같았다. 심지어는 원반을 던지고 나서도 계속 돌고 있을 정도였다. 원반은 9미터를 날아갔다. 그런데 지정 구역의 반대 방향으로 날아간 것이다. 나는 여전히 돌고 있는 바비를 붙잡아 주었다. 바비는 회전을 멈추고 나서도 몇 분 동안 몸을 비틀거렸다. 그 모습이 마치 부상을 당한 소 같아서 난 웃음이 났다.

"선생님, 너무 어지러워요. 토할 것 같아요."

바비는 어지러움이 좀 덜해지자 자신이 얼마나 던졌는지를 확인하러 달려갔다. 그는 자신의 기록이 향상된 것을 확인하고 금세 의기양양해졌다. 하지만 사실 난 바비의 기록이 만족스럽지 않았다. 거의 한 학기를 투자한 것치고는 기록이 내 기대치에 훨씬 못 미쳤기 때문이다. 예상한 기록도 안 나왔으니 대회에 나가 이길 가능성은 거의 희박했다.

난 조심스럽게 바비에게 물었다.

"바비, 원반던지기 말고 다른 종목을 해보는 게 어떻겠니?"

"네, 좋아요!".

다행히 바비도 내 의견에 동의했다.

멀리뛰기가 괜찮겠다고 생각했지만 바비는 모래판도 제대로 디디지 못했다. 그래서 장대높이뛰기, 높이뛰기, 허들, 세발 멀리뛰기 같은 종목은 아예 제외시켰다. 다리 근력이 약했기 때문에 장거리 달리기나 릴레이도 불가능했다. 훈련이 막바지에 이르렀을 때 난 다음 날에는 바비에게 뭘 연습시켜야 할지 몰라 고민에 빠졌다. 그런데 다행히 바비가 스스로 하고 싶은 종목이 있다고 말해 주었다.

"선생님, 저는 형처럼 1킬로미터 장거리 달리기에 도전하고 싶어요."

나는 이전부터 바비가 형을 존경하고 있다는 사실을 알고 있었다. 바비의 형 마크는 전년도 1킬로미터 장거리 달리기 우승자였을 뿐만 아니라, 품성도 훌륭해서 육상부 주장을 맡고 있었다.

나는 바비의 열정을 높이 샀지만 그가 과연 1킬로미터 장거리 달리기를 할 수 있을지 의문이 들었다. 그렇지만 바비의 의지가 너무 굳건해서 차마 안 된다는 말은 할 수 없었다. 결국 나는 두 주 동안 바비를 훈련시켰다. 물론 바비도 힘든 지옥 훈련에 최선을 다했다.

1차 고교 연합대회에서의 상대팀은 세인트베소 고교였다. 이 대회 첫 번째 종목은 1킬로미터 장거리 달리기였다. 1, 2학년과 3학년 경기가 하루에 몰렸다. 그래서 나는 저학년 팀은 운동복을 뒤집어 입게 했다. 그래야 한눈에 구별할 수 있기 때문이었다.

1킬로미터 장거리 달리기 3학년 팀이 출발선에 섰다. 우리의 목표는 1등과 3등이었다. 과연 바비의 형인 마크는 이 경기에서 고교 연합대회의 기록을 깨는 우수한 성적을 냈다.

바비의 차례가 되었다. 물론 학교마다 한두 명씩은 느린 선수들이 포함되어 있었다. 하지만 그 선수들도 바비한테는 고양이처럼 날렵해 보였다. 선수들이 결승점에 들어왔을 때도 바비는 아직 3바퀴나 남겨 두고 있었다. 자원봉사자들은 다음 종목을 준비하기 위해 허들을 설치하고 있었다. 나는 큰소리로 트랙 한 곳은 비워 두라고 했다. 그래야 바비가 완주할 수 있기 때문이었다.

2바퀴를 남겨 뒀을 때 나는 바비의 얼굴에 눈물이 흐르는 것을 발견했다. 그때만 해도 나는 바비의 심정을 완전히 이해하지 못했다. 그런데 다른 팀의 선수들이 바비에게 욕설을 퍼부으면서 비웃는 것이 아닌가! 나는 몹시 화가 났다. 당시에 우리 팀 높이뛰기 선수였던 팻 링턴이 그 소리를 듣고 냉큼 트랙으로 달려왔다. 나와 팻은 아주 큰 소리로 바비를 응원했다.

선수들은 계속 바비를 비웃으면서 빨리 비키라고 소리를 질러 댔다. 그때 바비는 서글프게 울면서도 계속해서 달렸다. 그때 몇몇 3학년 선수들이 우리 옆으로 와서 같이 응원했다. 그들은 팻이 바비를 응원하고 있는 모습을 보고 달려왔던 것이다.

수년간 코치 생활을 해봤지만 바비처럼 끝까지 최선을 다하는 선수는 한 명도 보지 못했다. 물론 대부분 우수한 선수였지만 대개 더 이상 우승하기가 힘들 것 같으면 미리 은퇴를 했기 때문이다. 그들이 운동장을 떠나는 가장 큰 이유는 근육통 때문이었다. 하지만 나는 그들의 정신적 스트레스가 더 큰 고통일 것이라고 생각했다. 우승을 다른 선수에게 넘겨줘야 하는 심리적 압박이 신체 증상으로 나타난 것이다. 그런데 바비는 단 한 번도 내 앞에서 포기라는 말을 한 적이 없었다. 1킬로미터 장거리 달리기를 연습할 때도 마찬가지였다. 그날 경기도 그랬다.

수많은 선수들의 야유와 비난이 당시 바비에게는 일종의 시련이고 좌절이었을 텐데 그는 절대 포기하지 않았다.

바비는 많이 힘들었을 텐데도 자기의 종목이 끝난 후 그냥 앉아 있지 않았다. 다른 종목이 열리는 곳으로 가서 우리 학교 선수들을 응원했다. 그리고 우리 학교 선수가 우수한 성적을 거두면 정작 우승한 선수보다도 더 기뻐했다.

며칠 후 2차 고교 연합대회가 열렸다. 이번에 우리가 맞서야 하는 상대는 세인트십자 고교와 세인트패트릭 고교였다. 1킬로미터 장거리 달리기 시합에서는 1차 대회와 똑같은 상황이 연출됐다. 그런데 이번에는 우리 학교 전 선수들이 모두 트랙으로 모여 바비를 응원했다. 그 광경을 상상해 보라. 우리 선수들 전원이 트랙을 둘러싸고 함성을 지르며 응원하는 모습을 말이다. 바비는 또 눈물을 흘렸다. 정말 감격스러운 장면이 아닐 수 없었다.

그리고 3차 고교 연합대회가 시작되었다. 경기장을 찾은 사람들은 모두 바비의 이야기를 했다. 뿐만 아니라 이번에는 우리 학교 선수뿐만 아니라 다른 학교 선수들도 바비를 응원했다. 트랙 주위는 많은 사람들로 붐볐다.

그 학기가 끝나 갈 무렵이 되었을 때 3학년 선배 선수들이 바비에게 기념패를 줬다. 상패에는 이렇게 쓰여 있었다.

'세인트버나드 고교 육상부에서 가장 용기 있는 바비 코슨에게 이 상패를 수여함. 1968년. 바비의 선배 일동'

그때 나는 예전에 바비가 했던 말이 떠올랐다. 우리 학교 육상부를 위해 최선을 다하겠다던 바비의 모습이 나를 흐뭇하게 했다. 바비는 그때 내게 했던 약속을 지켰다. 그는 육상부에 들어와 팀의 일원으로서 우리 팀을 마치 한 가족처럼 만들었다. 그리고 우리가 미처 알지 못한 소중한 진리를 깨닫게 해주었다.

'재능은 신이 주신 선물이니 평생 감사하는 마음을 잊어서는 안 된다. 그러나 자만은 다르다. 그것은 자신의 마음에서 비롯되는 것이므로 항상 조심해야 한다.'

그해 여름이 끝날 무렵 난 뜻밖에 소식을 듣게 되었다. 그 소식은 사실 바비가 백혈병을 앓고 있었다는 사실이었다. 바비는 가을이 되자마자 세상을 떠났다.

끊임없는 노력이 곧 승리이다

1967년 여름, 나는 노스캐롤라이나에 있는 작은 마을에 살고 있었다. 우리 마을은 한 폭의 그림처럼 아름답고 조용했다. 우리 집은 마을로 통하는 고속도로 옆에서 작은 여관을 하고 있었다. 그래서 가족들은 모두 여관 지하에서 살았고 나는 누나와 같은 방을 썼다.

나는 모험을 좋아하는 아이였다. 상상력을 발휘해서 재미난 놀이를 하며 시간을 보냈다. 그중에서도 책에서 본 슈퍼맨 흉내를 내고 노는 것을 제일 좋아했다. 나는 슈퍼맨처럼 걸어 다녔고 그가 쓴 것과 비슷한 모자와 안경을 썼다. 그리고 어디서 구했는지 지금은 기억도 나지 않지만 낡은 외투까지 걸쳤다. 그러고는 마치 무슨 일이라도 발생한 것처럼 심각한 표정을 지었다가 여관의 전화 부스 뒤로 숨어 버렸다. 그리고 잠시 후 커다란 S자가 새겨진 파란색 티셔츠를 입고 빨간색 망토를 걸친 뒤 다시 나타났다.

"슈퍼맨이 나가신다!"

나는 큰소리를 치며 세상을 위협하는 세력들과 결투하는 시늉을 하며 놀았다. 그런데 그때 이웃에 사는 동네 꼬마들이 자전거를 타고 지나갔다.

"야, 슈퍼맨! 넌 두 발 자전거 못 타지? 정의의 슈퍼맨이 보조바퀴 달린 네 발 자전거밖에 못 탄데요!"

아이들은 놀려 대며 내 가슴에 비수를 꽂았다. 하지만 그

애들 말이 틀린 것은 아니었다. 나는 자전거를 타고 멀리 사라지는 아이들을 보고 있을 수밖에 없었다. 그 순간 나는 내가 그 애들보다 뒤처진다는 생각이 들어 화가 났다.

'좋아! 나도 꼭 두 발 자전거를 타고 말 테야. 그래서 저 애들보다 더 빨리 타야지!'

나는 이렇게 결심하고 아빠에게 도움을 요청했다.

"그래, 우리 아들 잘한다! 중심을 잡아!"

아빠는 뒤에서 자전거를 잡아 주며 이렇게 말씀하셨다. 내 목표는 10번 넘어지기 전까지 도전해 보는 것이었다. 예전에 한번 자전거를 배웠을 때 9번 넘어지고 포기해 버렸기 때문이다. 아빠는 내가 넘어질 때마다 자전거를 세우며 다시 해보라고 격려해 주셨다. 마치 아빠는 운전학원 강사고 나는 초보 운전자 같았다. 아빠가 잡았던 손을 놓을 때 나는 하늘을 나는 것 같았다. 그리고 비틀거리면서도 넘어지지 않고 계속 달렸다. 어느 순간 나도 모르게 자전거를 타고 있었다.

"성공이다!"

내 뒤에서 응원하는 아빠의 목소리가 점점 멀게 느껴졌다. 나는 성공의 기쁨을 만끽하며 마음껏 웃었다. 웃으면 웃을수록 즐거워졌다. 승리는 나의 것이었기 때문이다.

"넘어질 거야."

갑자기 이런 생각이 들자 이 작은 목소리는 점점 커지더니 내 머릿속을 거침없이 맴돌았다. 나는 이 목소리를 듣지 않을 수 없었다. 예전에도 넘어졌으니까 이번이라고 또 넘어지지 말라는 법은 없었다. 이렇게 생각하니 자신감이 점점 사라졌다. 풍선에서 공기가 빠져나가는 것처럼 말이다. 그리고 자신감 대신에 공포감이 나를 꼼짝 못하게 했다. 역시 나는 또 넘어지고 말았다.

"거의 성공했는데…… 네가 무서워하니까 넘어지는 거야."

아빠는 내게 달려오시며 숨찬 목소리로 말씀하셨다. 섭섭한 나는 눈물이 뒤범벅된 얼굴로 아빠에게 소리쳤다.

"안 해! 자전거 타는 거 안 배워!"

그 후 나는 또 다시 슈퍼맨 놀이에 심취했다. 그런데 이상하게 하나도 재미있지 않았다. 대신에 나는 뒤뜰에 나가서 은행 강도 놀이를 했다. 그때마다 창고에 세워 둔 자전거가 자꾸 눈에 들어왔다. 나는 어렴풋이 아직 완성하지 못한 임무가 있음을 떠올렸다.

그러던 어느 날 오후, 우연히 자전거를 본 나는 문득 할 수 있을지도 모른다는 생각이 들었다.

'오늘은 자전거 타는 법을 배울 수 있을까?'

그런데 자전거 손잡이를 붙잡자마자 공포가 밀려왔다. 내 마음속에 악마가 사는 것 같은 기분이 들었다. 나는 너무 무서워서 재빨리 자전거에서 내려왔다.

'내일 다시 탈까?'

그때 나는 두 발 자전거를 탄 동네 아이들이 비웃고 지나가는 모습이 떠올랐다.

'걔네가 하면 나도 할 수 있어!'

나는 다시 마음을 가다듬고 페달을 밟았다. 금방이라도 넘어질 듯이 자전거가 비틀거렸다. 나는 그럴수록 중심을 잡으려고 안간힘을 썼다. 그러고는 숨을 한번 크게 내쉬고 힘껏 페달을 밟았다. 마침내 나는 항상 연습하던 잔디를 벗어나 도로에서 자전거를 타게 됐다. 나는 슬슬 자전거 타는 재미를 느끼기 시작했다. 마치 슈퍼맨이 내 뒤에서 힘을 북돋아 주는 듯한 기분이 들었다. 내가 아주 빠른 속도로 여관 앞을 지날 때 마침 아빠가 현관문을 나오셨다.

"아빠, 보세요! 저 이제 탈 수 있어요!"

내 목소리를 들은 아빠는 활짝 웃으면서 나를 향해 손을 흔들어 주셨다. 나는 동네 아이들에게 보여 주기 위해 방향을 돌렸다.

다음날 아침 나는 쓰레기통에서 버려진 자전거 보조바퀴를 발견했다. 아빠가 전날 오후에 떼어 버리신 것이다. 정의의 슈퍼맨은 공포라는 적을 물리치고 즐거운 세상을 만드는 일에 성공했다.

용기와 끈기는 성공의 필수 요소이다

1995년 나는 아내 타이리와 세 살 된 쌍둥이 딸 릴리와 타일러, 그리고 장인, 장모님과 함께 로스앤젤레스에 살고 있었다. 그런데 갑자기 회사일 때문에 집에서 250킬로미터 떨어진 곳에서 혼자 생활하게 됐다. 나는 주말마다 집에 갔다. 그리고 그리웠던 가족들과 즐거운 주말을 보냈다. 당시 아내는 임신 6개월이었다. 그때 아내의 뱃속에는 아들 마크가 있었다. 그러던 어느 날 릴리가 머리가 아프다고 칭얼거렸다. 아마 유행성 감기인 것 같았다. 그런데 릴리를 진찰한 주치의는 뜻밖에 말을 꺼냈다.

"아무래도 릴리가 소아병에 걸린 것 같습니다. 병원에 데려가서 정밀 진단을 해보는 게 좋겠습니다."

결국 릴리는 병원에 후송됐다. X-ray 촬영과 각종 진찰을 마친 후 우리는 릴리의 머리에 종양 덩어리가 있다는 사실을 알게 되었다.

"머리의 종양은 이미 뇌까지 퍼져 있습니다. 게다가 출혈까지 보이는군요. 아주 심각한 상태입니다. 생명이 매우 위험합니다.

가족들께 사실을 알리고 마음의 준비를 하셔야겠습니다."

주치의의 말에 나와 아내는 아무 말도 하지 못했다. 그리고 주치의는 릴리를 로스앤젤레스 대학병원으로 이송할 것을 권유했다. 어쩌면 그곳에는 아이를 살릴 수 있는 방법이 있을지도 모른다고 말이다. 그것이 릴리에게는 유일한 희망이라고 했다.

우리는 즉시 릴리를 로스앤젤레스 대학병원으로 옮겼다. 그곳의 전문의는 릴리의 상태를 세세하게 살펴보았다.

"상태가 아주 심각하군요. 그래도 희망을 버리지 마십시오. 출혈량이 이렇게 많은데 아직 살아 있는 것도 큰 기적입니다."

14시간에 걸친 첫 번째 수술이 이루어졌다. 이것은 두개골을 열어 좌측과 우측 뇌를 갈라 종양을 없애는 수술이었다. 종양 안의 혈관이 터지면 중풍을 일으킬 수 있기 때문에 하루라도 빨리 종양을 제거하는 것이 우선이었다. 이번 수술의 성공 여부는 종양을 제거하고 중풍 발병 가능성을 제로로 만드는 것이었다.

수술 중에 뇌를 열었던 터라 릴리는 첫 번째 수술을 마치고 대뇌와 몸을 연결하는 신경 기능을 모두 잃었다. 그래서 릴리는 인공호흡기로 간신히 생명을 이어갔다. 그때 대부분의 의사들은 릴리에게 큰 희망을 걸지 말라고 했다. 그러면서 릴리가 그때까지 살아 있는 것만으로도 하느님께 감사해야 할 일이라고 했다. 그러나 고맙게도 전문의는 어쩌면 릴리의 사례가 의학계의 기존 관념을 깨뜨리는 기적을 만들지도 모른다고 덧붙였다.

릴리가 어느 정도 회복한 후 우리는 릴리를 데리고 집에 왔다. 하지만 릴리는 음식을 먹을 수도, 걸을 수도, 말할 수도 없었으며, 심지어는 신생아들도 다하는 간단한 동작까지 하지 못했다. 내가 회사에 출근을 하면 아내가 일주일 내내 릴리를 돌봐야 했다. 그런데 나는 매주 토요일 로스앤젤레스의 집으로 돌아올 때마다 새로운 기적들을 접하게 됐다. 엄마의 사랑 덕분에 릴리는 먹는 법과 말하는 법, 그리고 간단한 동작들을 익힌 것이다. 또 우연히 텔레비전에서 무용수들이 공연하는 모습을 보고 자기도 커서 발레리나가 되고 싶다고 했다. 제대로 걷지도 못하는 아이의 꿈이 발레리나가 되는 것이라니, 나는 기뻐해야 할지 슬퍼해야 할지 몰라 당황했다.

그런데 정기 검진에서 새로운 종양이 발견되었다. 그해 8월 릴리는 또 다시 로스앤젤레스 대학병원에 입원했다. 원래는 한 번만 더 수술할 계획이었지만 잔여 종양이 계속 발견되어 무려 일곱 번이나 수술을 해야 했다.

릴리는 다시 병마와 싸웠다. 강한 릴리는 용감하게 수술을 마쳤다. 이번에도 역시 뇌를 열고 종양을 없앴기 때문에 릴리의 몸은 또 다시 움직일 수 없게 됐다. 그때부터 릴리는 아침에 일어나는 일을 너무 고통스러워했다. 아침마다 고통스러운 눈빛을 보내는 아이가 너무 가여웠다. 그러나 릴리는 그런 와중에도 절대 포기하지 않았다.

지금 나는 직장을 로스앤젤레스로 옮겼다. 매일 릴리를 돌봐 주기 위해서이다. 나는 퇴근하자마자 집으로 달려가 릴리의 동작 하나하나에 신경을 쓰고 있다. 이 글을 쓰는 지금 릴리는 여섯 살 된 어여쁜 공주님이 되었다. 지난 3년 동안 릴리는 수많은 병마와 싸웠다. 이런 상황이라면 어른도 견디기 힘들어 포기했을 텐데, 릴리는 항상 승리의 편에서 포기하지 않았다. 릴리의 병실에는 항상 웃음소리가 끊이지 않았다. 지금 릴리는 얼굴에 마비증상도 보이고 시력에도 문제가 있다. 하지만 이 문제는 치료를 통해 얼마든지 완치가 가능하다고 한다. 그리고 얼마 전 릴리의 꿈이 실현됐다. 릴리가 발레를 시작한 것이다.

여기 감동적인 이야기가 또 있다.

기분 좋은 봄바람이 부는 5월이었다. 세상은 따스한 햇살 그리고 야생화와 풀 냄새로 가득했다. 그런데 그때 갑자기 조디는 배에 통증을 느꼈다. 그녀는 숨을 한 번 크게 내쉬었다. 하지만 통증이 조금 가시는 것 같더니 이내 다시 찾아왔다. 그녀는 배를 부여잡고 남편, 헤리를 불렀다.

"여보. 병원에 가야 할 거 같아요. 여보, 빨리요!"

조디는 안정을 찾으려고 애쓰면서 가까스로 문 밖까지 나갔다. 급히 달려오는 헤리의 얼굴에는 근심과 기쁨이 교차했다.

"이제 갈 거야. 움직이지 마, 알았지?"

헤리는 아내를 안심시키려고 노력했다. 사실 다음 진통이 오기 전까지도 조디 역시 둘째 아기에 대한 기대가 가득했다. 그런데 차에 올라타려는 순간 조디는 갑자기 몸의 균형을 잃고 말았다. 다행히 옆에 딸 제시카가 있어서 넘어지지 않을 수 있었다. 헤리도 긴장했는지 차 열쇠를 찾지 못하고 허둥지둥했다. 그녀는 그런 남편의 손을 잡아 주었다. 그러자 헤리는 한숨을 내쉬며 미소를 지었다. 그리고 차 시동을 걸고 병원으로 출발했다.

헤리는 계속 병원 복도를 서성였다. 세 살 된 제시카도 아빠의 뒤를 졸졸 따라다니며 아빠의 손을 놓지 않았다. 헤리는 가만히 서서 하얀색 벽을 바라보았다. 병원의 소독약 냄새가 그의 코끝을 자극했다. 그리고 그는 하얀색 가운을 입은 간호사들이 주사기와 붕대가 담긴 약통을 들고 분주하게 움직이는 모습을 보았다. 사실 헤리는 병원의 소독약 냄새와 삭막한 분위기를 몹시도 싫어했다.

그때 제시카가 고개를 들고 아빠를 물끄러미 바라보았다. 얼굴에는 남동생이 생겼으면 하는 기대와 엄마에 대한 걱정이 가득했다.

"오래 걸리지 않을 거야. 엄마도 아무 일 없을 거야."

헤리는 제시카의 어깨를 톡톡 두들겨 주었다.

분만 대기실 앞에 서 있던 헤리는 문득 자신의 어린시절이 떠올랐다. 지금과 이유는 다르지만 그때도 이런 곳에 있었다.

병원 벽에서는 소독약 냄새가 나지 않았다. 또 깨끗한 하얀색 벽도 아니었다. 병원 벽은 상당히 지저분했고 병원 안에는 환자들의 소변 냄새와 각종 악취가 진동했다. 소아마비가 유행했기 때문에 많은 아이들이 병마와 싸우고 있었다. 간호사들은 애써 감정을 억누르며 어린 환자들을 돌보았다. 어린 환자들에게는 돌봐 주는 보호자가 없었다. 그래서 아이들은 두려움과 외로움 때문에 더 힘들어했다.

그중 한 병실에는 마른 사내아이가 있었다. 그 아이의 눈에는 고통과 의문이 가득했다. 아이는 자기가 왜 이곳에 있는지,

왜 다리를 움직일 수 없는지 몰랐다. 그저 의사와 간호사가 자기가 앓고 있는 병을 아주 싫어한다는 말만 들었을 뿐이었다. 아이는 자기가 앓고 있는 병이 '소아마비'라는 사실을 몰랐다. 당시 아홉 살이던 아이는 단 한 번도 자신의 병명을 들어보지 못했다. 하지만 이 병 때문에 수많은 사람들이 슬퍼하고, 수많은 아이들이 고통받고 있다는 사실만은 아주 잘 알고 있었다. 그리고 그밖에 다른 문제들은 정확한 답이 없다는 정도로 알고 있었다. 그래도 왜 왼팔은 움직일 수 있는데 오른팔은 움직일 수 없는지, 오른팔은 언제쯤이면 움직일 수 있는지 누군가가 알려줬으면 하는 바람은 사라지지 않았다. 그 해 봄까지만 해도 아이는 야구 연습에 참가하곤 했기 때문이다.

문 밖에서 간호사들의 목소리가 들리자 아이는 이런 생각을 했다.

'내가 작아진다면 간호사들은 나를 못 찾겠지?'

아이는 간호사들이 왜 매일같이 자신을 찾아오는지 잘 알고 있었다. 간호사들은 매일 아이의 불편한 손을 뜨거운 액체에 담가서 그 액체가 손가락에 스며들도록 했다. 그리고 잠시 꺼냈다가 액체가 마르면 다시 한 번 액체 속에 아이의 손을 집어넣었다. 간호사들은 아이의 얼굴에 가득한 눈물 따위는 개의치 않는 것 같았다. 또 아이에게 주사 바늘을 꽂을 때도 아이의 고통은 생각하지 않는 것 같았다. 겉보기에는 얌전히 누워 있는 것 같았지만 사실 고통을 참아 내기에는 역부족이었다.

그래서 간호사들이 이불을 젖히고 "이리와. 손 담그러 가야 지."라고 말만 해도 아이의 눈가에 이내 눈물이 가득 맺혔다. 그렇게 몇 시간이 흐르고, 며칠이 지나고, 몇 달이 흘렀다. 아이 는 시간을 때우기 위해 움직일 수 있는 손으로 혼자 게임을 했 다. 다섯 손가락을 열심히 움직이면서 왼손의 힘을 길렀다. 그 러면서 부모님이 자신을 보러 오는 날만을 기다렸다. 하지만 부 모님은 그다지 자주 오지 못했다. 집에 있는 다른 동생들이 부 모님의 손길을 필요로 했기 때문이다. 아이는 마음속으로 자기 가 말을 잘 안 들어서 부모님이 나를 버린 거라고 생각했다.

"로빈슨 씨, 로빈슨 씨."

헤리는 옛 생각에 몹시 괴로워하다가 간호사의 부름에 정신 을 차렸다. 그가 고개를 들어 간호사를 봤을 때는 이미 얼굴에 땀이 가득했다. 그는 온 몸을 떨면서 제시카의 손을 꼭 잡고 있었다.

"로빈슨 씨, 사내아이예요."

간호사가 웃으며 말했다. 헤리는 자신의 귀를 의심하지 않 을 수 없었다. 제시카는 옆에서 팔짝팔짝 뛰며 좋아했다. 헤리는 침을 삼키고 용기를 내어 간호사에게 물었다.

"손과 발 모두 정상인가요?"

3년 전 제시카가 태어났을 때도 헤리는 똑같은 질문을 했다. 예전에 누군가에게 몸이 불편한 사람은 불완전한 아이를 낳는다는 말을 들은 적이 있기 때문이다. 간호사는 그런 그의 마음을 읽었는지 아주 밝은 목소리로 대답해 주었다.

"아이는 아주 건강해요. 손가락, 발가락 모두 정상입니다."

헤리는 안도의 한숨을 쉬고 조심스럽게 병실로 들어갔다. 그리고 아내의 머리를 부드럽게 쓸어 넘기며 작은 목소리로 이렇게 속삭였다.

"사랑해. 그리고 고마워."

헤리는 자신은 소아마비 때문에 못했지만 아들이 크면 야구와 럭비를 시키고 싶다고 말했다. 그리고 자기를 사랑해 주는 딸이 있으니 너무 행복하다고 했다. 사실 제시카는 종종 이런 말로 헤리를 기쁘게 해주었다.

"아빠는 갑옷을 입은 무사 같아! 세상에서 제일 멋져!"

그 후 어느덧 시간이 흘러 아이들은 모두 건강하게 자랐다. 헤리는 아이들에게 항상 이렇게 당부했다.

"사람을 대할 때는 외모로 그 사람을 판단하면 안 돼. 그 사람의 됨됨이를 보고 판단해야지."

물론 아이들도 이 점을 아주 잘 알고 있었다. 아이들은 그동안 사람들이 아빠의 겉모습을 보고 멋대로 말하는 것을 보고 자랐기 때문이다.

병원의 복도를 서성이면서 아들이 태어나기를 고대하던 그날로부터 이미 14년이라는 시간이 흘렀다. 어느 금요일 저녁, 부부는 제시카를 데리고 축구 경기장을 찾았다. 음악 밴드가 나와서 공연을 했고 응원단은 목소리를 높여 구호를 외쳤다. 그때 선수를 소개하는 장내 아나운서의 목소리가 들렸다.

"10번 선수, 로빈슨."

열네 살이 된 헤리의 아들은 자신 있는 얼굴로 경기장으로 달려 나왔다. 그리고 고개를 들어 관중석을 둘러보았다. 그리고 헤리를 찾아내고는 밝게 웃으며 손을 흔들었다. 헤리도 손을 들어 답해 주었다. 그러자 아들은 큰 소리로 이렇게 외쳤다.

"아빠! 이 경기는 아빠를 위한 거예요!"

오랜 친구인 톰과 제임스는 아프리카 여행 중에 사막을 지나고 있었다. 그런데 사막에 들어선 지 며칠 지나지 않아서 두 사람이 가져온 식수가 동이 나는 바람에 더위를 먹은 톰이 그만 병에 걸리고 말았다.

아픈 톰을 지켜보던 제임스는 안 되겠다 싶어 톰에게 권총을 쥐어 주며 이렇게 말했다.

"자네는 여기에서 내가 물을 찾아 올 때까지 기다리게. 권총 안에는 총알 다섯 개가 들어 있어. 세 시간 후부터 한 시간마다 공중에 총을 쏘는 거야. 총소리를 듣고 내가 길을 잃지 않고 돌아올 수 있게 말이야, 알았나?"

그리고 제임스는 반드시 물을 찾을 수 있을 것이라는 자신감을 가지고 길을 떠났고, 톰은 반신반의한 마음으로 사막 한가운데에서 제임스를 기다렸다. 톰은 시계를 보며 제임스가 말한 대로 시간에 맞춰 총을 쐈다. 톰은 과연 제임스가 총소리를 들을 수 있을까 의심스러웠다. 시간이 지날수록 그의 공포감은 점점 심해졌다.

'정말 제임스가 물을 찾아 올 수 있을까? 실패할 게 뻔해. 어쩌면 벌써 목이 말라 죽었을지도 모르고…… 아니야, 어쩌면 물을 벌써 찾았는데도 나를 버리고 도망갔을지도 몰라. 그럼 이제 영원히 돌아오지 않겠지?'

어느덧 마지막 다섯 번째 총을 쏠 때가 되었다.

'이게 마지막 총알이군. 어차피 제임스는 이 총소리를 듣지 못할지도

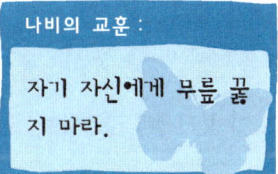

나비의 교훈 :

자기 자신에게 무릎 꿇지 마라.

몰라. 그런데 이 총알마저 사용하고 나면 난 무엇에 의지해야 하지? 그래, 죽음을 기다리는 수밖에 없어. 저기 큰 매 한 마리가 보이는군. 나를 뚫어져라 쳐다보고 있네. 저 녀석도 내가 죽기를 기다리는 건가? 참으로 암담하군. 죽기 전에 마지막으로 할 수 있는 일이 죽음을 기다리는 일이라니……'

톰은 총을 자기의 머리에 겨누고 방아쇠를 당겼다.

그러나 잠시 후 제임스가 시원한 물이 가득 담긴 물통을 들고 나타났다. 하지만 제임스를 기다리고 있던 것은 싸늘하게 식어 버린 친구의 시체뿐이었다.

캘리포니아 대학 인간행동연구소의 과학자들은 오랜 연구를 통해 경쟁과 승리의 중요성을 증명했다.

'게임, 오락, 운동 등의 경쟁에서 승리를 얻으면 인간의 자존감과 건강은 직접적이고 강력한 영향을 받는다.', '승자는 현실 생활 뿐만 아니라, 미래에도 많은 영향을 끼친다. 승리는 사람의 자신감을 높여 주고 스스로 강한 의지를 가질 수 있도록 독려한다. 승리 자체가 일종의 보상인 셈이다.'

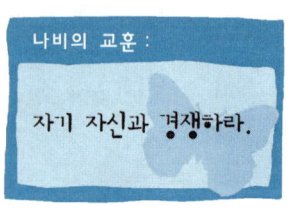

나비의 교훈 :
자기 자신과 경쟁하라.

또한 그들은 아동기의 경쟁이 인간에게 주는 영향에 집중했다.

'아동기의 또래집단과의 경쟁을 준비하는 과정은 성인기의 사회집단과의 경쟁을 준비하는 과정인 셈이다.'

이러한 준비 자세는 개인의 영역을 넓히고, 한계를 극복하며, 더 큰 성취에 대한 흥미를 갖게 한다. 그리고 그들은 이러한 관점을 제시했다.

'모든 사람은 승리에 대한 욕구를 가지고 있다. 이 때문에 자신의 재능을 개발하고 마음껏 발휘하고자 욕망이 강한 것이다.'

산 정상에 서 본 사람만이 하늘과 땅의 차이가 얼마나 큰지 알고 있다.

사람들은 어떻게 해야 할지 몰라 당황스러울 때 자신의 가치와 목표를 쉽게 잊는다. 또한 동료나 이웃을 질투할 때도 자신의 가치에 소홀해진다. 그리고 다른 사람은 높이 평가하면서 정작 자신의 장점은 과소평가한다. 물론 사람이라면 때로는 열등의식에 휩싸인다. 그러나 이러한 열등의식은 자신의 능력과 재능을 보잘것없는 것으로 간주해 버리기 때문에 반드시 지양해야 한다. 자신을 긍정적으로 평가할 때야 비로소 자신에 대한 강한 자부심이 생긴다. 긍정적인 평가는 자신감과 안전감을 주기 때문에 타인들의 관심을 모으는 결과를 얻게 한다.

경쟁의식을 가지고 자신의 재능을 힘껏 발휘하라. 그리고 부족한 부분을 채워 가면서 따뜻한 마음으로 주위를 둘러볼 줄 아는 여유를 가져라.

성공한 사람은 경쟁에 대한 남다른 포부를 가지고 있다. 그리고 무엇보다 중요한 것은 자기 자신과의 싸움이다. 특히 성공한 사람은 자신을 돋보이게 하려고 결코 다른 사람을 적대시하거나 멸시하지 않는다.

멀리 내다볼 수 있는 안목을 가질 수 있도록 꾸준히 자신을 독려하라. 수단과 방법을 가리지 않고 성공을 얻으려고 하지 마라. 다른 사람을 이용하지 마라. 다른 사람의 업적을 빼앗지 마라. 우리는 자존감을 지닌 하나의 인격체이다.

성공에 눈이 멀어 자신의 가치를 떨어뜨리거나 자존감에 상처 내는 일을 해서는 안 된다.

모든 길은 로마로 통한다.

뚜렷한 목표를 정하고 부단히 노력한다면 언젠가는 그 목표를 달성할 수 있다. 기회는 누구에게나 평등하게 주어진다. 기회가 없어서 어쩔 수 없다는 말은 약자들의 변명에 지나지 않는다. 성공한 사람은 무슨 일이 닥쳐도 하늘이나 남을 원망하지 않는다. 그들은 자신의 운명을 결정하는 것은 다름 아닌 자기 자신이라는 진리를 잘 알고 있기 때문이다.

일반적으로 용기 있고 대범한 사람이 큰 업적을 세운다. 운이 좋은 행운아가 업적을 쌓는 것이 아니다. 기회가 없는, 이른바 운이 안 좋은 사람이 시련을 겪고 큰 업적을 쌓는다.

낡은 약물통과 철 냄비만을 가지고 있던 영국의 화학자 패러데이, 사소한 계기로 재봉틀을 발명한 하우, 간단한 기계를 가지고 실험에 임해 전화기를 발명한 벨.

이들은 모두 인류 문명에 큰 공헌을 했다. 하지만 그렇다고 해서 그들이 남보다 뛰어나고 특별한 사람은 아니다. 그들도 모두 우리와 같은 평범한 사람들이다. 그들 모두 보통 사람이 지닌 지혜를 가졌고 남들과 같은 정규 교과 과정을 거쳤다. 그들이 보통 사람들과 다른 점이라면 뛰어난 끈기를 가지고 노력했다는 사실이다.

소위 실패자라는 사람들을 대상으로 한 설문조사 결과를 보면 그들이 왜 실패할 수밖에 없었는지 알 수 있다. 그들은 대부분 실패의 이유를 묻는 질문에 이렇게 응답했다.

'다른 사람들은 다 가진 기회가 유독 나한테는 없었다. 도와주는 사람이 없었다. 나의 재능을 알아보는 사람이 없었다. 좋은 자리는 이미 다 차서 내가 비집고 들어갈 틈이 없었다. 누군가 나를 밀어내고 내

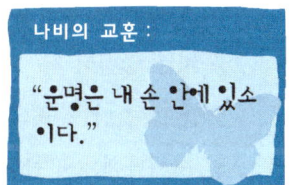

나비의 교훈 :

"운명은 내 손 안에 있소이다."

자리를 차지했다.'

그러나 사실 스스로에 대한 자신감을 가진 사람은 굳이 이런 변명을 늘어놓지 않는다. 또한 누구를 원망하거나 탓하지도 않는다. 그들은 다른 사람의 도움을 기다리기보다는 자기 자신의 능력을 믿고 앞을 향해 한 걸음씩 전진하기 때문이다.

전쟁에서 승리한 알렉산드라 대왕이 귀환하는데 누군가 이렇게 물었다.

"만약 기회가 생긴다면 다음에도 성곽을 공격하실 겁니까?"

그러자 알렉산드라 대왕은 호통을 치며 이렇게 말했다.

"기회가 생긴다면? 나는 절대 기회를 기다리지 않는다. 기회는 스스로 만드는 것이기 때문이지!"

세상이 가장 필요로 하지만 흔치 않은 인재는 바로 기회를 스스로 만들고 그 기회를 놓치지 않는 사람이다. 앞으로 우리에게 얼마나 많은 내일이 있을지는 아무도 모른다. 그렇기 때문에 내일을 마냥 기다리는 것만큼 어리석은 짓은 없다.

지금 당신이 서 있는 위치에 있는 사람은 수도 없이 많다. 백만 명이 넘는 구직자들이 실업에 대해서 논할 때도 각종 구인 사이트에는 구인광고가 넘쳐 난다. 기업과 단체에서 더 좋은 학벌과 더 뛰어난 능력을 가진 인재를 원하는 것은 당연한 일이다. 최고의 대우를 자랑하는 높은 지위는 성공을 거머쥔 새로운 주인을 기다리고 있다.

우리의 잘못은 안목만 지나치게 높고 욕망은 끝이 없다는 데에 있다. 우리는 종종 멀리 있는 장미를 보기 위해서 발밑에 자라는 국화를 짓밟는다. '천릿길도 한 걸음부터'라는 옛말처럼 큰 업적은 작은 일에서 비롯된다는 사실을 잊어서는 안 된다.

사람들은 이미 좋은 기회를 얻었음에도 불구하고, 더 많은 재물과 더 높은 지위를 얻을 수 있는 다른 기회를 노리고 있다. 눈앞에 있는 기회를 홀대하는 이유는 그들의 마음속에 허황된 환상이 가득하기 때문이다. 자신에게 온 기회를 잡고 목표를 향해서 노력하면 성공은 결코 불가능한 일이 아니다.

당신은 반드시 당신이 가야 할 길에 있어야 한다는 사실을 기억하라.

당신이 가야 하는 길을 다른 사람이 가도 안 되고, 다른 사람이 가야 하는 길을 당신이 걸어가도 안 된다. 그것은 곧 실패를 의미하기 때문이다.

당신의 성공 가능성은 바로 당신에게 달려 있다. 미래에 하늘을 덮을 만한 큰 재목이 돼라. 현재의 당신은 아직 성장하지 않은 작은 싹이다. 지금은 단지 잡초더미에 가려져 있을 뿐이다. 성공의 관건은 자기 자신을 얼마나 갈고 닦고 발전시키느냐이다.

용기와 신념이 있는 사람이 목표를 정하고 앞으로 나아간다면 그 어떤 방해물도 그를 가로막지 못한다. 이런 사람이 성공한 사례는 부지기수이다. 지난 과거와 미래가 지금의 우리에게 경종을 울리고 있다. 현재의 생각과 태도를 현실성 있게 바꿔라. 지금은 당신이 어떤 생각과 태도를 가지고 있느냐는 중요하지 않다. 우선 비현실적이고 불가능한 일을 현실에 맞게 수정하는 일을 하는 편이 옳다. 그리고 그 일을 긍정적인 방향으로 변화시켜야 한다. 이렇게 자기 자신을 바꿔야 하는 이유는 간단하다. 내 운명의 주인은 바로 나이기 때문이다.

제10장

디드로의 잠옷 이야기

생활은 모종의 관계들이 서로 연관을 맺고 있다. 그래서 아무리 작고 사소한 계기라도 그밖에 다른 일에는 감히 상상하지 못할 막대한 영향을 끼칠 수 있다. 작고 사소한 변화는 전체적인 환경까지 좌우한다. 그러므로 전체를 파악할 줄 아는 넓은 시야를 갖는 것은 무척 중요하다. 넓고 이성적인 시야로 주변에 있는 모든 사물에 주의를 기울이도록 하라.

19세기 프랑스의 유명한 철학자 디드로는 '잠옷을 잃은 후의 번뇌'라는 제목의 글을 기고한 적이 있었다. 그것은 자신의 평범한 일상을 흥미진진하게 서술한 무척 재미있는 이야기였다.

어느 날 나는 절친한 친구로부터 고급 잠옷을 선물 받게 되었다. 감촉도 부드럽고 바느질도 꼼꼼한데다가 앞면에는 멋진 자수까지 놓여 있어 한눈에 봐도 값비싼 잠옷임을 알아챌 수 있었다. 나는 그 잠옷을 받고 좋아서 어쩔 줄 몰랐다. 그리고 집에 있을 때는 잠옷만 입고 있을 정도로 잠옷에 흠뻑 빠져 버리고 말았다.

그러던 어느 날 나는 나의 고급스러운 잠옷과 집안의 낡은 가구들이 어울리지 않는다는 생각이 들었다.

'이런, 가구들이 정말 형편없군! 오래된 가구 때문에 잠옷의 값어치가 떨어지는 것 같아. 내 고급 잠옷을 뒷받침해 줄 만한 멋진 가구가 필요해!'

그래서 나는 가구들을 하나씩 바꾸기 시작했다. 그리고 얼마 후 집안은 온통 값비싼 고급 가구들로 가득했다.

그날도 나는 여느 때와 다름없이 잠옷을 입고 있었다. 그런데 서재에 들어가 그곳에 즐비한 고급 가구들을 본 순간 나는 심기가 불편해 눈살을 잔뜩 찌푸리고 말았다.

'아니, 한낱 잠옷 때문에 내가 이런 어리석은 짓을 했다는 것인가?'

민첩한 눈썰미는 주의 깊은 관찰력에서 비롯된다

1984년 어느 날, 모스크바 주재 미국 「워싱턴포스트」의 수석 기자 두도르는 소련의 지도자 유리 안드로포프가 타계했다는 소식을 전했다. 그러나 당시 소련의 정세는 지극히 정상적인데다가 별다른 이상변화(異常變化)도 포착되지 않았기 때문에 미국의 중앙정보국과 소련 주재 미국대사관, 그리고 국무성은 「워싱턴포스트」의 기사를 보고 기사의 사실 여부에 의문을 가졌다. 또한 이렇게 중요한 기사가 사람들이 잘 보지 않는 28면에 실렸다는 점도 의문을 부추기는 중요한 요인이었다.

그런데 다음 날 오전 소련 중앙정부는 두도르의 기사가 사실임을 공식적으로 표명했다. 그 후 소련을 비롯한 세계 각국의 정부 조직에는 두도르가 소련 중앙정부의 어느 고위층과 비밀스러운 관계를 맺었다는 소문까지 나돌았다. 그러나 이러한 소문은 두도르가 기사를 보도하기까지 자신이 분석했던 수많은 정황을 발표하고 난 후 잠잠해졌다. 오히려 사람들은 그의 취재 방식과 추리 능력에 갈채를 보냈다. 그가 분석한 사건의 정황은 다음과 같았다.

① 173일 동안 안드로포프가 공식석상에 모습을 드러내지 않음. 최근 그의 건강악화 소식이 자주 전해짐.

② 주로 스웨덴의 유행가를 소개하던 텔레비전 프로그램이 보도 당일에는 애도하는 듯한 엄숙한 음악들만 방송함.

③ 보도 당일, 소련의 고위관리인 리지아쵸프는 전 국민대성명 발표에서 안드로포프에게 안부를 묻는 기존 관례를 생략함.

④ 소련 총참모국과 국방부를 지나던 중, 평소에는 단 몇 개만 켜져 있던 사무실 등이 그날따라 대부분 켜져 있음을 발견함.

두도르는 이러한 정황들을 분석하고 연관지어 안드로포프가 타계했다는 결론을 내렸던 것이다.

민첩한 눈썰미는 성공한 사람들의 기본 소양이다

어느 아라비아인이 넓고 황량한 사막에서 자신의 반쪽을 찾아 헤매고 있었다. 날이 저물 무렵 그는 한 목동을 만나게 되었다.

"당신의 반쪽을 직접 보진 못했지만 그가 어떤 사람인지 알 수 있을 것 같아요. 그 사람은 뚱보에 절음발이예요. 손에는 나무지팡이를 짚고 다른 한손으로는 한쪽 눈이 보이지 않는 낙타를 잡고 있어요. 아, 그리고 그 낙타는 등에 대추야자를 싣고 있어요."

목동의 말을 들은 아라비아인은 기뻐하며 이렇게 물었다.

"그렇게 정확하게 알고 있는 걸 보니 당신은 저의 반쪽을 봤던 게 분명해요! 그 사람 지금 어디에 있죠?"

아라비아인이 다그치며 묻자 목동은 이렇게 대답했다.

"그 사람은 이 나무 그늘 아래에서 세 시간가량을 쉬다 갔어요. 그렇지만 전 그 사람을 보지 못했어요."

도대체 영문을 알 수 없는 대답에 아라비아인은 화가 났다. 그러자 목동은 이렇게 설명했다.

"여기 있는 발자국을 보세요. 이 발자국은 당신과 내 발자국보다 더 깊고 선명하게 남아 있지요. 이건 그 사람이 몸무게가 많이 나가는 뚱보라는 사실을 말해 줘요. 그리고 그 발자국은 선명하고 큰 반면에 다른 발자국은 거의 보이지도 않고 매우 작아요. 이건 그 사람이 절음발이고 지팡이를 가지고 있다는 사실을 말해 주지요. 이번엔 저쪽을 한번 보세요. 왼쪽 풀들은 다 뜯겨지고 없는데 오른쪽의 풀들은 멀쩡하잖아요. 저건 낙타가 오른쪽 눈이 멀었다는 사실을 의미해요. 그리고 저곳에 개미들이 몰려 있는 이유는 낙타 등에 대추야자가 가득 실려 있었기 때문이에요."

"그럼 그 사람이 나무 밑에서 쉬었다 간 것은 어떻게 알지요?"

아라비아인이 눈을 동그랗게 뜨고 묻자 목동은 웃으며 이렇게 대답했다.

"자, 나무 아래에 있는 흔적들을 보면 알 수 있어요. 그의 발자국이 이쪽에서 저쪽으로 이동한 흔적이 보이죠? 제 경험상으로 미루어 볼 때 나무 그림자가 이만큼 움직이는데 걸리는 시간은 세 시간 정도예요."

"정말 대단해요! 어떻게 그런 걸 다 알죠? 정말 훌륭해요!"
아라비아인의 칭찬은 좀처럼 그칠 줄 몰랐다.

로댕은 프랑스의 유명한 조각가이다. '생각하는 사람', '발자크 상', '입맞춤' 등의 작품들은 이미 수많은 사람들의 찬사와 갈채를 받아 왔다. 그의 작품들은 현존하는 그 어떤 예술 작품과도 비교할 수 없는 아름다운 광채를 뿜낸다. 하지만 사람들은 로댕의 훌륭한 작품들이 그의 유별난 그림자 관찰과 밀접한 관련이 있다는 사실을 모른다.

로댕은 자신의 기술을 발전시키기 위해서 고딕양식을 갖춘 교회를 찾아다니며 태양이 비춰지는 각도에 따라 조각상의 그림자가 어떻게 변하는지를 관찰했다. 그리고 시간에 따라 변화무쌍하게 변하는 그림자에서 생동감을 얻어냈다. 로댕은 그림자의 움직임을 관찰하다가 사람들이 무관심하게 지나치는 그림자의 독특한 특징을 발견했다. 그리하여 그의 예술적 영감은 극에 달했고, 마침내 내면에 잠재되어 있던 창작에 대한 열정이 외부로 표출되기 시작했다. 드디어 그는 자신의 새로운 영역을 열게 된 것이다.

대개 사람들은 자기 눈에 보이는 것과 다른 사람 눈에 보이는 것이 별반 다를 것 없다고 생각한다. 이것은 바로 우리를 평범하게 만드는 중요한 원인이다.

> 나비의 교훈 :
> 주의를 기울여 관찰하라.

다른 사람들이 볼 수 없는 것을 보고, 다른 사람들이 생각해 내지 못한 것을 생각해 내라.

그래야 새로운 것을 창조할 수 있는 힘찬 동력을 얻어 다른 사람은 감히 엄두도 내지 못하는 최고의 성공을 거머쥘 수 있다.

어느 기자가 두 명의 노동자를 취재했다. 기자가 첫 번째 노동자에게 물었다.

"무슨 일을 하십니까?"

그러자 첫 번째 노동자는 볼멘 목소리로 대답했다.

"저는 저임금을 받고 일하는 벽돌공이에요. 평생 벽돌 자르는 일이나 하면서 인생을 흘려보내고 말았죠."

기자는 두 번째 노동자에게도 똑같은 질문을 했다. 그런데 두 번째 노동자의 대답은 첫 번째 노동자의 대답과 판이하게 달랐다.

"저는 세상에서 가장 행복한 사람이에요. 저는 아름다운 건

축물의 중요한 부분을 책임지고 있
거든요. 보잘것없는 벽돌을 정교하
게 다듬어 아름다운 걸작을 만드는
데에 일조하고 있죠."

두 노동자가 한 말은 모두 맞다.

사실 사람은 스스로 보고 싶은 것만 골라 보는 경향이 있다.
우리가 살아가면서 보게 되는 것들은 다만 우리가 보고 싶어
하는 것일 뿐, 솔직히 추한 것을 찾고자 한다면 얼마든지 찾아
낼 수 있다. 그릇된 잘못이나 실수도 마찬가지이다. 찾아내려
고만 한다면 직업과 학업, 그리고 모든 일상에서 얼마든지 찾
아낼 수 있다. 그렇지만 평범한 일상에서 비범한 것을 찾는 일
은 그리 쉽지 않다. 비범한 것을 찾기 위해서는 우선 자기 훈
련을 해야 한다. 앞에서 이야기한 두 번째 벽돌공의 경우는 작
고 사소한 벽돌에서 아름다운 건축물을 보았다. 이것은 곧 우
주의 아름다움, 대자연의 신비, 그리고 인생의 경이로움 등 세
상에 존재하는 비범한 것들을 우리 스스로 바라볼 수 있느냐
에 관한 문제이다. 즉 이 모든 것은 단지 우리가 주의하고 주
의하지 않느냐에 달려 있을 뿐이다.

세상에는 감사하고 감격하며 스스로 놀라움을 금치 못할 수
많은 일들이 존재한다. 인생은 진귀하면서도 참으로 독특한

면을 지니고 있다. 그래서 작지만 평범한 일도 얼마든지 완전히 다른 의미로 새롭게 태어날 수 있게 한다.

　금요일 저녁 아마는 애리조나 주에서 고향으로 돌아가는 길이었다. 그날 저녁은 유난히 춥고 달빛도 을씨년스러운 빛을 내뿜고 있었다.

　'아, 얼른 집에 도착했으면 좋겠다!'

　아마는 따뜻한 집에서 쉬고 싶은 생각이 절실했다. 그녀는 마침내 집으로 통하는 작은 골목에 이르렀다. 그런데 그 순간 이웃에 사는 제니 대학의 교수인 바니가 아마를 향해 달려왔다. 그는 급히 아마를 데리고 집으로 들어가 청천벽력과 같은 소식을 알려 주었다.

　"아마, 내 말을 잘 들으렴. 너희 어머니께서 교통사고를 당하셨어. 지금 근처 병원에서 치료를 받고 계신데 매우 위급한 상황이란다."

　아마는 즉시 병원으로 달려갔다. 그녀가 병실 문을 열려고 할 때 그녀의 할머니가 아마의 손을 잡고 제지하면서 이렇게 말했다.

　"아마, 심정은 알겠다만 어떤 일이 있어도 엄마 앞에서 우는 모습을 보여서는 안 된다. 알았니?"

아마는 고개를 끄덕였다. 그때 병실 안에 있던 간호사가 문을 열어 주었다. 아마는 병실에 들어서자마자 여러 대의 기계들을 보았다. 하지만 이내 병실 안의 강렬한 약물 냄새가 아마의 코끝을 자극했다. 그녀는 심한 구토를 느끼며 애써 입을 막았다. 아마는 서서히 엄마의 곁으로 다가갔다. 엄마의 작은 몸은 아마를 등지고 있었고 붕대로 감긴 두 다리 사이에는 베개가 놓여 있었다. 엄마는 몸을 돌리는 일에도 큰 고통을 호소했다. 그래서 혼자서는 돌아눕지도 못했다.

"엄마!"

아마는 복받쳐 오르는 감정을 진정시키며 가까스로 엄마를 불렀다. 아마는 울지 않으려고 안간힘을 쓰며 두 손을 꼭 쥐었다.

엄마의 얼굴은 마치 축구공에 맞은 듯이 퉁퉁 부어 있었다. 눈의 붓기는 말할 것도 없었고 목과 팔에는 호스관이 꽂혀 있었다.

아마는 조심스럽게 엄마의 손을 잡았다. 그녀는 퉁퉁 붓고 얼음처럼 차가운 엄마의 손을 잡고 냉정을 되찾으려고 노력했다. 아마의 엄마는 아마를 쳐다보고 눈을 깜빡이며 손으로 침대를 '탁탁' 쳤다. 그것은 마치 자신이 얼마나 아픈지를 알려주려는 것 같았다. 결국 아마는 눈물을 흘리고 말았다.

그러나 그녀는 엄마에게 우는 모습을 보이기 싫어 곧바로 고개를 돌렸다. 하지만 아마는 더 이상 감정을 억누를 수 없음을 느끼고 병실을 나와 잠시 바람을 쏘였다. 그녀는 엄마가 자신을 떠날지도 모른다는 큰 충격에 휩싸였다.

그날 이후 아마는 하루 종일 엄마 곁에서 간호를 했다. 엄마는 의사가 호흡기를 떼어 줄 때만 간신히 몇 마디 할 수가 있었다. 그러나 잘 알아들을 수 없을 정도의 작은 목소리라 아마는 크게 말하라고 엄마를 다그치고 싶었지만 그렇게 하면 안 된다는 것을 너무나 잘 알고 있었다. 그렇게 하루를 보내고 집에 돌아온 아마는 밤새 울다가 잠이 들었다.

아마의 인생은 180도 변했다. 엄마가 사고를 당하기 전만 해도 그녀는 다른 친구들과 다를 바 없었다. 그만한 나이가 되면 다 겪는 사춘기도 또래 친구들처럼 평범하게 보내면 그만이었다. 그러나 지금 아마는 특별한 사춘기를 보내게 되었다. 엄마를 지켜보는 그녀에게 '위기'라는 단어는 완전히 다른 의미로 재해석되고 있었다. 처음에 살기 위해 노력하던 엄마는 그 다음에는 일어서기 위해, 그 다음에는 걷기 위해 노력했다. 그에 따라 아마의 역할도 바뀌었다. 엄마는 아마의 도움이 절실했기 때문에 아마는 엄마의 중요한 버팀목이 되었다. 예전에 아마는 학교 성적이나 교우 관계와 같은 문제가 자기 인생의 중요한 시련이라고 생각했다. 하지만 지금은 그렇지 않다. 아마는 엄마와 함께 죽음과 맞서 싸우고 있기 때문이다. 그들에게 '생명'은 전혀 새로운 의미로 다가왔다.

아마가 지극정성으로 간호한 덕에 엄마의 병은 빠르게 호전되었다. 그리고 일주일 후에는 호흡기를 떼고 다녀도 될 만큼 엄마는 많이 나아졌다. 하지만 엄마의 다리는 사고 당시 모두 부러졌기 때문에 퇴원 후 제대로 걸을 수 있을지는 미지수였다. 그렇지만 엄마가 살 수만 있다면 그런 문제쯤은 아마에게 아무것도 아니었다. 그 후 2주 동안 아마는 시간이 나는 대로 병원으로 달려와 엄마를 간호했다. 그리고 얼마 후 엄마는 집으로 돌아오게 되었다. 퇴원해도 된다는 의사의 말에 아마는 안도의 숨을 크게 내쉬었다.

가족들은 모두 엄마가 다시 집으로 돌아온 것은 정말 큰 행운이라고 생각했다. 그러나 아마의 간호는 여전히 계속 되었다. 정기적으로 간호사들이 검진을 오긴 했지만 그밖에 대부분의 시간은 아마가 엄마를 돌봐야 했다. 엄마에게 음식을 먹이고 목욕을 시키는 일은 모두 아마의 몫이었다. 물론 엄마가 화장실에 가고 싶어 할 때 엄마를 부축해 화장실 안까지 함께 들어가는 것도 너무나 당연한 일이었다. 아마는 엄마에게 '엄마 역할'을 해주었다. 아마도 그런 자신에게 많이 놀랐다. 사실 엄마를 돌보는 일은 쉽지 않았다. 그렇지만 아마는 엄마가 자신의 도움을 필요로 할 때 엄마의 곁에 있어야 마음이 편했다. 아마가 엄마를 돌볼 때 가장 어려운 일은 엄마 앞에서는 항상 즐거운 표정을 지어야 한다는 것이다. 엄마는 부상당한 부위의 고통도 여전히 심하고 무슨 일이든 다른 사람의 도움을 받아야 했기 때문에 많이 날카로웠다. 그래서 엄마는 다소 신경질적이거나 우울한 모습을 자주 보였다. 아마는 그런 엄마의 기분을 풀어 주기 위해 항상 미소를 지어야 했다. 사실 마음속으로는 눈물을 삼키고 있으면서 말이다.

아마가 엄마를 간호하고 엄마는 아마에게 의존하게 된 후 두 사람의 관계에는 변화가 생겼다. 예전 두 모녀의 관계는 굉장히 냉랭했다. 그러나 엄마가 사고를 당한 후부터 두 모녀는 서로가 서로를 의지하고 격려하는 관계가 되었다. 아마는 엄마를 저승사자의 손아귀에서 구해 내기 위해 스스로 삶에 대한 강한 의지와 용기를 가질 수 있도록 많은 격려를 했다. 그리고 엄마가 자신을 더 이상 어린아이로 생각하지 않도록 했다. 그렇게 두 모녀는 세상에서 가장 절친한 친구사이로 발전했다. 서로 속마음에 있는 이야기도 나누며 둘이서 함께 보내는 시간을 매우 좋아하게 되었다.

교통사고가 일어났던 악몽의 날로부터 2년이라는 긴 시간이

흘렀다. 아마의 엄마는 아직도 완치
하지 못했지만 아마는 그동안 슬프고
어려운 일을 겪어 내면서 아주 많이
성장했다. 엄마를 위해 '엄마 역할'을
하면서 자식을 걱정하는 부모의 마음
이 어떤 것인지 알게 되었다. 그리고 무엇보다 세상에서 가장
아름다운 사랑, 즉 자식에 대한 부모의 무조건적이고 헌신적인
사랑을 배웠다.

콜롬비아 병원에 입원했던 6주는 눈이 먼 제니에게 인생에
서 가장 힘든 시간이었다.

병원에 입원한 제니는 온갖 두렵고 무서운 생각 때문에 하루
라도 빨리 집에 돌아가 사랑하는 남편과 아이들을 만나고 싶었
다. 어둠 속에 갇힌 제니는 과연 자기가 사랑하는 남편과 아이
들을 다시 만날 수 있을지 의심을 하면서 자신의 처지가 처량
하고 가엾다며 신세한탄만 했다.

"제니, 병실에 새로운 환자가 들어올 거예요. 이제 친구가
생길 테니 참 좋겠어요!"

그러나 사실 제니는 조금도 기쁘지 않았다. 자신의 모습을
다른 사람에게 보여 줘야 한다는 사실이 너무 불쾌했다. 하지

만 제니의 감정과는 상관없이 며칠 후 병실에는 다른 환자가 들어왔다. 그녀의 이름은 조니였다.

항상 신세한탄을 늘어놓았던 제니였지만 왠지 조니만큼은 미워할 수 없었다. 조니는 항상 생기가 넘쳤고 단 한 번도 자신의 병을 원망하지 않았다. 조니는 즐거운 마음을 가지고 모든 일에 적극적으로 행동했다. 그리고 조니는 제니가 겪는 공포감과 우울함도 잘 이해했다. 그래서 제니에게 곧잘 위로를 해주었다.

"제니, 힘내! 사실 사람은 거울 안의 자기 자신이 얼마나 아름답고 행복한지 잘 모르거든."

병상에서 몇 주를 보내다 보니 제니의 머리는 엉망으로 엉클어졌다. 그리고 류머티즘을 치료하기 위해 복용한 호르몬 때문에 그녀의 몸무게가 몇 킬로그램이나 불었는지 가늠할 수도 없었다. 조니는 그런 제니에게 항상 재미있는 이야기를 들려주며 그녀가 웃음을 잃지 않도록 도와주었다.

제니의 남편은 가끔 다섯 아이들을 모두 데리고 병문안을 오기도 했다. 엄마가 챙겨 주지 못한 여섯 살도 안 된 다섯 꼬마의 모습이 어떨지 상상해 보라. 이전에 제니는 다섯 쌍의 신발과 다섯 쌍의 양말을 다 찾아내느라 많은 시간을 쏟아 부어야 했다. 그래서 제니는 아이들의 옷을 쉽게 구분하는 요령

을 갖게 되었다. 항상 상·하의에 같은 모양이 있는 옷을 사주
었다. 예를 들면 상의에 곰돌이 모양이 있는 옷은 반드시 하의
도 곰돌이 모양이 있어야 했다. 그렇지만 밖에서 일만 하던 남
편이 제니의 이러한 요령을 알 리 없었다. 그래서 병문안을 온
아이들의 옷은 항상 상·하의가 어울리지 않고 이상했다.

제니의 가족들이 돌아가면 조니는 항상 몇 시간을 들여 아
이들이 무슨 옷을 입고 있었는지 제니에게 하나하나 자세하게
묘사해 주었다. 그리고 아이들이 놓고 간 편지를 제니에게 읽
어 주었다.

"엄마, 사랑해요."

"사랑하는 엄마, 빨리 건강하세요."

편지에는 삐뚤삐뚤하지만 정성껏 쓴 글자들이 적혀 있었다.

제니의 친구들이 꽃을 가져오면 조니는 제니에게 꽃의 생김
새도 자세하게 설명해 주었다.

"제니, 넌 정말 행운아야. 나처럼 편지도 읽어 주는 친구도
있고, 너를 걱정해 주는 사람들도 많잖아!"

조니는 자주 이렇게 제니를 추켜세웠다. 한번은 제니에게
밥을 먹여 주며 이렇게 말한 적도 있었다.

"제니, 이 병원에서 주는 음식이 어떻게 생겼는지 보지 못하
는 것도 정말 대단한 행운이야."

능청스러운 조니의 말에 제니는 웃음을 참지 못했다.

그러던 어느 늦은 밤 불쑥 제니의 남편이 병원에 왔다. 조니는 아무래도 둘만의 시간이 필요한 것 같다는 생각에 조용히 자는 척했다. 당시 제니는 조니가 병실에 있었는지 없었는지도 몰랐을 정도로 조니는 숨죽이고 있었다. 아니나 다를까 그 늦은 밤 제니의 남편이 병원에 온 이유는 제니에게 슬픈 소식을 전하기 위해서였다.

"여보."

늦은 밤 자신을 찾아온 남편이 무슨 이유 때문인지 좀처럼 말문을 열지 못하자 놀란 제니가 물었다.

"당신이 이 시간에 웬일이에요? 무슨 안 좋은 일이라도 있어요?"

"당신에게 해줄 말이 있어서……"

순간 제니는 불길한 생각이 들었다. 제니의 남편은 조심스럽게 입을 열었다.

"낮에 당신 주치의에게 연락을 받았어. 어쩌면 다시는 앞을 볼 수 없을지도 모른다더군. 제니, 당신에게 어떤 일이 일어나더라도 당신에 대한 내 사랑은 변함이 없어. 약속할게. 난 절대 당신을 떠나지 않을 거야. 항상 당신 곁에서 당신의 눈이 되어 줄게."

그리고 제니의 남편은 아무 말 없이 제니를 꼭 안아 주었다. 그리고 그는 제니가 캄캄한 어둠 속에서 작은 빛이나마 볼 수 있기를 바라는 간절한 마음으로 그녀가 자신의 품에 안겨 마음껏 울 수 있도록 한참동안 그렇게 있었다.

남편이 돌아간 뒤 제니는 조니가 아직 깨어 있다는 것을 느꼈다.

"조니, 아직 안 자?"

그러자 조니는 울먹이는 목소리로 이렇게 말했다.

"제니, 넌 정말 행운아야! 아직도 모르겠니? 네가 사랑하고, 너를 사랑해 주는 사람들이 주위에 아주 많잖아. 게다가 너만 사랑해 주는 남편과 예쁜 아이들까지…… 넌 정말 많은 것을 가졌구나!"

제니는 그제야 비로소 조니와 같이 입원해 있는 몇 주 동안 조니에게는 아무도 병문안을 오지 않았다는 사실을 깨닫게 되었다. 간혹 조니의 어머니와 목사님이 오시긴 했지만 그것도 아주 잠시 있다가 이내 돌아가는 정도였다. 항상 제니는 자기 신세한탄만 늘어놓느라 정작 조니에게는 마음속에 있는 말을 할 수 있는 기회를 주지 않았던 것이다. 그리고 제니는 조니의 병이 아주 심각하다는 사실이 불현듯 떠올랐다. 사실 제니는 조니가 어떤 병에 걸려 병원에 입원했는지 잘 몰랐다. 물론 그동안 제니는 몇 번 의사들이 조니에게 병에 대해 설명해 주는 말을 들은 적도 있었다. 하지만 제니는 그 말에 관심을 기울이지 않았기 때문에 정확하게 무슨 병인지 알 수 없었다. 그리고 사실 무슨 병에 걸렸는지 조니에게 물어볼 생각도 하지 못했다.

제니는 자신이 너무 이기적인 사람이라는 생각이 들었다. 조니에게 너무 미안한 제니는 조니가 보지 못하도록 돌아누워 펑펑 울면서 하느님께 용서를 빌었다. 그리고 다음날 아침에 조니에게 하고 싶은 말을 차근차근 되새겼다.

'조니, 넌 어디가 아프니? 그동안 나에게 잘해 줘서 정말 고마워. 네 덕에 내가 얼마나 행복했는지 몰라. 조니, 난 네가 정말 좋아!'

다음 날 아침, 조니에게 다가가기 위해 침대에서 내려온 제니는 전에 없던 커튼이 쳐져 있는 것을 알게 되었다. 그리고 숨죽여 우는 소리도 들을 수 있었다. 긴장한 제니는 사람들의 대화에 귀를 기울었다. 그들의 마지막 말에 제니는 그만 넋을 잃고 말았다.

"삼가 고인의 명복을 빕니다. 편히 쉬소서."

제니는 간밤에 조니가 이 세상을 영원히 떠났다는 사실을 알게 되었다. 제니는 조니에게 자신의 마음을 고백할 수 있는 기회를 영영 잃고만 것이다.

얼마 후 제니는 조니가 임종을 맞이하기 위해 이 병원에 입원했다는 사실을 알게 되었다. 그러고 보니 일찌감치 조니가 자기는 이제 더 이상 집으로 돌아갈 수 없다고 말을 한 적이 있다. 조니는 죽음을 기다리면서도 단 한 번도 누군가를 원망하지 않았다. 그리고 마지막 순간까지도 제니에게 희망을 불어넣어 주었다.

언젠가 조니가 제니에게 이런 말을 한 적이 있었다.

"자기가 얼마나 큰 행운을 가졌는지 깨닫게 되는 순간은 곧 자기 인생의 마지막을 직감하는 순간이기도 해."

제니가 울면서 잠이 들던 날에도 조니는 제니에게 편지 한 통을 썼다. 조니가 세상을 떠난 아침, 간호사가 편지에 적힌 내용을 제니에게 읽어 주었다. 훗날 다행히 눈이 완치된 제니는 그 편지를 읽고 또 읽었다.

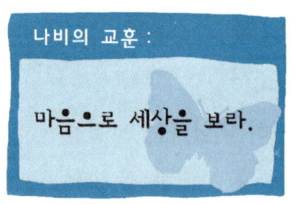

나비의 교훈 :

마음으로 세상을 보라.

사랑하는 내 친구에게.

내 생애 마지막 날까지 내 모든 생활을 특별하게 해줘서 고마워. 난 너와 우정을 나눌 수 있다는 사실에 많은 행복을 느꼈어. 네가 얼마나 많은 사랑과 관심을 받고 있는지 난 너무 잘 알고 있단다. 때로 하느님은 우리에게 시련과 좌절을 내려 주셔. 그래야 우리는 우리의 삶에 관심을 기울일 수 있거든. 내 마지막 생명의 불씨로 네가 다시 눈을 뜰 수 있다면 좋겠어. 꼭 그렇게 해달라고 하느님께 기도할게. 그리고 무엇보다 네 생각을 바꿔 보렴. 만약 마음으로 볼 수 있는 법을 배운다면 네 인생은 더욱 풍요로워질 거야.

사랑해. 나를 꼭 기억해 주렴.

그날 저녁 제니는 침대에 반사된 형광등 빛을 조금이나마 느낄 수 있었다. 의사의 우려와는 달리 제니의 시력은 조금씩 회복되고 있었다. 물론 아주 조금씩이기는 했지만 날이 갈수록 상태가 호전되었다.

무엇보다 기쁜 일은 드디어 제니가 마음으로 볼 수 있게 되었다는 사실이었다. 비록 제니는 실제 조니가 어떻게 생겼는지 몰랐지만 그녀야말로 이 세상에서 가장 아름다운 사람일 것이라고 굳게 믿었다. 그녀는 수많은 고통과 시련 중에도 따스한 사랑, 고마운 배려 등 눈에는 보이지 않는 소중한 것들을 발견할 수 있게 해주었기 때문이다.

제11장

따뜻하게 죽은 청개구리 이야기

삶의 큰 기복은 주의를 끌기 쉽지만 작은 변화는 쉽게 발견되지 않는다. 위기의 상황을 직시하지 않고 안일하게 대처한다면 결국 헤어날 수 없는 큰 낭패를 보게 된다.

청개구리는 반응이 민감한 동물로 알려져 있다. 어느 과학자는 청개구리의 민감도를 알아보기 위해 펄펄 끓는 냄비 안에 청개구리를 넣고 반응을 살폈다. 그 결과, 청개구리는 뜨거운 냄비 안에 들어가기 무섭게 곧바로 냄비 밖으로 뛰쳐나왔다.

그렇다면 청개구리는 언제든지 민감한 반응상태를 유지할 수 있을까? 또 다른 과학자는 냄비에 찬물을 붓고 청개구리를 그 안에 넣었다. 그리고 불을 켜고 청개구리가 들어 있는 냄비를 서서히 가열했다. 잠시 후 뜻밖의 실험 결과가 나왔다.

청개구리는 조금씩 온도가 올라가는 물에 의외로 잘 적응을 했다. 평온한 상태를 그대로 유지하며 냄비 밖으로 빠져 나가야겠다는 생각도 없는 듯 보였다. 유유자적하던 청개구리는 결국 물의 온도가 상승하면서 온몸이 마비되어 냄비 안에서 꼼짝없이 죽음을 맞이하게 되었다.

세계적인 성공 철학자, 로리머는 이러한 말을 했다.

"오늘 당신의 웃음이 내일은 눈물이 될 수 있다."

자신의 재산을 유용하게 쓸 줄 아는 사람은 그리 많지 않다. 그러나 더욱 안타까운 사실은 시간을 잘 활용할 줄 아는 사람은 그보다 훨씬 더 적다는 사실이다.

시간을 잘 활용하는 것은 재산을 적절히 유용하는 것보다 훨씬 중요하다. 나는 부디 당신이 시간을 잘 활용할 줄 아는 사람이 되기를 바란다. 내가 지금 당신에게 이러한 충고를 하는 이유는 당신도 이제 이러한 문제에 대해 한 번쯤은 곰곰이 고민해 봐야 할 때가 되었기 때문이다.

젊었을 때는 마냥 시간이 무궁무진하다고 생각하기 마련이다. 아무리 써도 다 쓰지 못할 만큼 자신에게 주어진 시간이 꽤나 충분한 것처럼 느낀다. 그러나 세상에 공짜는 절대 없는 법. 어느 날 갑자기 시간의 소중함을 깨닫는다면 그때는 이미 한참 늦은 뒤가 될 것이다. 이러한 심리 상태의 변화는 돈 씀 씀이의 성향과 비슷하다. 막대한 재산을 소유하고 있는 사람은 훗날 다가올 위기상황은 조금도 고려하지 않고 내키는 대로 돈을 마구 쓴다. 그러다 돈의 소중함을 깨닫고 막상 아끼려고 할 때는 이미 모든 것이 돌이킬 수 없는 지경에 이르렀을 때이다.

돈이나 재산은 눈에 훤히 보이는 물건이기 때문에 비교적 쉽게 경각심을 일깨운다. 하지만 시간은 눈에 보이지 않는 것이기 때문에 스스로 깨닫지 못한다면 정말 빠르고 무의미하게 흘러가고 만다. 그래서 근본적으로 시간을 낭비하는 것에 대한 경각심조차 느끼지 못한다. 이러한 상황은 실제 우리의 일상생활에서 비일비재하게 발생한다.

윌리엄 3세부터 조지 1세 때까지 재무 장관을 맡았던 라운즈는 생전에 이러한 말을 남겼다.

"1펜스를 업신여기지 마라. 1펜스를 비웃는 자가 곧 1펜스에 운다."

나는 이 말에 무척 동감한다. 그렇다면 이 말을 시간에도 적용할 수 있을까? 인생의 10초, 15초는 아주 짧은 순간이다.

그러나 이렇게 짧은 순간도 하찮게 허비해서는 안 된다. 10초, 15초를 아무렇지 않게 흘려보내는 사람은 하루의 몇 시간도 또 그렇게 허비하기 마련이다. 이러한 습관을 버리지 못하면 그는 결국 인생의 상당 부분을 활용하지 못하고 허비하게 된다. 항상 "1펜스를 비웃는 자가 곧 1펜스에 운다."는 말을 유념해 두도록 하자.

시간에 관해서 당신에게 들려주고 싶은 또 다른 충고가 있다.

'시간적 여유'를 '공백의 시간'으로 만들지 말라.

예를 들어 12시에 약속을 잡은 당신은 그 전에 잠시 이웃에 사는 몇몇 친구들에게 들르기 위해 11시 즈음 집에서 나왔다. 그런데 막상 친구들 집에 도착했을 때 애석하게도 그들은 모두 외출하고 집에 없었다. 아직 약속시간까지는 꽤 긴 시간이 남았다.

이럴 때 당신은 어떻게 할 것인가? 근처 커피숍에 가서 시간을 때울 것인가? 아니면 근처 상점들을 구경할 것인가? 나라면 절대 그렇게 하지 않을 것이다. 나는 곧바로 집으로 돌아가 미뤄 두었던 편지를 쓰고 약속장소로 가는 길에 그 편지를 붙일 것이다. 만약 편지를 다 쓰고도 시간이 남았다면 책을 보자. 그러나 얼마 되지도 않는 짧은 시간에 데카르트, 로크, 또는 뉴턴 등의 난해한 책을 읽는 것은 적합하지 않다. 이때는 짧고 흥미로우면서도 어느 정도 유용한 지식이 담겨 있는 책을 선택하는 것이 좋다. 이처럼 짬나는 시간을 유용하게 사용하는 것은 시간을 절약하는 지혜로운 방법이자 무료함을 달래는 효과적인 방법이다.

사람들은 자기도 모르게 시간을 헛되게 보낸다. 그들은 긴 의자에 몸을 기대고 누워 "대체 무슨 일을 하면 좋을까? 아, 내겐 정말 시간이 없어, 뭘 해도 늘 시간이 부족하다고……." 라는 게으른 푸념만 늘어놓는다. 사실 그들은 꽤 많은 시간을 가지고 있으면서도 정작 무엇을 해야 할지 몰라 갈팡질팡한다. 그러다 아무것도 시작하지 못하고 많은 시간을 무의미하게 흘려보내고 마는 것이다. 이런 사람들은 학업이든 일이든 어느 분야에서도 큰 업적을 세우지 못한다.

당신과 같이 한참 활동해야 할 시기에는 한가롭고 유유자적한 생활을 허용해서는 안 된다. 지금은 사회에 나가 맡은 바 임무를 성실하게 완성해야 할 시기이다. 그리고 훗날 노년의 당신이 지나온 인생을 돌아볼 때 어떠한 의미를 가질 수 있을지 진지하게 생각해 보라. 지금 처한 환경과 미래의 계획이 일치를 한다면 1분, 1초라도 헛되이 보내지 말아야겠다는 것을 스스로 다짐하고 다시 한 번 되새겨야 한다.

내 친구 중에는 시간을 잘 활용하는 친구 하나가 있다. 아무리 짧은 시간이라도 아무것도 하지 않으면서 보내지 않는다. 간단한 예를 들면 그 친구는 화장실에 갈 때의 시간조차도 그냥 흘러보내지 않는다. 이 짧은 시간에 로마 고대 시인의 작품을 읽는다. 지금은 이미 모든 작품을 다 읽었다. 친구의 독서 방법은 몹시 독특했다. 시집을 사온 뒤에 화장실을 갈 때마다 한두 장씩을 찢어서 들고 들어가 읽는다. 한두 장을 다 읽고는 그냥 버려 버리는 것이다.

시간을 절약하는 좋은 방법이라고 생각하지 않는가? 해보고 싶은 생각이 들지 않는가? 가만히 앉아서 무엇을 할지 고민을 하는 것보다 남이 하는 효과적인 방법을 활용해 보는 편이 낫다. 이렇게 하면 필독해야 하는 도서의 내용이 장시간 머릿속에 기억이 된다. 물론 모든 책이 이런 독서방법에 적합한 것은 아니다. 어떤 책은 한 번에 읽어 내려가야 책의 흐름을 파악하고 대강의 줄거리가 머리에 들어온다. 또 과학 방면의 도서 같은 경우는 내용이 심층적이라 이러한 독서방법은 부적합하다. 이러한 책을 제외하고는 이 방법을 이용하여 독서를 해보는 것도 좋은 방법이다. 몇 장을 찢어도 문맥의 흐름이나 줄거리가 이어지는 책들은 시중에서 많이 접할 수 있다. 그중에서 몇 권을 고르면 된다.

자투리 시간을 효율적으로 활용을 할 수 있다면 시간에 끌려 다니는 것이 아니라 시간을 이끌 수 있게 된다.

자투리 시간이 아무런 용도가 없다고 해서 하찮게 여기고 흘려보낸다면 시간이 지나고 다시 되돌리고자 할 때는 무척 힘들게 된다. 그러므로 1분, 1초의 시간이라도 뜻있게 보내야 한다. 아무것도 하지 않는 것보다는 자신의 생활을 유쾌하게 만들 수 있는 일을 생각하는 것이 더 낫다.

시간을 중시하고 이용할 수 있는 방법이 독서에만 국한되어 있는 것이 아니다. 즐겁게 놀 때도 필요하고 중요하다. 이 점은 앞에서 이미 말한 바 있다. 인간은 즐기면서 성장을 하고 독립적인 주체가 된다. 선생님은 어떻게 하면 나약한 정신을 벗어날 수 있는지 놀이를 통해서 가르친다. 놀이를 할 때에는 긴장을 하고 마음을 무겁게 먹을 필요는 없지만 반드시 놀이에 집중을 하고 즐겨야 한다.

머릿속으로 앞뒤 순서의 개념을 확실히 해야 한다.

사업에 있어 마법적인 능력이나 특수한 재능은 필요하지 않다. 다만 근면 성실한 태도와 순서를 확실히 알고 있는 사람은 재능은 있지만 순서를 모르는 사람보다 업무 진행이 더 순조로울 것이다.

만약 당신이 사회에 첫발을 내딛은 사회초년생이라면 일의 순서를 파악하는 습관을 길러야 한다. 일의 순서를 결정하고 나서는 순서에 맞춰서 일을 처리하면 된다. 이것이 업무의 효율을 높이는 가장 좋은 방법이다. 글쓰기와 독서, 시간 분배 등 이 모든 것에도 순서를 정해야 한다. 이것을 제대로 해낼 수 있다면 얼마의 시간을 아끼고 업무가 얼마나 진행이 되어 가는지를 한눈에 파악할 수 있다.

　　능력이 아무리 뛰어나도 일에 순서가 없는 사람은 일에 묻혀 우왕좌왕하다가 결국 자신의 능력을 제대로 발휘하지 못한다.

　　당신이 게으른 사람이라면 지금 당장 게으른 습관을 바꿔라. 2주 동안 업무방법과 순서에 대해 모색해 보아라. 사전에 업무의 순서를 정하려면 어떤 업무를 먼저 해야 하고 어떤 업무는 나중에 해야 하는지에 대해 정확하게 파악을 하고 있어야 한다. 그리고서 결정한 순서대로 처리하면 된다.

　　세계적인 갑부 빌 게이츠는 직원들에게 이렇게 말했다.

　　"마이크로소프트 개발과 부도와의 거리는 불과 18개월에 지나지 않는다."

　　거안사위(居安思危, 편안할 때도 위태로울 때의 일을 생각하라-역주)는 지혜로운 사람이 가진 공통적인 기본소양이다. 위기의식을 가진 사람은 항상 경계를 늦추지 않기 때문에 자신을 실패의 구덩이로 내몰지 않는다.

사자는 항상 자식을 이렇게 교육시킨다.

"달리는 속도가 느리면 양과 같은 동물을 잡아먹지 못해 굶어 죽기 십상이란다."

양은 자식에게 이렇게 말한다.

"달리는 속도가 느리면 사자의 좋은 먹잇감이 되어 물려 죽는단다."

공자는 "먼 미래를 계획하지 않으면 눈앞에 우환이 닥친다."라고 했다. 무슨 일을 하든지 장기적인 안목을 가지고 계획을 세우지 않으면 당장 뜻하지 않는 일들이 발생하게 된다. 장기적인 대책을 모색하지 않고 눈앞에 닥친 이익만을 추구한다면 그 사업은 그르치기 쉽다.

미국 질레트는 다른 경쟁사보다 스테인리스 면도칼을 늦게 출시하는 바람에 경쟁사들에게 뒤쳐졌다. 그들은 질레트보다 먼저 상품을 시장에 내놓았고 결국 질레트는 막대한 손실을 입게 되었다.

질레트는 1962년 이전만 해도 미국 면도칼 시장을 독점하고 있었다. 당시 질레트는「FORTUNE」잡지가 선정한 미국 500대 대기업의 수익률 부문에서 4위를 차지했다. 그리고 투자 대비 수익률을 따지자면 1위였다. 파란색의 고급 면도날은 질레트 회사의 핵심 신기술로서 가장 큰 이익을 창출하는 효자 상품이었다. 이 면도날은 5년 동안의 실험과 연구 끝에 제조됐다. 그리고 1960년 정식으로 시장에 유통하기 시작했다. 1962년 한해만 해도 1,500만 달러의 수입을 올렸다. 이 금액은 회사 전체 수익의 3분의 1 이상을 차지할 정도였다.

그러나 이 면도칼은 두께가 얇고 날카로운 장점이 있었지만 오랫동안 사용할 수 없다는 단점을 가지고 있었다.

그러다 1961년 영국의 스테인리스 면도날이 미국에 들어왔다. 기존 제품보다 사용 빈도가 높다는 이유로 미국 소비자들의 주목을 끌었다. 초기에는 수입량이 많지 않아 큰 영향을 끼치지 않았기 때문에 질레트는 이를 주시하지 않았다. 그러나 미국의 경쟁사들은 이 장점을 주시했다. 그리고 재빨리 영국의 스테인리스 면도칼을 모방한 제품을 미국 시장에 내놓았다. 그들은 점차 시장 점유율을 높였고, 그에 따라 수익도 증가했다. 그리하여 질레트는 1962년부터 1966년까지 제품 생산을 중단하는 사태에까지 이르고 말았다. 1966년의 이유는 1962

보다 2,670만 달러나 떨어졌다.

원래 미국 면도칼 시장에서 질레트는 독보적인 위치를 차지하고 있었다. 그러나 파란색 면도날에 지나치게 자만하고, 스테인리스 면도날의 위협에 늑장 대응했던 것이 큰 화근이 될 줄은 그 누구도 상상하지 못했던 것이다. 결국 질레트는 기사회생의 기회조차 잃고 말았다.

오늘날처럼 경쟁이 치열한 사회에서는 설사 독보적인 위치를 차지했다 할지라도 쉽게 미래를 낙관해서는 안 된다. 항상 시장의 동태를 살피고 긴장을 늦추지 말아야 한다. 그래야만 독보적인 위치를 오랫동안 유지할 수 있다.

향락에 빠지지 마라

사람들은 노력도 하지 않으면서 성공했으면 하는 환상에 빠져 있다.

보통 부동산 개발업자들은 자극적이고 과장된 말들로 사람들의 투기심리를 불러일으킨다. 요즘 사람들은 더 이상 '콩 심은 데 콩 나고 팥 심은 데 팥 난다'는 말을 믿지 않는다. 이제는 콩 심은 데 금과 은이 나고 팥 심은 데 갖은 보석들이 나기를 바란다. 또한 "힘들게 일하지 않고도 하루아침에 갑부가 될 수 있어요!"라는 말에 쉽게 현혹된다. 그래서 사람들은 도박꾼들처럼 이곳저곳에 투자를 하는 것이다. 그들의 머릿속에는 힘들이지 않고 한탕 벌어 봐야겠다는 생각이 가득하다.

사람들의 투기심리와 욕망은 끝이 없다. 이것이 가장 큰 문제점이자 근심거리이다. 과학기술의 발달에 따라 사기극은 더욱 교묘해진다. 특히 가만히 앉아만 있어도 행복이 보장된다는 슬로건으로 투기사업에 열을 올리는 곳도 점차 많아지고 있다. 사회학자들은 정보화시대의 발달로 인해 투기사업은 앞으로 점점 더 활성화될 것이라고 말한다. 그리고 이러한 현상 때문에 다수의 서민들은 삶의 의미를 잃고 눈살 찌푸린 채 사는 것이 힘들다는 말만 내뱉게 된다.

인생은 강과 같다. 때론 소용돌이에 휘말리기도 하고, 때론 평온하고 잔잔하다가, 또 때론 급류를 타기도 한다. 강을 표류할 때에는 해안 쪽으로 안전하게 이동할 수 있는 가장 안전한 방법을 찾는 것이 중요하다. 아니면 잠시 멈춰 서거나, 끊임없이 노를 저을 수도 있다. 용기가 있다면 도전을 해서 자신의 자신감을 측정해 보는 것도 좋은 방법이다.

뜻대로 되지 않아 소용돌이 속으로 휩쓸렸다면, 자신감을 한번 점검해 본다는 생각으로 힘껏 빠져나와라. 위험한 상황을 헤치고 안전하게 해안으로 나오면 그 모든 일이 꿈만 같을 것이다. 예전의 자신을 뛰어넘고 새롭게 도약을 할 수 있도록 자신에게 주문을 거는 일이 무엇보다 중요하다.

모로크 루이스의 성공은 두 번의 우여곡절 끝에 이룬 것이다. 한번은 스무 살 때고 또 다른 한번은 서른두 살 때였다.

모로크가 아홉 살 되던 해 가족들은 뉴욕으로 이사를 왔다. 뉴욕에 오기 전 그는 언제나 풍족했다. 음악과 가극을 좋아하는 가족들 사이에서 자란 모로크는 대부분의 악기를 다룰 줄 알았다. 그렇기에 다른 사람들 눈에는 천재로 비춰지기까지도 했다. 그는 열 살도 안 되어 교향악단을 지휘하고, 열두 살이 되던 때는 계란을 파는 일을 유별나게 잘해 16명의 직원을 고용하기까지도 했다. 그리고 열네 살이 되자 독립적으로 무용단을 조직했다. 고등학교 졸업 후에는 신문사의 취재기자가 되어 선배 기자인 반히터, 찰스, 마카샤들과 같이 일했다. 물론 어릴 때는 음악 장학금을 받을 정도로 음악에 소질을 보였지만 뉴욕으로 이사를 가는 바람에 포기해야 했다.

뉴욕에서는 일주일에 14달러를 받고 뷰(View) 광고회사에서 일했다. 모로크는 그때를 이렇게 기억했다.

"그때 나는 자주 외근을 했지. 매일 미친 듯이 일했어. 시간이 정말 빨리 지나가더군. 6시에 퇴근을 하고 나면 콜롬비아 대학의 야간학교를 다녔는데 전공은 광고였지. 때로 업무를 다 마치지 못할 때면, 학교수업이 끝나자마자 다시 회사로 달려가 못한 일을 하곤 했어. 오전 11시부터 다음날 새벽 2시까지 꼬박 일만 했지."

모로크는 창의적인 설계업무를 좋아하고 일도 잘해서 업계에서 인정받았다.

스무 살이 되던 해에 모로크는 잘 다니던 회사와 꽤 높은 지위를 버리고 창업을 결심했다. 이 도전이 그의 첫 번째 기회였다. 미래가 확실하고 안정된 직장을 버리고 불확실한 미래에 자신의 모든 것을 걸었다. 그리고 자신만의 창의적인 개발을 시작했다. 다행히 결과는 대성공이었다. 그가 바라던 만족스러운 결과를 얻은 것이다.

그는 CBS방송국을 지원하고 광고를 통해 수익을 창조하도록 대형 백화점을 설득했다. 그 일은 일종의 스폰서 중개업이었는데 그는 분명 큰 가능성이 있는 일이라고 믿었다. 일반적으로 백화점업계는 판매 수익이 저조하기 때문에 광고를 통해 수익을 높이고 싶어 했다. 그리고 당시 클래식 교향곡 프로그램의 청취자는 약 100만 명에 달했다. 이 수많은 청취자를 고려한다면 백화점 입장에서는 충분히 투자할 만한 가치가 있었다. 그리하여 모로크의 회사는 백화점과 방송국을 이어주는 역할을 시작했던 것이다.

당시 이러한 업무는 무척 생소한 것이었다. 그래서 일을 하는 데도 많은 고충이 따랐다. 개인 백화점의 경우 아무리 설득해 봐도 모로크에게 일을 맡기려고 하지 않았다. 몇 분 광고를 내보내자고 몇백만 달러를 들이는 것은 터무니없는 일이라고 생각했기 때문이다. 이러한 이유 때문에 사람들은 그의 성공에 대해 무척 회의적이었다.

모로크는 추진력을 앞세워 계속 백화점들을 설득했다. 그러다 보니 어느덧 성과가 보이기 시작했다. 그의 창의성을 인정한 몇몇 백화점과 계약을 맺었고, 계약 과정에서 CBS방송국의 계획안도 쉽게 받아들여졌다. 그 후로 10주 동안 그는 방송국 관리자와 함께 광고 전략을 계획했다. 이때까지만 해도 모로크는 아무런 수입 없이 일했다.

계획이 막바지에 이르렀을 때 갑자기 일부 계약 내용에서 의견 충돌이 생겼다. 절충이 이루어지지 않자 계약은 모두 무효가 됐고 그와 함께 그의 꿈도 무너지고 말았다. 그러나 '인생살이 새옹지마'라고 하지 않았던가. 그 일이 있은 후 CBS방송국은 그를 새로운 영업부서의 관리자로 채용하고 싶다는 의사를 밝혔다. 보수는 전보다 3배가량이나 높았다. 이러하여 모로크는 다시 새로운 일을 시작하게 됐다. 그때 그의 나이 스물이었다.

창의력을 가지고 맞서면 기회는 언제든지 온다. 어쩌면 모로크가 거머쥔 행운이 당신에게 올지도 모른다.

CBS에서 몇 년 동안 일한 뒤 모로크는 다시 광고업계로 돌아갔다. 그러나 이번에는 창업이 아니라 워너 영화사의 업무를 대행하는 회사의 직원이 됐다. 훗날 그는 이 회사의 부사장으로 임명되기까지 했다.

당시에는 텔레비전이 많이 보급되지 않았다. 지금과 비교하면 초기 정착기라고 할 수 있다. 그러나 모로크는 텔레비전이 급성장할 것을 미리 예견했다. 그는 최선을 다해서 언론 매개체를 널리 보급하려고 노력했다. 그의 회사가 기획한 프로그램 방식은 그가 일했던 CBS에도 큰 이익을 가져다주었다.

처음 시작한 2년 동안은 의무적으로 프로그램에 필요한 허드렛일까지 다했다. 그는 자신이 기획한 프로그램이 그토록 인기를 얻을 줄은 상상도 못했다. 그 프로그램은 지금까지도 시청자들이 가장 좋아하는 프로그램 중 하나로 자리 잡고 있다. 1958년부터 지금까지 40여 년 동안 그의 프로그램은 단한 번도 중도하차한 적이 없을 정도다. 이것은 경쟁이 치열한 방송업계에서는 전설로 통한다. 현재 그는 프로그램 기획 외에도 CBS의 가극, 희극 등 다양한 프로그램의 제작 주임을 겸임하고 있다.

이렇게 모로크는 두 번의 모험, 즉 두 번의 소용돌이에 빠졌고 결국은 큰 성공을 거두었다. 그가 앞으로 어떤 기회를 얻고, 또 어떤 강을 표류할지는 알 수 없지만 그는 반드시 이겨낼 것이다. 그를 본받아 용감하게 소용돌이를 헤쳐 나오라.

적극적으로 자신의 인생을 설계하는 사람이 성공한다.

누군가 아무런 이유 없이 당신을 혹사시키면 당신은 어떻게 할 것인가? 그가 항상 당신을 지치게 할 궁리만 하고 있다면 어떨까? 게다가 당신이 잠시 쉬는 사이에도 물을 길러 오라고 하면 당신은 어떻게 할까? 또 다른 누군가 아무 이유 없이 당신을 놀라게 하면 어떻게 할 것인가? 마치 금방이라도 세상의 종말이 올 것처럼 온 세상 사람들이 난리 법석이라면 또 어떨까? 무언가 준비해야겠다는 근심걱정에 괴로워할 것인가?

스스로 자기 자신에게 엄격하지 않으면, 세상이 당신을 혹독하게 대할 것이다.

그리고 당신은 이 혹독함에서 쉽게 벗어날 수 없다. 사람답게 사는 것이 힘든 이유가 바로 여기에 있는 것이다.

만약 사람답게 살기를 포기하면 어떻게 될까? 한동안은 근심, 걱정, 번뇌, 그리고 좌절에서 해방감을 맛보겠지만 그와 동시에 존엄, 명성, 꿈들은 영영 사라진다는 것을 명심하라. 만약 인생을 조금 쉽게 살고 싶다면 자신의 인격, 목표를 낮추어야 하는 동시에 당신이 바라는 수많은 욕망도 버려야 한다. 즉 자신의 요구에 스스로 관대해져야 한다는 것이다. 쉽게 살고 싶은 사람들은 굳이 고난과 역경을 곱씹으며 괴로워할 필요가 없다. 심지어 자신을 마음대로 방종해도 상관없다. 스스로에 대한 약간의 가여움을 느끼는 것 외에는 아무 것도 생각할 필요가 없다.

그러나 이런 삶은 어디까지나 우물 안에 갇혀서 좁은 하늘만 보려고 하는 어리석은 선택이다. 어느 관객이 재미없는 연극을 끝까지 보겠는가? 세상에 그 누가 당신에게 무조건적인 자애를 베풀고 따뜻하게 감싸줄 것인가?

세상을 쉽게 살고자 하는 사람은 우선 스스로를 마비시켜야 한다. 일상생활에서의 모든 일에 게으름을 피워야 하는 것이다. 이와는 반대로 단 한 번뿐인 소중한 인생을 사람답게 열심히 살고 싶다면 먼저

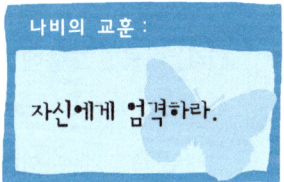

나비의 교훈 :

자신에게 엄격하라.

자기 자신에게 엄격해져야 한다. 자기 자신에게 엄격한 사람에게 세상은 오히려 관대하다.

어느 나무꾼이 나무를 베다가 실수로 낭떠러지에 떨어지고 말았다. 다행히 산중턱에 있는 나뭇가지를 잡은 덕분에 목숨을 건질 수 있었지만, 언제 어떻게 떨어질지 모르는 위험한 상황이었다. 워낙 경사도 가파른데다가 아래에는 강이 흐르고 있어서 그는 이러지도 저러지도 못하게 되었다. 나무꾼이 쩔쩔매고 있을 때 지나가던 스님이 그를 발견하고 소리쳤다.

"손을 놔요!"

나무꾼은 어리둥절했다. 물론 올라갈 수도 없는 상황에 매달려 있어도 생존할 확률은 매우 희박했다. 그것은 완전히 공중에 떠서 죽기만을 기다리는 것이나 다름없었다. 그런데 스님의 말대로 아래로 떨어진다고 한들 100% 살 수 있나? 물론 그렇다는 보장도 없었고, 그렇다고 꼭 죽는다고 볼 수도 없었다.

산세를 따라서 밑으로 떨어지면 중력을 완화할 수 있을 것이다. 어쩌면 도중에 다른 나뭇가지에 걸려 충격을 더 줄일 수 있을지도 모른다. 아니면 돌멩이라도…… 물론 재수가 없으면 그대로 죽을 수도 있다. 하지만 죽지 않을 수도 있다는 일말의 가능성이 있었다.

이 이야기는 불투명한 미래에 대한 우리의 자세를 시사하고 있다. 살아가면서 진퇴양난의 상황을 무수히 접하게 된다. 이도저도 못한 채 죽음을 기다리기보다는 버틸 수 있는 힘과 정신을 모아 살기 위해 모험을 걸어 보는 편이 낫다. 설사 죽을지도 모른다고 하더라도 어차피 다시 올라갈 수는 없는 노릇이니 말이다. 어차피 마지막뿐인 기회, 일말의 희망에 거는 편이 낫다.

우물쭈물하며 결정하지 못하다가 나쁜 결과를 초래하는 경우가 허다하다. 이는 단호하게 깨끗이 포기하는 것보다 못하다.

나는 결정을 내리지 못해 안절부절 못하는 사람들을 많이 봤다. 긴 한숨만 내쉬며 마치 금방이라도 죽을 것 같은 모습을 하고 있는 사람들이 생각보다 주위에 많기 때문이다. 이는 불완전한 이성을 가지고 인생을 허비하는 어리석은 짓이다. 우리의 소중한 인생은 분명 한계가 있다. 어느 누구라도 자신의 인생을 제멋대로 다뤄서는 안 된다.

그렇다면 낭떠러지에서 손을 놓으라고 말한 스님은 제정신이 아닐까? 나무꾼더러 낭떠러지에서 떨어져 살

나비의 교훈 :
위기를 극복할 수 있는 방법을 모색하라.

방법을 찾아보라고 한 말은 정말 터무니없는 것일까?

결정을 내려야 하는 모든 순간을 인생의 마지막이라고 생각하라.

그러면 상상도 못한 일이 눈앞에 펼쳐질 수도 있다. 당신의 인생에는 당신만의 가치관이 녹아 있다. 그리고 당신의 의지와 정신세계가 존재하고 있다. 물론 몇십 년 동안 손에 익숙해진 요리 맛을 바꾸기는 어렵다. 그러나 인간에게는 자유롭게 생각할 수 있는 힘이 있지 않은가? 인생에서 무슨 일을 경험하든지 가장 중요한 것은 당신이 어떻게 인식하고 있느냐이다.

공중에 매달려 있어도 살 수 있는 딱히 좋은 방법이 떠오르지 않는다면, 굳이 힘들게 매달려 시간을 낭비할 필요가 없다. 아마도 조금 후면 팔에 힘이 빠져 버틸 수 없을 것이다. 공중에서 시간과 힘을 낭비하기보다는 체력이 조금 더 남아 있을 때 단호하게 운명을 결정하라. 손을 놓는다고 해서 다 죽지는 않는다.

우리는 성공에 대해 쉽게 혼동한다. 평생을 공들여 성공을 거두고도 자신이 이룬 것이 과연 무엇인지 헷갈릴 때가 있다.

사람들의 찬사와 인정 속에서도 그 의미를 정확히 알지 못하는 것이다.

사람들에게 의미 있는 성공이 무엇이냐고 물으면 대체로 '목표를 이루는 것, 돈 많이 버는 것, 시합에서 우승하는 것, 승진하는 것, 실력 있는 사람이 되는 것, 칭찬을 받는 것'이라고 대답한다.

그들이 항상 강조하는 것은 인생의 겉모양이다. 물론 기록을 보유하고 주어진 환경을 개선하는 것도 성공이라 할 수 있다. 그러나 당신이 궁극적으로 원하는 것이 행복과 정신적 안녕이라면, 겉으로 보이는 성공은 결코 진정한 성공이 아니다. 신문지면에서 자신에 관한 기사와 사진이 실리는 일은 인생의 역경을 이겨내기 위한 지혜를 갖추는 일보다 가치가 없다. 그렇지만 많은 사람들은 신문지면에 자신에 관한 기사와 사진이 실리는 일을 아주 큰 성공으로 여긴다.

성공은 보다 높은 위치에 이르는 것만이 아니다. 그렇다면 과연 우선시해야 하는 성공은 무엇인가? 가장 의미 있는 성공은 겉모습이 아닌 그 사람의 정신에 있다.

자기 자신을 비롯한 모든 사람에게 인자했는가? 유쾌하지 않은 일에 지나치게 반응하지 않고, 침착하고 냉정하게 대처했는가? 나는 분노를 참지 못하는 사람인가, 아니면 분노를 다스릴 줄 아는 사람인가? 혹시 고집 세고 완고한 사람인가? 스스로를 용서를 할 줄 아는 관대한 사람인가?

진정한 성공의 표준은 '내가 무엇을 하는 사람인가'가 아니다. '나는 어떤 사람인가', ' 마음속에 어떤 사랑을 가진 사람인가'가 진정한 성공의 표준이다.

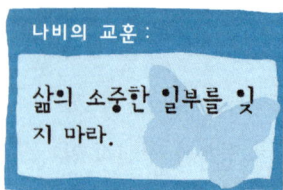

나비의 교훈 :

삶의 소중한 일부를 잊지 마라.

겉으로 보이는 외면적인 성공에 너무 치중하지 마라. 인생에서 무엇이 중요하고 소중한지 판단하고, 그 결과를 당신의 목표로 삼아라. 의미 있는 성공에 관한 새로운 정의를 내릴 때, 당신은 비로소 성공을 향한 올바른 길에 설 수 있을 것이다.

수잔은 종이 한 장과 볼펜 한 자루를 밀스의 병상 옆에 있는 탁자 위에 올려놓았다.

"고마워요."

그가 말했다.

밀스는 딸이 하나 있다고 했다. 수잔은 밀스의 개인 서류를 뒤져서 딸의 전화번호와 주소를 찾아냈다.

"제니 밀스 씨 댁인가요? 저는 간호사인 수잔입니다. 제가 전화 드린 것은 다름이 아니라 부친에 관해 상의 드릴 일이 있어서요. 부친께서는 지금 신장에 문제가 있어서 저희 병원에 입원하셨어요."

"네? 아직 돌아가시진 않는 거죠? 그렇죠?"

그녀의 말투는 간절히 묻는다기보다는 차라리 다그치는 쪽에 가까웠다.

"지금은 괜찮으세요."

제니는 잠시 머뭇거렸다가 입을 열었다.

"예전에 아빠와 저는 크게 싸웠어요. 한 1년쯤 되었군요. 그때 이후로 단 한 번도 아빠를 만나지 않았어요. 아빠에게 밉다고 말한 것이 제가 했던 마지막 말이었어요."

그녀는 심하게 떨리는 목소리로 말을 마치고는 이내 울음을 터트렸다. 수잔은 그녀의 말을 아무런 대꾸 없이 다 들어주었다. 그렇게 아빠와 딸은 서로에게 가장 소중한 존재를 잊고 있었던 것이다. 제니의 이야기를 듣다 보니 수잔도 자신의 아빠가 떠올랐다.

제니는 흐르는 눈물을 애써 멈추려고 노력했다.

"제가 갈게요. 30분 안에 금방 갈게요."

수잔은 병원으로 오겠다는 제니의 말을 듣고 전화를 끊었다.

병실에 있는 밀스 씨는 마치 잠든 사람처럼 조금도 움직이지 않았다. 이상한 생각이 든 수잔은 밀스의 맥을 짚어 보았다.

'오, 하느님! 제니가 금방 온다고 했단 말이에요. 이렇게 돌아가시면 안 돼요!'

수잔이 긴급 호출을 하자 의사와 간호사들이 밀스의 병실로 뛰어왔다. 의사는 인공호흡기를 밀스에게 씌웠고 수잔은 모니터를 응시했다. 밀스는 어떠한 반응도, 움직임도 보이지 않았다. 의사가 몇 번이고 심폐소생술을 시도해 보았으나 아무 소용이 없었다.

결국 의사와 간호사들은 모니터를 끄고 병실을 빠져나갔다. 수잔은 정신이 나간 사람마냥 밀스의 병상 옆에 서 있었다.

'제니에게 어떻게 설명을 하지?'

수잔이 병실에서 나오는 순간 제니가 헐레벌떡 달려왔다. 제니는 방금 712호실에서 의사와 간호사들이 나오는 것을 보고 자리에 주저앉으려고 했다. 다행히 의사가 그녀를 부축해 주어 넘어지지는 않았다. 의사는 제니에게 위로의 말을 건넨 뒤, 벽을 붙잡고 설 수 있게 해준 다음 그곳을 떠났다. 수잔은 고통에 가득 찬 제니의 얼굴을 바라보았다.

"제니 씨, 죄송해요."

수잔은 어렵게 입을 열었다.

"그거 아세요? 사실 저는 한 번도 아빠를 미워한 적이 없어요. 아빠를 사랑해요. 조금만 일찍 왔더라면……."

결국 제니는 말끝을 흐렸다.

수잔은 두 손으로 제니의 어깨를 감싸주었다. 그리고 712호 병실 안으로 들어갔다. 문을 열자마자 제니는 밀스의 병상 앞으로 달려갔다. 그녀는 아빠의 얼굴을 덮고 있는 하얀 천을 응시한 채 한참 동안 서 있었다. 수잔은 이 비극적이고도 가슴 아픈 이별의 모습을 보고 싶지 않아 고개를 돌렸다. 그런데 바로 그 순간 병상 옆 탁자 위에 있는 종이 한 장을 발견했다.

'사랑하는 제니, 아빠는 너를 용서한단다. 너도 나를 용서했으면 좋겠구나. 네가 얼마나 아빠를 사랑하는지 아빠는 잘 알고 있단다. 나도 너를 사랑한다. 아빠가.'

수잔은 떨리는 손으로 종이를 제니에게 건네주었다. 제니는 몇 번을 읽고 또 읽었다. 그리고는 쪽지를 가슴에 품고 한참을 울었다.

"아빠, 사랑해요!"

제12장

아낙네와 스님 이야기

긍정적이고 재미있게 사는 법을 배워라. 마음속의 짐은 가벼우면 가벼울수록 좋다. 긍정적이고 너그러운 마음가짐은 작고 사소한 즐거움을 아주 커다란 행복으로 변화시키기 때문이다.

미얀마의 어느 시골 마을에 단란한 가족이 살고 있었다. 샤리와 그녀의 남편, 그리고 사랑스러운 세 아이는 아담한 초가집에서 행복하게 살았다.

그러던 어느 날 샤리의 시부모님 집에 갑작스러운 화재사고가 일어났다. 불길은 삽시간에 온 집을 휘감았고 결국 시부모님의 집은 새까만 잿더미가 되고 말았다. 그 후 샤리는 시부모님을 모시고 살아야 했다. 하지만 가뜩이나 작아서 네 식구로도 버거웠던 집에서 시부모님까지 모시려니 불편함은 이루 말할 수 없었다. 그렇다고 며느리가 돼서 시부모님께 불평불만을 늘어놓을 수는 없었기 때문에 샤리는 스님을 찾아가 속마음을 털어놓기로 했다.

"저희 집은 너무 작아서 네 식구들만으로도 북적거렸어요. 그런데 시부모님까지 모셔야 하는 바람에 여섯 식구가 되고 말았답니다. 집에 들어가면 도대체 발 디딜 틈이 없어요. 이렇게 답답한 집에서 앞으로 여섯 식구가 어떻게 살아야 하죠?"

샤리는 그동안 마음에 쌓아 두었던 이야기를 거침없이 했다. 한동안 그녀의 이야기를 듣던 스님이 조심스럽게 입을 열었다.

"혹시 집에서 소를 키우십니까?"

"네?"

샤리는 스님의 뜬금없는 질문에 말문이 막혔다. 도대체 무슨 의도로 그런 질문을 하는지 갈피를 잡을 수 없었다. 하지만 스님의 진지한 태도에 샤리는 순순히 대답했다.

"네, 키워요. 근데 소가 집이랑 무슨 관계라도 있나요?"

그러자 스님이 웃으며 말했다.

"오늘부터 그 소를 집 안에서 키우세요. 그리고 일주일 후 다시 저를 찾아오세요."

샤리는 스님의 조언이 조금 이상하다는 생각이 들었지만 일단 들어보기로 했다.

일주일 후 샤리가 다시 스님을 찾아왔다. 샤리는 법당 문을 열기가 무섭게 스님에게 불평불만을 늘어놓았다.

"소를 집안에서 키우라고 하신 이유가 도대체 뭐예요? 안 그래도 여섯 식구 때문에 정신없는 집에 소라니요. 생각해 보세요, 얼마나 번잡스럽겠어요? 소가 꼬리를 흔들 때도 여섯 식구 모두 엉덩이를 들썩여야 해요. 그 뿐인 줄 아세요? 소가 몸을 일으키기라도 하면 모두들 야단법석이란 말이에요. 이제 우리 식구들은 어떻게 살죠?"

이번에도 스님은 아무 말 없이 샤리의 푸념을 다 들은 후 이렇게 물었다.

"닭도 기르세요?"

"네? 이번엔 또 무슨?"

샤리는 혹시나 하는 눈초리로 스님에게 물었다.

"닭도 집안에서 기르세요. 그리고 일주일 후에 다시 저를 찾아오세요."

샤리는 스님의 말에 어이가 없었다. 도대체 뭐 때문에 자꾸 어처구니없는 일만 시키는지 스님의 속을 이해할 수 없었다. 그러나 한편으로는 다른 사람도 아닌 스님의 조언에는 무언가 깊은 뜻이 숨어 있을 지도 모른다는 생각이 들었다. 그래서 샤리는 일단 화를 삭이고 집에 돌아와 스님의 말대로 닭을 집안으로 들였다.

그 후 일주일이 되던 날 잔뜩 흥분한 샤리는 이른 새벽부터 스님을 찾아가 거침없는 말을 퍼부었다.

"지금 저를 가지고 장난하시는 거예요? 소는 울어대지, 닭은 삑 하면 퍼덕거리지, 아주 정신없어 못 살겠어요. 그뿐인 줄 아세요? 그놈들 분비물은 또 어떻고요. 악취가 온 집안에 진동을 해요. 그런 집에서 사람이 살 수 있다고 생각하세요?"

스님은 역시 아무 말 없이 샤리의 말을 다 들어주었다. 한참 후 샤리의 말이 끝나자 스님은 그제야 입을 열었다.

"그럼, 소는 방안에서 끌어내십시오. 그리고 일주일 후에 다시 오세요."

단단히 화가 난 샤리는 집으로 돌아가는 내내 이렇게 중얼거렸다.

'그래, 어디까지 가나 보자!'

일주일이 지나자 이번에도 샤리는 어김없이 스님을 찾아갔다. 예전과 다른 점이 있다면 샤리의 얼굴에 웃음꽃이 피었다는 사실이었다.

스님이 샤리의 얼굴을 살피며 물었다.

"일주일 동안 어떻게 지내셨습니까?"

그러자 샤리는 아주 밝은 목소리로 대답했다.

"아주 좋았어요. 소를 끌어낸 후 집이 넓어진 덕에 식구들 모두 편안하게 지낼 수 있었거든요."

샤리의 대답에 흡족한 스님은 그녀에게 마지막 조언을 했다.

"이제 돌아가시면 집안에 있던 닭도 끌어내십시오. 그럼, 가장 처음 당신이 늘어놓았던 모든 불평불만이 깨끗하게 해결될 겁니다."

스님의 조언에 효력을 본 샤리는 집에 돌아오자마자 스님의 마지막 조언을 따랐다. 그리고 그날 이후 샤리의 여섯 식구는 불평불만 없이 화목하게 살았다.

1만 미터 상공에서 비행기가 고장을 일으켰다. 다급해진 승무원들은 방송을 통해 모든 승객들에게 위급상황을 알리고 재빨리 구호장비를 착용할 것을 당부했다. 기내는 순식간에 아수라장이 되고 말았다. 갑작스런 위급상황에 대부분의 승객들은 몹시 당황해 했고 심지어 그토록 천국을 찬양하던 목사도 극심한 공포감을 감추지 못했다.

그런데 유일하게 한 할머니만 아무런 동요 없이 눈만 지그

시 감고 있는 것이 아닌가. 마치 할머니는 공포나 두려움 따위는 느끼지 못하는 사람처럼 미동도 하지 않았다.

다행히 비행기는 안전하게 공항에 착륙했다. 죽음에 대한 공포감에 오금을 절였던 목사는 비행기에서 내리며 식은땀을 닦아냈다. 그리고 비행기에서 내리고도 안도의 한숨조차 내쉬지 않는 할머니를 발견하고 냉큼 다가가 이렇게 물었다.

"할머니, 그렇게 위급한 상황에서 어쩜 그리도 차분하실 수 있나요?"

할머니의 대답은 간단하고도 의미심장했다.

"난 두 딸이 있어요. 큰 딸은 2년 전에 죽었고, 둘째 딸은 이곳 텍사스에 살고 있지요. 저는 지금 둘째 딸을 만나러 텍사스에 온 거랍니다. 비행기가 고장 났다는 방송을 듣고 저는 이렇게 생각했지요. 만약 안전하게 착륙한다면 예정대로 둘째 딸을 만나러 가는 거고, 만에 하나 큰 사고라도 나면 먼저 하늘나라에 간 큰 딸을 만나러 가는 거라고요. 그렇게 마음먹고 나니 무섭지도, 두렵지도 않더군요. 어차피 어느 쪽이든 사랑하는 내 딸을 만나게 되는 거니까요."

최악의 인생과 최고의 인생은 당신의 생각과 판단에 의해 결정된다.

옛말에 "지옥에도 천국으로 향하는 길이 있다."라는 말이 있다. 과연 당신이 지옥에서 벗어날 수 있느냐는 당신이 어떻게, 어떠한 마음가짐으로 천국으로 향하는 길을 찾느냐에 달려 있다.

긍정적인 마음가짐이 인생에 밝은 빛을 비춘다

어린 남자아이가 아이스크림을 먹으면서 신나게 걸어가고 있었다. 그런데 그만 아이스크림을 땅바닥에 떨어뜨리고 말았다. 당황한 남자아이는 떨어진 아이스크림을 멍하니 바라보고만 있었다. 너무 당황한지라 울음도 나오지 않는 모양이었다.

마침 그곳을 지나가던 아주머니가 그 광경을 보고 아이의 머리를 쓰다듬으며 이렇게 말했다.

"이왕 이렇게 되었으니 아줌마가 재미있는 거 가르쳐 줄까?"

아이는 아무런 대꾸도 없이 가만히 서 있었다.

"자, 꼬마야, 신발을 벗어 봐. 그리고 맨발로 아이스크림을 밟아 보렴. 체중을 실어서 발밑에 있는 아이스크림을 꾹 누르는 거야. 그리고 발 틈 사이를 비집고 나오는 아이스크림을 봐."

아주머니의 이색적인 제안에 아이는 그대로 해보았다. 그러자 아주머니는 밝은 웃음을 지으며 이렇게 말했다.

"내가 보장하건데 여기 사는 아이들 중에 아이스크림을 맨

발로 밟아 본 아이는 단 한 명도 없을 걸. 그 느낌을 아는 아이
는 너 하나뿐일 거야. 자, 어서 이 색다르고 흥미 있는 경험을
친구들에게 자랑해 보렴."

존스턴은 전쟁에서 큰 부상을 입어 한쪽 다리에 장애를 갖
게 되었다. 그래도 천만다행으로 그가 가장 좋아하는 수영은
여전히 즐길 수 있었다.

그가 병원에서 퇴원을 하고 얼마 지나지 않은 어느 일요일
이었다. 그는 아내와 함께 해변으로 놀러 갔다. 그는 먼저 가
볍게 물놀이를 하고 모래사장에서 일광욕을 즐겼다. 한참 일
광욕을 즐기던 존스턴은 사람들이 이상한 눈빛으로 자기를 바
라보고 있다는 사실을 느끼게 되었다. 지금까지 단 한 번도 자
신의 흉측한 다리에 개의치 않았던 그는 사람들의 따가운 시
선 때문에 자기가 남부끄러운 장애를 가지고 있다는 사실을
깨닫게 되었다.

그 다음 일요일, 존스턴의 아내는 한 번 더 해변으로 놀러
가자고 했다. 그러나 존스턴은 단번에 거절했다.

"싫어. 난 가지 않겠어. 난 집에 있을 테니 당신이나 다녀오
구려."

그러나 아내의 생각은 존스턴과 달랐다.

"당신이 왜 해변에 가기 싫어하는지 알아요. 당신이 장애를 가지고 있다는 사실을 당신 스스로 인식했기 때문이에요."

"당신 말이 맞아! 그리고 당신은 내게 영원히 잊지 못할 말을 해주었군."

그러자 아내가 말했다.

"존스턴, 당신 다리의 상처는 당신의 용기에 대한 훈장이에요. 당신의 용감한 행동으로 얻은 상처예요. 그러니까 상처를 숨길 방법을 찾을 필요는 없어요. 당신이 어떻게 상처를 입게 되었는지를 기억하고 자신 있게 그것을 남들에게 보이세요. 자, 어때요? 이제 수영하러 가도 괜찮죠?"

존스턴의 아내는 존스턴의 마음에 응어리져 있는 불안과 공포를 말끔히 해결해 주었다. 그리고 그들은 사이좋게 해변으로 향했다.

그날 이후 존스턴은 새로운 시작을 할 수 있게 되었다. 비록 모든 상황은 전과 같았지만 그의 생각은 전과는 다른 궤도를 걷고 있었다.

자연의 색은 따뜻한 색과 차가운 색으로 나뉘고, 사람의 사고방식은 긍정적인 생각과 부정적인 생각으로 나뉜다. 긍정적인 사고방식은 적극적인 실천의 근원이다.

그것은 일종의 유익한 심리적 암시와 건강한 마음가짐을 의미한다.

긍정적인 사고는 새로운 것을 창조하는 사람들에게 무한한 가능성과 지혜를 제공한다. 그리하여 그들이 자신의 잠재능력을 마음껏 발휘할 수 있도록 독려한다.

가슴과 등에 주머니를 달고 사는 갑, 을, 병이 있었다. 누군가 도대체 주머니 안에 뭐가 들어 있냐고 갑에게 물었다. 그러자 갑은 웃으며 이렇게 대답했다.

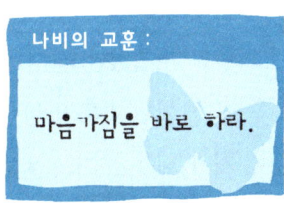

나비의 교훈 :
마음가짐을 바로 하라.

"뒷주머니에는 친구들이 제게 베풀어 준 선행을 넣어 두었어요. 다른 사람이 몰래 훔쳐보는 것도 막고, 제가 그 은혜를 잊어버리는 것도 방지하려고요. 그리고 앞주머니에는 제게 닥친 불행을 넣어 두었어요. 그래야 그것들을 쉽게 꺼내 보고 과연 제가 가고 있는 길이 맞는 길인지 확인할 수 있거든요. 어떤 때는 다른 각도에서도 생각하면서 꼼꼼히 체크하고 있어요. 그렇게 하면 저의 모든 생각과 감정의 변화를 쉽게 이해할 수 있거든요."

꼼꼼하게 따져 보기 좋아하는 갑은 자주 멈춰 서서 불행한 일들을 되새기는 바람에 하루 종일 걸어도 결국 돌아보면 고작 몇 발자국 내딛었을 뿐이었다.

을은 주머니 안에 무엇이 들었냐는 질문에 이렇게 대답했다.

"앞주머니에는 제가 그동안 베풀었던 선행들이 들어 있어요. 이걸 앞주머니에 넣은 이유는 언제든지 꺼내서 다른 사람들에게 보여 주기 위해서예요. 그리고 뒷주머니에는 제가 그동안 저질렀던 실수들을 넣어 두었지요. 그래서 그 실수들은 제가 어딜 가든지 항상 저를 따라다녀요. 사실 뒷주머니의 무게가 너무 무거운 바람에 빨리 걸을 수가 없어요. 도대체 왜 뒷주머니에 들어 있는 실수들을 버릴 수 없는 건지 도저히 모르겠어요."

병도 갑과 을이 받았던 똑같은 질문을 받았다. 그러자 병은 이렇게 대답했다.

"제 앞주머니에는 사람들의 지혜로운 생각들과 그들이 제게 베풀어 준 선행, 그리고 지금까지 살면서 아름답다고 느꼈던 것들이 들어 있어요. 주머니 안에 이렇게 수많은 것들이 가득 들어 있지만 하나도 무겁지 않아요. 마치 물 위에 떠 있는 연꽃과 같기 때문에 부담도 되지 않을 뿐더러 제가 앞으로 나아가는 데 많은 도움을 주지요. 그리고 사실 뒷주머니는 텅 비어 있어요. 제가 주머니 밑바닥에 큰 구멍을 냈거든요. 그리고 저의 나쁜 생각과 행동, 그리고 제가 들었던 안 좋은 이야기들은 모조리 뒷주머니에 집어넣었어요. 그럼 뻥 뚫린 구멍으로 모조리 빠져나가지요. 그래서 두 번 다시는 그것들을 찾아 볼 수가 없어요. 그 덕에 전 인생의 긴 여정에서도 어려움이나 부담 따위는 느끼지 못해요."

우리는 인생의 긴 여정을 거치면서 자신이 짊어지고 가야할 것이 무엇인지 수시로 확인하고 점검한다.

'혹시 부정적인 생각과 두려움에 휩싸여 매일매일 숨 돌릴 여유도 없이 허덕이고 있지 않은가?', '다른 사람들이 정해 놓은 기준에 미치지 못했다고 심리적인 압박에 괴로워하고 있는가?', '상처받지 않으려고 애쓰다가 그 무게에 눌려 잔뜩 움츠리고 있지 않은가?', '자유롭게 마음을 터놓고 이야기 할 수 있는 사람들과 교류를 스스로 끊어 버리지 않았는가?', '가족이나 친구들에게 상처 줬던 나쁜 기억에 관한 무거운 짐을 짊어지고 있지 않은가? 그래서 고개도 들고 다니지 못할 정도로 죄책감에 시달리고 있는 것은 아닌가?', '그동안 저질렀던 비양심적인 행동들이 계속 자신을 따라다니고 있는 것 같은 기분이 드는가?', '다른 사람의 약점을 들춰내고 그것을 떠벌리고 싶어 참을 수

없었던 적이 있는가?', '천국 같기만 한 삶을 욕심낸 적이 있는가?'

우리의 인생은 각자의 자유로운 생각에 의해 저마다 다양한 선택을 하게 된다. 이러한 선택은 각자 걸어가야 할 길을 제시함과 동시에 스스로 짊어져야 할 인생의 짐을 각자에게 떠맡긴다. 어느 날 문득 자기가 무거운 짐을 지고 살고 있다는 생각이 들면 반드시 그 짐을 초월할 수 있는 적극적이고 자신 있는 태도를 가져야 한다. 그러한 태도를 바탕으로 자신의 재능을 발휘할 수 있도록 긍정적인 사고방식을 갖추는 것은 인생의 긴 여정에서 매우 중요한 필수요소이다.

부정적인 생각과 태도는 자기 자신을 억압하여 여정을 험난하게 할 뿐 아무런 도움이 되지 못한다.

나비의 교훈 :
즐거운 마음가짐으로 생활하라.

어떻게 하면 자기 자신을 유쾌한 사람으로 변화시킬 수 있을까?

수많은 사람들은 부와 권력, 그리고 그에 걸맞은 명성을 얻기 위해 한 평생을 바친다. 그중 "저는 오로지 행복하기 위해 사는 걸요."라고 자신 있게 말하는 사람은 극히 드물다. 사실 사람들은 부과 권력, 그리고 명성을 얻게 되면 행복은 자연히 뒤따라오는 것이라고 믿는다. 그러나 평생 온 힘을 바쳐 얻고자 했던 것을 모두 얻고도 행복을 느끼지 못하는 사람들이 많다. 그것은 세상 어느 것과도 비교할 수 없는 비극적인 고통이다.

누군가 "행복과 불행은 나란히 마주보고 있는 철길과 같다."고 했다. 사실 사람들은 평생을 살면서 즐겁게 보내는 시간보다 번뇌하고 아파하는 시간이 더 많다. 물론 모든 시간을 괴로워하면서 보내는 것은 아니다. 그래도 시간이 흐르고 나이를 먹을수록 안 좋은 소식을 접하는 날이 점점 많아지는 것은 어쩔 수 없다. 그러한 소식의 대부분은 우리의 힘으로는 해결을 할 수 없는 안타까운 일들이다.

그럼, 왜 사람들은 불행을 대신할 즐거운 일을 찾아 나서지 않는 걸까?

사는 것이 즐거운 사람들은 인생에서의 가장 훌륭한 가치는 다름 아닌 '행복'이라는 사실을 잘 알고 있다. 그들에게 '행복'은 일상생활의 일부분과 같다. 항상 누군가를 원망하고 고통 속에 자기 자신을 밀어 넣는 사람은 그들처럼 행복해지고 싶으면서도 정작 '행복의 문'으로 발을 들여놓지 못한다.

행복을 느끼지 못하는 사람은 항상 불평불만을 입에 달고 있기 때문에 되레 다른 사람에게 더 큰 심리적 압박을 준다. 더욱이 신기한 것은 정작 불행한 사람들은 자신의 불행을 절대 인정하지 않는다는 사실이다.

행복하기 위해서는 반드시 지혜로움이 필요하다. 행복한 사람은 언제나 호기심 많고 즐거운 마음을 가지고 산다. 그들은 수시로 자기 삶의 변화를 감지한다. 뿐만 아니라 재난과 불행은 갑자기 찾아오는 것이라는 사실을 잘 알기 때문에 항상 불의의 변화에 대응할 준비를 하고 있다.

많은 사람들이 자신의 무의미한 삶에 대해 고통을 호소하는 이유는 대부분 자기가 있어야 할 위치를 잘못 찾았거나 아직 찾지 못했기 때문이다. 하루하루가 즐겁고 행복한 사람들은 자신의 시간을 어떻게 안배하고 무엇으로 채워야 하는지 정확히 알고 있지만, 삶이 무의미하고 불행하다고 느끼는 사람들은 매일같이 이러한 반문을 한다.

"도대체 난 누구야? 내가 정말 원하는 것이 뭘까?"

늦은 저녁, 일을 마친 직장인들은 마치 바람 빠진 공처럼 집에 들어가 멍하니 텔레비전만 보거나, 동료들과 어울려 음주가무를 즐기고 시시콜콜한 농담 따먹기나 주고받으며 그나마 주어진 달콤한 휴식조차도 반납하고 만다. 이러한 사람들은 자신의 위치를 잘못 찾은 것이 분명하다. 그들은 하루 빨리 많은 돈을 벌고 더 높은 자리로 올라가기를 학수고대한다. 그리고 일단 원하던 것을 하나하나 얻고 나면 더 많은 욕망을 갖게 된다. 물론 그들은 자신의 인생 사전에는 '포기'나 '좌절' 따위의 단어는 없었으면 하고 바란다. 그러나 현실은 그들의 바람과 다르다. 그들이 실질적으로 얻는 것은 원했던 것보다 항상 부족하기 마련이다. 그래서 그들은 결과적으로 극심한 고통과 좌절을 경험하게 된다.

'행복 찾기'에 성공하고 싶다면 우선 인생의 목표를 올바르게 선택을 해야 한다. 인생의 궁극적인 목표는 성공과 행복이다. 한시라도 빨리 '행복한 사람'으로 변화하라!

마음가짐과 인생은 과연 무슨 관계가 있을까?

마음가짐은 당신의 모든 생활에 영향을 미친다. 스스로 사랑 받고 행복할 가치가 없다고 생각하는 사람은 실망과 좌절, 그리고 상처밖에 얻을 것이 없지만, 자기 자신을 자랑스러워하고 소중하게 여기는 사람은 그와는 정반대의 것들을 얻게 된다. 우리의 모든 행동과 생각, 그리고 감정은 마음가짐에서 비롯된다.

나비의 교훈 :
마음가짐을 바꿔야 인생이 바뀐다.

찰스 필모어(기독교 통합파의 공동 창시자-역주)는 이런 말을 했다.

"마음은 우리가 보고 듣고 느낀 것들의 집합소이다. 우리는 마음을 통해서 넓은 대지와 푸르른 하늘, 그리고 아름다운 예술을 느낄 수 있다. 사실 우리 모두는 이러한 방법으로 세상만물의 아름다움을 접하게 된다. 생각은 두뇌의 작은 세포들과 보이거나 혹은 보이지 않는 온갖 정신활동의 공동 작업이다. 이러한 작업은 영혼의 무수한 감정들을 하나의 온전한 집합체로 다시 태어나게 하는데 그것이 바로 '생명'이다."

생각은 풍부한 창조의 힘을 가지고 있다. 그 힘은 인류의 모든 만물에서 활발한 활동을 한다. 매력이 넘치는 생각은 자신감을 창조하는 당신의 중요한 일부분이다. 적극적인 삶의 태도를 배양하는 방법은 자신의 굳은 신념을 지키고 자기가 세운 계획에 몰두하는 것이다. 남들이 정해 놓은 기준에 자신을 맞추려고 연연하거나, 이미 발생한 일 때문에 지나치게 고통스러워해서는 안 된다.

모든 결정은 당신이 내려라! 인생에 대한 당신의 태도는 영화필름이고, 마음가짐은 필름을 스크린에 방영하는 영사기이다. 그리고 당신이 살아가면서 체험하는 모든 일들은 스크린에 방영이 되는 한 편의 영화이다. 만약 그 영화가 당신의 소중한 우정과 원만한 대인관계를 보여 준다면 그것은 타인을 존중할 줄 아는 당신의 마음가짐을 설명하는 것이지만, 반대로 영화 속의 당신이 온갖 상처와 좌절들 속에서 헤어나지 못하고 괴로워한다면 당신의 생각과 마음이 이미 선(善)과는 멀리 동떨어져 있다는 사실을 의미한다.

다음은 어느 비관주의자의 말이다.

"물론 저도 제가 조금은 비관적이라는 사실을 알고 있어요. 그래서 수많은 일들이 저를 두렵게 하죠. 예전에 어떤 친구는 제가 모든 것에 대해 너무 부정적이기 때문에 더 이상 친해질 수 없다고 했어요. 뭐, 그렇게 생각하는 친구가 이상할 것도 없죠. 모든 사람은 다른 사람의 생각에 반대하고 어떻게든 자기에게 유리하게 상대방을 이용하려고만 들어요. 그러니 제가 아무도 믿지 못하는 건 너무 당연한 일 아닌가요? 게다가 제게 매력이 없다는 것쯤은 저도 잘 알고 있어요. 그런데 사람들은 왜 자꾸 제게 관심을 보이는 걸까요?"

당신도 이 사람이 어떠한 인생을 살았는지 충분히 예측할 수 있을 것이다. 물론 그의 인간관계는 빈번하게 변화하고 걸핏하면 어긋났을 것이다. 음식점에 간 그를 떠올려 보자. 그는 부정적인 말투와 소극적인 태도로 음식을 주문하면서 바쁘게 움직이는 점원들의 태도에 언짢음을 금치 못할 것이다. 그는 분명 점원들이 기본 예의도 모르는 무식한 사람이거나 아예 의도적으로 자신을 무시하고 있다고 생각할 것이다. 또한 음식점 점원들이 자신에게 추천하는 음식은 터무니없이 비싸기만 하고 맛과 질은 아주 떨어지는 음식일 것이라고 여길 것이다. 그러면서 그곳에 있는 다른 사람들은 자기보다 훨씬 좋은 운을 타고 났다고 비아냥거릴 것이 뻔하다.

이것은 그의 사고방식이 푸대접에 영향을 받은 것일까, 아니면 푸대접에 영향을 끼친 것일까?

정답은 두 가지 모두가 될 수 있다. 물론 그의 비관적인 성향을 모른다면 이 문제의 원인을 찾아내기 힘들 것이다. 그리고 만약 당신이 이와 비슷한 환경에 처했다면 이 두 가지 정답을 듣고 이렇게 대답했을 것이다.

"그게 왜 사고방식 때문이라는 거지?"

비슷한 불행에 처한 당신은 스스로의 잘못을 인정하고 싶지 않을 것이다. 그러나 일의 잘잘못을 무조건 남의 탓으로 돌리거나 지나간 일에 자꾸 연연하면 일의 결과를 제대로 해석할 수 없다. 환경적 영향을 극복하고 싶다면 자신의 능력으로 사고하는 방법을 모색해야 한다. 이러한 사고방식은 조금씩 천천히 만들어 갈 수 있다.

무엇보다 확실한 것은 자신의 생활을 개선하고자 한다면 우선 부정적인 사고방식을 긍정적으로 바꾸는 일부터 시작해야 한다는 사실이다. 일단 변화하기로 마음을 먹었다면 사물을 바라보는 생각의 각도를 바꾸고 그것의 장점을 찾으려고 노력해야 한다. 더불어 민감함과 경각심을 유지하고 기존 사고방식에 대해서도 주의를 기울여야 한다. 그래야 부정적인 생각들에 대한 잔해가 남지 않는다. 사고방식을 바꾸기 위해서는 조심스러우면서도 부정적인 것들에 맞설 수 있는 용기가 필요하다.

또 자기 자신이 타인과 동등한 가치가 있다는 믿음을 가져야 한다. 열등감과 우월감은 똑같은 힘으로 당신의 생활을 지배한다.

그리고 마지막으로 정신력을 단련해야 한다. 마음가짐과 행동을 적절하게 통제하고 표현할 줄 아는 정신의 주인이 되어야 한다. 자율에서 비롯되는 창조와 변화는 당신의 인생을 긍정적인 방향으로 인도할 것이다.

스산수이 지음 | 박수진 옮김

초판 1쇄 | 2005년 8월 25일
개정판 1쇄 | 2009년 9월 25일

펴낸곳 | 시간과공간사
등록 | 1988년 11월 16일(제1-835호)
펴낸이 | 임재원

ISBN | 978 · 89 · 7142 · 225 · 0   03810

서울시 마포구 신수동 340-1(201호) 우편번호 121-856
전화 3272-4546~8   팩스 3272-4549
이메일 tnsbook@naver.com